MEIJIAN CANGQIONG

眉尖苍穹

朱慧彬 /著

知识产权出版社
全国百佳图书出版单位
—北京—

图书在版编目（CIP）数据

眉尖苍穹 / 朱慧彬著. -- 北京：知识产权出版社，2022.1
ISBN 978-7-5130-7964-8

Ⅰ.①眉… Ⅱ.①朱… Ⅲ.①散文集—中国—当代 Ⅳ.①I267

中国版本图书馆CIP数据核字（2021）第260476号

内容提要

本书为散文集，收录了近六十篇散文，按大体内容分为六章，分别是"曲中芳华""千语千寻""圆上行走""纸落繁花""诗经絮语"和"因爱而美"。有作者对一些歌词及文学作品的赏析，也有其对求学、求职时期经历的回忆；有对人生际遇的感慨，也有对同窗情、同事情、亲情与友情的歌颂；有对现实生活的思考，也有对人生价值的探寻。作者笔下的事物既不浮于表面，也不流于俗套，而是有着明心见性的表达和深入事物本质的洞察力，这也使他的文章唯美隽永而又意味深长。

本书适合文学爱好者阅读。

责任编辑：卢媛媛　　　　　　　责任印制：刘译文

眉尖苍穹
MEIJIAN CANGQIONG

朱慧彬　著

出版发行：知识产权出版社 有限责任公司	网　址：http://www.ipph.cn
电　话：010-82004826	http://www.laichushu.com
社　址：北京市海淀区气象路50号院	邮　编：100081
责编电话：010-82000860转8597	责编邮箱：luyuanyuan@cnipr.com
发行电话：010-82000860转8101	发行传真：010-82000893
印　刷：三河市国英印务有限公司	经　销：各大网上书店、新华书店及相关专业书店
开　本：720mm×1000mm　1/16	印　张：19.75
版　次：2022年1月第1版	印　次：2022年1月第1次印刷
字　数：264千字	定　价：78.00元
ISBN 978-7-5130-7964-8	

出版权专有　侵权必究

如有印装质量问题，本社负责调换。

自序

莫言小说《丰乳肥臀》2012年版的封面推广语是这样的:"大苦闷、大悲悯、大抱负,天马行空般的大精神,落了片白茫茫大地真干净的大感悟。"这无疑是对该书艺术价值的最好评价与总结。莫言也曾说:"所谓大家手笔,正是胸中之大沟壑、大山脉、大气象的外在表现也。"

作家杨铁光在评一部优秀散文集时称:今天,我们需要什么样的散文?是"小花小草、小情小爱、小感小悟、小场景小事件、小别离小伤感、小幸福小喜乐",还是"展现人民新生活、新期待,接地气、有温度、有筋骨、有品位、有人间大爱,深刻触及生活本质和人的灵魂,给人以希望和力量的散文佳作"?

《中国文艺评论》曾刊发文化名人徐可的撰文《定体则无大体须有——散文创作之我见》,文中坦言:散文要讲真实,做到内容真实与情感真实;要讲深度,注重思想深度和情感浓度;就其语言而言,既要典雅精致,又要明白晓畅;文本既要鲜活,又要灵动;散文是作者学、识、情的有机结合,体现作者的文化底蕴和学识素养;散文的疆界非常宽广,不要被文体上的固化概念束缚住手脚。

似乎不管是小说还是散文作品,几位名家都在强调——文章不仅要有"道法自然"的哲学原则与美学逻辑,要有躬身入局大时代大情感的艺术体验,更要有"物我、生我、情我、德我、本我"的同频共振。

"昔我往矣，杨柳依依。今我来思，雨雪霏霏。"这几句诗出自《诗经·小雅·采薇》，曾被南朝宋代刘义庆在《世说新语·文学》中点赞，奉为毛诗最美、最动情的佳句。

《眉尖苍穹》这本散文集从经典文本的审美学说出发，力求在"小花小草、小情小爱、小感小悟、小场景小事件、小别离小伤感、小幸福小喜乐"中寻找"大沟壑、大山脉、大气象"。

文集中"曲中芳华""千语千寻""圆上行走""纸落繁花""诗经絮语"与"因爱而美"六个章节故影往事，古今胶着，域外海内，不止不执，可谓时空横渡，一眼千年。

六个章节也是六种感觉器官的分合交融与自我觉醒，勉力捕捉"五个我"共情共生，向远走深。

"曲中芳华"是听觉的艺术，是耳朵高潮的体验（如《恰似东山山上月》《少年的你，清白的你》）。

"千语千寻"是味觉上的一种反刍，是无以言说的寻根阵痛，是对大时代大变迁中城乡异位或历史观照的一份良心咀嚼与反噬（如《故乡原风景》《樱桃的约会》《人生幸好有别离》）。

"圆上行走"是触觉上的一段盲足，用身体驱动灵魂的自省（如《远在远方的风》）。

"纸落繁花"是嗅觉与视觉的相互退让，是目光抚摸自然界里的绿肥红瘦、花事人情，是活着的与曾经活着的魂灵在香色中的投射、碰撞与和解，是在一朵花上喊你的名字，嗅你的味道（如《等楝花开落》《紫云英的花季》）。

"诗经絮语"是肤觉的外化，是历史文本符号千百年来对心灵的外衣——皮肤的刺激与回应，是抚摸经典的战栗、诘问与对白（如《泼茶香》《粥可温》）。

"因爱而美"是直觉与通感的交好，是对"五感"的体验与觉悟、挣扎与妥协（如《大书房 小书房 夹心房》）。

金刚怒目，菩萨低眉，目成眉语。时间在眉来眼去间苍老，思维搭建的苍穹高举着一只赤裸的月亮，星辰满含泪水。疼痛攀爬的眉弯狡长拥挤，与苍穹对峙，向阳而立，向死而生。须眉蛾眉，眉头眉峰眉梢供养着一座心灵的天堂。正像《眉尖苍穹》一文中所言——"自然承载着太多的天意，太多的生死轮回，值得人们驻步、凝目，低低地一低眉。""那爱立在眉尖，拨云观海，俯首看山。""于无声之境里推开一扇天堂的小窗，看繁星成海，看明月生香，梦似的挂起，挂在眉尖心上。"

那么，"大沟壑、大山脉、大气象"或许不在胸中；"小花小草、小情小爱、小感小悟、小场景小事件、小别离小伤感、小幸福小喜乐"抑或不在胸中，它们早已挣脱束缚的藩篱，攀上琴弦，跃上眉尖，俯仰苍天万象。

诚如是，《眉尖苍穹》是单篇，是情感长度、高度与密度空间，也是六感凡品的集结。

目 录

第一章　曲中芳华

少年的你，清白的你 / 002　　灼灼桃花凉 / 006

知否　知否 / 010　　暗香倾城 / 016

梦在丽江 / 019　　恰似东山山上月 / 026

第二章　千语千寻

等春来 / 032　　等风来 / 038

樱桃的约会 / 041　　人生幸好有别离 / 047

客中谁与换春衣 / 054　　蒲剑在楣 / 060

风吹麦浪香 / 064　　十里稻花香 / 071

奔跑的稻田 / 078　　七月还乡 / 083

苦夏 / 089　　再也不见的老师 / 096

留守在村庄的风 / 106　　明月生处是故乡 / 114

纸上天堂 / 123　　苍山暮雪 / 130

菩萨少女时 / 138　　忘情牛肉面 / 144

断尾狗 / 149　　故乡原风景 / 152

第三章　圆上行走

济州的雪 / 162　　梦里凤凰 / 168

大宋的雨 / 175　　远在远方的风 / 182

月满弦 / 189　　眉尖苍穹 / 195

第四章　纸落繁花

　　紫云英的花季 / 204　　　　狂野的三角梅 / 210
　　薰衣草的春天 / 214　　　　梨花白　杏花红 / 220
　　清明菊 / 227　　　　　　　牵牛绕篱淡淡开 / 233
　　等楝花开落 / 238　　　　　鲜花的宴 / 244

第五章　诗经絮语

　　泼茶香 / 252　　　　　　　弄晴柔 / 259
　　棉里花 / 262　　　　　　　粥可温 / 267

第六章　因爱而美

　　两种母爱 / 276　　　　　　婆婆大人 / 278
　　飞过童年的风筝 / 281　　　那年雪夜 / 283
　　去哪儿过年 / 285　　　　　心灵靠背椅 / 288
　　左右幸福的三句话 / 291　　左右成功的四盏灯 / 294
　　大书房　小书房　夹心房 / 297　　选准婚姻这双鞋 / 301

直抵苍穹的诗意表达
——浅析朱慧彬散文集《眉尖苍穹》的美学意蕴

第一章 / 曲中芳华

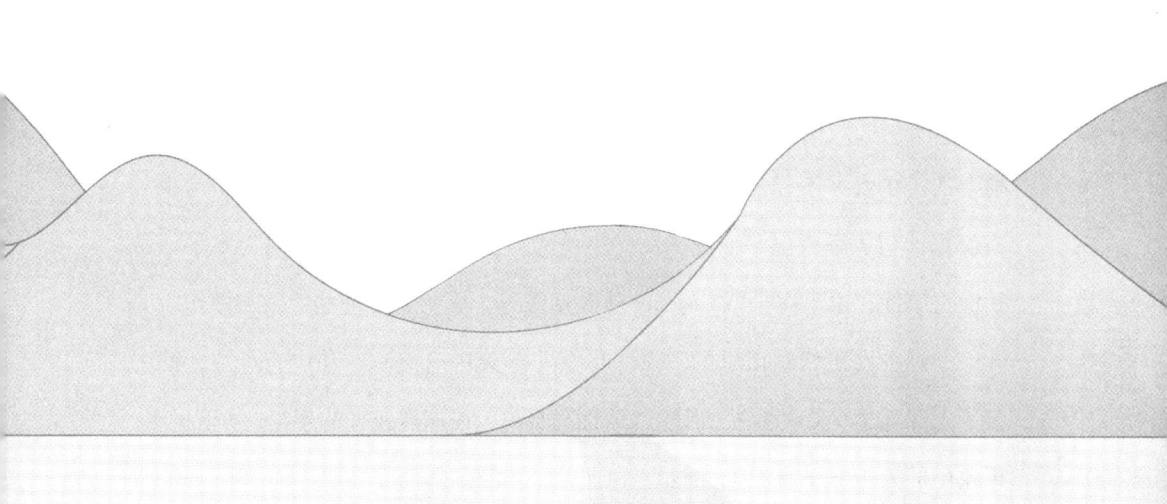

少年的你，清白的你

一

在朋友圈看过一位画家晒的一幅油画：晴朗的春夏，窗外的校园里开满玉兰花。教室里一张课桌上仰卧着一位午睡的少女，头枕着一沓书，背压着一件有拉链的蓝色校服，衬衣如雪。清风打开一扇窗，挽起一头顺滑浓密的黑发，发下掩着半张白净的脸庞。眼闭着，微微上翘的嘴唇上挂着笑意。

整幅图干净得直达你内心深处的那团柔软。那略显稚嫩却恬静的笑容，就像躺在妈妈怀里做梦的女孩。

不知画家是如何发现这位女孩的，又或许他们有着怎样亲密的关系，又或者只是单纯的模特、艺人，再或者她只是画家臆想中的人物。可不管怎么说，画上的美少女并不像渡边淳一先生《魂断阿寒》里的女主角纯子，因为少了一份算计与放纵；也不似沈从文先生《边城》里的少女翠翠，因为多了一份知性与率性；也不完全似Cosplay动漫真人秀，因为少了那些伪装与做作。

油画少女更像城市里的"氧气少女"，美中有点甜，甜中有点涩，涩中多了点熟与柔，柔中多了点阳光、活性与自然。在那样花开的年纪，初谙世事，想象中的人生似乎有无限可能。

那少女应该是高中生吧？这会让许多朋友想起自己的同桌，扎着一头乌黑的麻花辫，成绩总能把贪玩的男生甩上几条街。她们的作业本总是被一堆男生争抢、传抄。她们有时会托起脸偷窥喜欢的男生，或者在宿舍熄灯后私下点评，明明暗恋着却装着说"看不懂"。

上学的日子总是很穷，尤其是来自乡下的读书郎。祖辈与黄土为敌，奋斗一生，仍旧只能温饱。农村学生少有零花钱，买不起风衣，买不起书，放下书包卷起裤管就成了家里的主要劳动力。一入泥田深似海，屁股、脸蛋都是泥。能穿上一双干净的鞋待上一整天都很难。农村生活平庸，农民爹妈平庸，农民娃不平庸。正如路遥《平凡的世界》里的男主角孙少平，总是不放弃一切读书识字的机会，一切学习进步的机会，仿佛一切可能的改变都在台灯照亮的那片方寸间，都在书页里，都在汗水浸泡的梦想里。

而城里的那些"氧气少女"们却偏偏喜欢乡下的读书郎。他们不唱K，不装酷，不设防，不吹牛撒谎，不抽烟、喝酒与打架。他们常穿着一件早已发白的白衬衣，白球鞋，不够白便用粉笔条涂，用卫生纸裹。

与城里学子相比，乡下的读书郎骨子里有种不解风情的傻劲，眸子里有股溪水般清澈的温良与敦厚。氧气少女喜欢他们晒黑的脸蛋与傻笑时露出的两排白牙。他们嘴角不含杂质的一笑，都会让人心动。她们喜欢管他们叫"清白少年"。

二

"故事开始以前，最初的那些春天，阳光洒在杨树上，风吹来，闪银光……""我情窦还不开，你的衬衣如雪，盼着杨树叶落下，眼睛不眨，心里像有一些话……"

最初听这首《清白之年》，是因为一位青年作家朋友的推荐。可能歌词触动了他，或者旋律感染了他。他自2017年起开始潜心创作歌词，出产了一批青年男女竞相传唱的流行歌，在网络平台好评如潮。

有人对《清白之年》做出解读，说是44岁的中年歌者对清白之年青涩情感的一种祭奠。也有人说，这首歌与爱情无关。

这首歌，"风"的意象很突出，叙说着青春个体被一种身不由己的力量主宰。语言直白，句式率性，嗓音低哑，音律舒缓，充满忧伤的温暖；意境冲淡空灵，充满芳华重现的童真。似即兴的哼唱，饱含深沉又朴素的情感，全无流行歌曲特有的起伏节拍及强烈的抒情色彩。而且如果不细听，你甚至以为它们没有副歌部分。你仿佛在听一把吉他说故事，它们没有高潮也没有结尾，而人的存在可有可无。

我曾经向一位专业的唱作歌手提意见，说她的歌像一位知名歌星一样在背台词，缺乏起承转合的技巧，缺乏亢奋与激情的传递，结果对方把我拉黑了。

《清白之年》，不同时期、不同年龄、不同境遇、不同情绪时倾听，感觉不同。有人说，初中年代听，眼里浮现的是经过身旁的一张张纯真笑脸；高中岁月听，心里想起的是当年烂在QQ邮箱里说也不能说的初恋女孩；大学毕业时听，整个身体宛如坠入一种无法自拔的挣扎与感伤中。如今，睡在情人身边，或者坐在老板椅上听这首歌，那是一种"坏了心肠""铁了心肠"，以及不再少年、不再清白的淡淡哀伤。

三

《尚书·虞书·舜典》里说，"诗言志，歌永言，声依永，律和声"。诗与歌，声与律，总是难以割舍。

《清白之年》是歌，也是诗。它总让我想起一位天才少年，一位已故的青年诗人顾城。他的诗充满童话美与梦幻美。诗人仿佛在构建一个童话世界，一个心灵能够抵达的梦幻城堡。比如,"草在结它的种子,风在摇它的叶子。我们站着,不说话,就十分美好"。"我把你的誓言,把爱,刻在蜡烛上。看它怎样,被泪水淹没,被心火烧完。看那最后一念,怎样灭绝,怎样被风吹散"。

前一首名为《门前》,后一首题为《祭》。言简易懂的词句,直觉和印象式的表达,自然纯净的诗风。这与《清白之年》颇有几分相似,而且都有一种童话破碎的美,一种光阴被打碎的美。正如《剑仙》里有句歌词唱道:"独揽月下萤火,照亮一纸寂寞。花开后花又落,轮回也没结果。苔上雪告诉我,你没归来过。"青春的感伤,美好的追忆,都在花开花落间。生如蚁,美如神。"自然之美,纯净之味"似乎是这两个作品共同的审美追求。

关于"清白",屈原在《离骚》中是这样解释的:"伏清白以死直兮,固前圣之所厚。"大致意思是"保持清白,守正直之道而死"。

白云苍狗时光飞。在这个网罗天下、游戏人间的"Z时代",信息传递跑过赛车的时代,谁的心灵不躁动,谁的心灵不蒙尘?如果说真有心灵一隅的安详与澄净,那就是对"清白之年"的怀念。

"偶有风过,思想起初来时世界的模样,每个人都会被原谅。"这么说,到底是风清云白,还是身洁魂白,似乎已不重要。

少年的你,清白的你,是一个人对一生修为的追求与表达。无论你是否仍旧少年,无论你身在何方,无论你走多远。

灼灼桃花凉

一

我有位小侄女,她的梦想很多。我问她最喜欢什么,她说"手机"。我说,为啥?她说,因为手机里可随时听随时看《凉凉》。

这位不到十岁的女生,她没说想追剧,也没说追星,而是喜欢剧里的音乐,音乐里的歌词。而音乐里的歌词,识字并不太多的小女孩到底能懂多少?或许她只要认识"凉凉",大约能听懂看懂这首歌表达的忧伤就行。

先说《凉凉》曲从"入夜渐微凉"到"夭夭桃花凉""凉凉夜色""凉凉天意""灼灼桃花凉",再到"凉凉三生三世""凉凉十里",最后"凉透那花的纯"。一个"凉"字复现十次,从头"凉"到尾,共计十六字"凉"。十六字"凉"所营造的"冰艳之境",那唯美那惊艳,谁又能抵挡?

"凉凉"原意为"微寒的样子",意指太阳初出时气温较低。语出《列子·汤问》之"日初出沧沧凉凉,及其日中如探汤"。

"凉凉"第二种含义为"寂寞冷落貌",出自《孟子·尽心下》之"行何为踽踽(孤独的样子)凉凉(冷冷清清的样子)"。

当然,"凉凉"最寻常的意义则为"纳凉"。而"凉凉"在现代网络用语中,引申为游戏角色"完了""死掉了"的意思。如今该词有"失望、状态奇差、反应冷淡"等含义。

《凉凉》词作者据说在创作前，多次研读《三生三世十里桃花》原著，对小说里太多让人心凉的劫难感慨万千，因此命名。所以，《凉凉》想要表达的，应该是情人的春夜，春夜的凉意，桃花的凉意，凉的境，凉的人，凉透的心。是有情人对爱情的渴望，继而带来的心碎、悲凉，以及最终因执着追求获得的命运反转。可谓大悲大喜，大开大合，大彻大悟。

这首《凉凉》颇似《知否 知否》，同样刚柔并济，情真不阿，只是更为清劲、苍凉、凄艳、决绝与悲恸。所不同的是凉中有暖意，有春色，有仙骨，有劫波，有戾气。女声冷艳、冰纯、清迈，男声温香、清正、绵远。

这首歌曲经男女歌者的演绎，形影相吊，清音相和，若即若离，似有似无。整支歌以"桃花"为底色，以"夜凉"为滥觞，以思情为触点，极人间春色，致桃色温凉之境。情感似冰川之融，寒气飘游，寒彻入骨，个中忆与意，意与象，象与道，道与法，穿插回环，凉意与温情并存，避免了空洞、贫乏与情景的雷同。

仙界本是"清凉世界"，人间清流地，自然也是"清凉圣地"。桃花无论是凡间，还是仙界，最美莫过冰艳之色。

二

"三生之约"是《三生三世十里桃花》的轴。围绕着这轴心，"青丘帝姬"白浅与"九重天太子"夜华的三生爱恨，三世纠葛的情感故事充满了诡秘与传奇。

"三生"原指"前生、今生、来生"；而"三世"在佛教、道教则是指"过去世、现在世、未来世"。

还有一种说法是，"三生"与"三世"是泛指，是取华夏哲学"道生一，一生二、二生三、三生万物"之义，以"三"表示一个大的不定数。显然从故事情节脉络来看，其意似指前者，却又更似后者。因为"白浅、素素、司音"为同一人，白浅原为青丘部落的九尾狐，修了五万年且拜师学技终成上仙。"司音"是其女扮男装修神时的艺名，"素素"则为其被封印了全身仙力、容貌和记忆，化身凡女时夜华对她的昵称，相当于"外号"。白浅并未真正死去，只是历经了三段大劫。

再说"九尘"。"尘"当然是指"尘埃"。古时以"九"为"极"，"九尘"则是指"最深的尘埃"。而"尘埃"最佛系的说法，通常暗指"流逝的时间"。那么，歌词中的"就让情分落九尘"，其实便可以理解了。那就是让彼此的情意埋藏在尘土里最深的深处，再也无法碰触。

白浅、素素、司音与夜华之间的爱情，可谓"九尘之约"。从歌词中便能洞悉一二。

"入夜渐微凉，繁花落地成霜，你在远方眺望，耗尽所有暮光。"歌词初现，感觉像过于浓丽且并无特别的"套"，可歌声一起，却清澈绝尘，仙味自来，赋予情侣间情根深种所衍生出的苦涩相思以博大的想象空间。

"灼灼桃花凉，今生愈渐滚烫"及"足够三生三世背影成双"道出情人间跨越前世今生的弥笃之恋，越伤情越深情，越磨砺越坚韧。前句并非偶句或俳句，却是惊艳的对比。以"桃花"起兴，以灼灼的花火喻情感的温度，从而揭示忠贞不渝、不离不弃的爱情。两句间隐含着前因后果，力道内显却无刀斧之痕。歌手对词作、剧作的演绎更让人侧目，把主人公情感矛盾冲突中那种焦灼与胶着状态呈现出来，大有无人企及之势。

许约、守约、践约、九尘之约，既在歌中，也在词中，"若是回忆不能再相认，就让情分落九尘"，仅此一句便将主人公对来世情缘不可卜知的惶惑、悲凉与无奈显露无遗，强化了践约"三生三世"之难。歌手们对词作的把握，从花凉、境凉到意凉，再到九尘之凉，从满目苍凉最后抵达情意的滚烫，在冰火两重天的边界里一路狂奔，音纯，色清，味仙，浑然天成。把一场前世今生的生死爱恋唱得冰冽四海，情动八荒。

三

当年一首《凉凉》连下三城，一举拿下"2018年第八届全球流行音乐金榜年度最佳影视剧主题曲""2018第25届东方风云榜十大金曲""2018华人歌曲音乐盛典年度金曲奖"……可谓风光无限，芳华尽揽。

"梦眼望尽山川，半睡已是浮生。惊厥不过婆娑，幻境亦是苍生。"桃花十里，三生三世，灼灼之恋，道阻且长。如此殊途，一曲《凉凉》胜却人间无数，仿佛赢得的虚名才都是假象。因为有了场景、有了奇货，以及"人设定位"，那么谁来唱《凉凉》或许都会火。

"别让恩怨爱恨凉透那花的纯"，最后一个"凉"字滚烫得让人唏嘘，让人在"不愤不启，不悱不发"中读懂了"桃花"，读懂了《凉凉》。

知否 知否

一

一首词，一首歌，如果值得你为之读、写、背、说、弹、唱，说明你是喜欢上了；若是还要"披挂上阵"，郑重其事地分享到微信朋友圈、微视频，再转"抖音""火山""快手"，拉人围观，求人点赞，如此这般仍不解瘾，最后余情未了地上"小红书""知乎"吐槽，那么说明你是真的爱了。

《知否 知否》是歌，是词，也是诗，它有让你忍不住想读想听想爱的理由。

初次相遇，是在前往深圳的路上。《知否 知否》从宝马车无损的音箱里一飘出来，我就被捉住了。接着一路反复听，听得车主都想哭。其实不是我想虐车主，而是一颗心被击中了，一如春草被晨露击中。

这首歌曲根据南宋易安居士李清照的《如梦令·昨夜雨疏风骤》改编。该曲被现代的金石之器天籁之音演绎得柔情深种、隽永缠绵、清新绮丽、催情催泪，颇有几分李易安本尊的遗音余韵。

不过，古词今唱绝非此例。1983年，邓丽君发行宋词唱片《淡淡幽情》十二首，其中便有李煜的《相见欢·无言独上西楼》；1995年，王菲翻唱苏轼词《水调歌头·明月几时有》；2006年，歌手曹颖推出陆游词《钗头凤》。

邓唱如加了糖的酒，温婉哀怨，绵柔多情；菲唱如掠谷之音，空灵幽独，一尘不染；颖唱有邓风，偏蜜软。可谓诸路大仙各有千秋。然而，胡夏、郁可唯组合推出的作品《知否 知否》与上述风格颇有不同。胡夏的俊逸儒雅之风，郁可唯的知性清雅之色，古今风雅相和，沉郁顿挫，幽寂绵密，赋予了《漱玉词》乐理上起伏、转承、回环、深邃与浓丽之美，不失为一绝。后来，在酷狗上找到《知否 知否》MV，这首展示空间与厚度的古风歌曲，一观一听，穿越时空，别有一番滋味。

过门音乐一出来，大舞台的长镜头一拉，接着一个大特写——那是一张妙龄少女光鲜靓丽的脸，那张温婉清丽的脸庞就如一首漱玉词，含情脉脉，盈盈欲泪；然后，镜头又切换给了一名又阳光又时尚的现代女生——那是一张托着腮，顾盼生辉的俏脸。她们的一颗心都陷落在缓缓流淌着的大宋国乐之中。

场景、人设、音乐融为一体，看是随意，却是"比兴"手法的巧妙引用。

接下来的场景便是一袭长裙套薄纱的女歌手缓缓入镜。她轻盈飘逸，翩若惊鸿，穿越而来。带着江南女子的骨感与仙气，带着大宋名媛的高贵与矜持，优雅与妩媚。有人说这首歌的成功在于十五句歌词中那经典的"八句补缺"。特别是开篇"一朝花开傍柳"，不仅揭示出剧中人、词中仙的生活年代、背景与处境，更是将词中人物性格与命运展露无遗，可见填词人费尽思量。

《知否 知否》虽然是为电视剧《知否知否 应是绿肥红瘦》配的主题曲，但句句皆有易安居士的身影。从"一"开始，李清照就不是凡尘俗物，而是"人间富贵花"。她在官宦家庭的庇护下长大，成年便嫁与士族赵明诚为妻，郎情妾意，情投意合。此节曲调舒缓平和，沉静轻柔。既言了娇花，也道了蒲柳。

"一朝花开傍柳"之后一句"寻香误觅亭侯"补得更妙，表达了词中女主寻归觅宿终得良缘的个中惊喜。在曲中却不露声色，徐徐道来。

"纵饮朝霞半日晖，风雨着不透。"这两句承接与转合，揭示了词中人物多舛的命运：对半日晖的留恋，对不可卜知的风雨未来的担忧，内心满是焦虑不安，却又必须故作镇定，既活化了人物个性，丰盈了人物形象，又为音乐描情写意增添了亮色。

此节中，女唱中低音加长尾音结合，拉伸了词境的长度与广度，攒足了过剩过刚的富裕激情，压制住奔向副歌部分的冲动，为副歌部分一唱三叹做足了气量与能量的安排。

"一任宫长骁瘦，台高冰泪难流，锦书送罢蓦回首，无余岁可偷。"这四句依旧从"一"开始，并无刻意的应和，且全用低音部来完成。声线喑哑、深沉、浑厚，将宫墙深锁的闺怨，高处不胜寒的孤独，青春逝去的感伤，饱尝分离聚合之苦娓娓道来。那一"瘦"一"流"一"偷"将人物体态、神态、动态勾勒得丰满传神。

二

"昨夜雨疏风骤，浓睡不消残酒，试问卷帘人，却道海棠依旧……"这是《知否 知否》歌曲的下半部分的前四句，也是易安居士李清照最为经典的小令起兴句，原作短短33字，写足了春夏之交的闺中女子在酒后伤春惜时的情态。

此诗据说是李清照随父居于东京汴梁（开封）时闺中所写。本来少女时代的李清照早就诗名在外，此词一出，名动京师，名士击节，大夫扼腕，未有能道之者。

先说前四句的造景。暮春之夜，风雨交加，雨细风狂，朱户深院，玉楼高阁，回廊小窗，罗帐低垂，凤床锦被，烛残炉温，佳人高卧，蛾眉轻锁，梨窝含春，腮红眼媚，没准脚上还半挂着一只绣花鞋，手里还拽着一只小酒杯……而清晨那醉眼蒙眬的一问一答，惜墨如金，轻描淡写，却慵懒俏皮，造境高妙，诗意横出。

追忆与追问，醉酒与醒酒；昨夜今晨，一黑一白，一风一雨，一详一略，一主一仆，一问一答；一个心焦，一个轻慢，儿女惜春伤春争春之态，呼之欲出。

唐代杜甫《三绝句》诗："不如醉里风吹尽，可忍醒时雨打稀。"五代冯延巳的词作《长相思》："红满枝，绿满枝，宿雨厌厌睡起迟。"北宋周邦彦词《少年游》："一夕东风，海棠花谢，楼上卷帘看。"

用心品味，这首《如梦令》的前四句皆有出处，只是李清照这位善饮的奇女子"青出于蓝"，虐杀了她的前辈们，连苏轼的大弟子晁补之都大加"点赞"。

据说词作者问话时未曾更衣，醉意未消，可见前夜愁肠百结，壶倾杯倒。再往下思量，九百多年前的词人当时可是一位十四至十六岁待字闺中的少女，怕是偷饮贪杯，侍女久劝不听，肯定是恼的。后世的《弟子规》云："年方少，勿饮酒。饮酒醉，最为丑。"可见对书香传家，理学兴起的宋代而言，中国的文脉正值鼎盛时期，侍女担心小姐醉酒被老爷太太发现训诫，许是一夜未眠，天亮便早早来探视。那刻，窗外应是雨住风歇，蝶舞蜂飞，春和景明。

而酒意初醒的小姐拥裘偎枕，想必头上还敷着热毛巾吧。听闻响动，便急急发问，所以才有侍女略显敷衍的应答——心疼之极，由爱生恼不是？

有学者对此词的创作时间产生怀疑，主要起于对"卷帘人"身份的研判。认为词中答问者关系为恋人或伴侣。并且，认为此词系李清照与赵明诚新婚燕尔，两位才子才女斗酒斗词而作。依据是李清照性好强，爱斗。饭毕，连饮茶的排序也要斗一斗（见《金石录后序》），而堪与其一斗的自然不会是侍女，应是诗词高手的官人夫君。是非曲直，暂且不论。

《知否 知否》这首小令，没有分上下阕，但结构精细缜密，音律谐婉清峻，意境幽深明净。以至两位歌手在演绎这首词曲时，在韵味的表达上颇费心思，既非《稼轩词》唱得刚烈，也不像苏词唱得苍凉过头，仙气满满，更不似柳词唱得太过柔软。

三

宋代填词是比较严格的，词有定调，调有定格，句有定数，字有定声，韵有定位。李清照的这首小令最为精妙的便是最后三句——"知否，知否？应是绿肥红瘦。"

一连两句"知否"，从表面看，是少女急切的申辩，内藏主仆二人深厚的情感：有嗔怪，有埋怨，有揶揄，也有一怀情意；往深了潜，像自问自答。前一句"知否"是设问，后一句"知否"是判定，是已知，深藏强烈的感叹与忧伤。

宋代奇女子辈出。北宋初年有花蕊夫人，中期有魏夫人；南宋则有易安居士李清照，幽情才女朱淑贞。

"不忍卷帘看，寂寞梨花落"（《生查子·寒食不多时》）；以及"恼烟撩露，留我须臾住。携手藕花湖上路，一霎黄梅细雨。娇痴不怕人猜，和衣睡倒人怀……"（《清平乐·夏日游湖》）

有人说，上面两首堪比李清照的《如梦令》，其实不然。朱淑贞是个直女，情绪放纵，酣畅淋漓。尽管也写闺怨，但一个重在体现孤独女子的痴恋情，一个则着急描绘少女恋春惜花的纯真意。

"知否，知否"乃此词之眼之魂。在音律上，比"争渡，争渡"更真切，更感伤，更刻人画骨，更富诗情画意，更富女性与生俱来的悲天悯人与万缕柔肠。

作为词曲副歌部分，男歌手嗓音的弹性度，女歌手声线的细腻度，无疑是最为契合的。他俩对词曲情感节奏的把握，一唱一和，一引一应，一平一仄,一俯一仰,还原了词人李清照描绘的《如梦令》原风景,将听者缓缓带入经济繁荣、文化灿烂的泱泱大宋。那源自大宋国音的诗意旋律,汩汩流淌,汹涌澎湃。今夕何夕,同频共振,让人感喟历史长河里悠悠逝去的异彩流光,以及中华文化万古留香的人性温暖。

暗香倾城

喜欢《暗香》缘于《秋意浓》。

听这首歌时是秋天,成都的夜晚有些清冷与孤独,我正在犹豫是否更换新的工作,歌里弥漫的离情别绪一下子让我滋生了想放下工作回家的冲动。夜半难眠,我哼着这支歌仍觉不够,于是上网爬楼,找到了原唱。张天王版《秋意浓》很赞,也延续了他一贯很 Man 很忧伤很醉酒很撕裂的风格,可还真是没能感动我,直到一位强悍的内地歌手的出现。

沙版《秋意浓》让很多歌友着迷。沙版与张天王版虽有相似的粗犷与感伤,但沙唱《秋意浓》广博、雄浑且韧性十足,有种让你走不出的浓浓秋意。尤其是情感表达上的宏大张力似乎更胜一筹。更让人不可思议的是,《秋意浓》并非这位歌手的成名曲,他的成名曲叫——《暗香》。

《暗香》是 2003 年秋上映的电视剧《金粉世家》的片头曲。《暗香》的火受惠于《金粉世家》。这部长达 40 集的电视剧是一场爱情大悲剧,而这支歌无疑加剧了爱得死去活来的剧情效果。或许不少人听《暗香》时,脑海里闪烁的仍是《金粉世家》中冷清秋冷冷拒绝金燕西求爱时的话:"我们是不一样的人,就像我们家的葡萄树开不出百合花一样";或者是"金燕西与冷清秋躺在向日葵做的大床上晒幸福",以及冷清秋离去时写给金燕西的那封决绝信:"行矣!燕西,生生世世,吾侪(chái)不必再晤"。

《暗香》剧末场景赚足了许多人忘情的泪水：火车开动时，一对注定无法在爱情的灰烬中重生的爱人，你南我北，各奔东西……

《暗香》起初确实是依附剧情而生，是剧情的催化剂。许多当年没看剧情的"70后""80后"甚至"90后"，大多是因为听了这支歌才去追的剧。可随着剧情发酵并逐渐冷却后，《暗香》成了一个独立的艺术生命体。以它清瘦、冷劲且忧郁的艺术气质，苍凉而灵动的音色，清远而又通透的音质，陡峭而广阔的音域，完美地演绎出大气、深沉、唯美的艺术风格。音乐浸透着古典的沧桑，孤傲与凄美，穿透了剧本，引发了强烈的共鸣。

我想起宋光宗时代以"清空、骚雅"风格名世的词人姜夔，想起姜夔与他的词作《暗香》。词的主体部分是这样的："旧时月色，算几番照我，梅边吹笛？唤起玉人，不管清寒与攀摘。何逊而今渐老，都忘却春风词笔。但怪得竹外疏花，香冷入瑶席。"

此《暗香》与歌曲《暗香》是否有着联系？或者说"暗香"究竟表达了什么？

姜词的《暗香》是指"梅香"，指梅花清冷的幽香，在冬季华丽的宴席里飘飘荡荡；而歌曲《暗香》或许灵感缘于此却不拘泥于此，境界显然会阔大些。"暗香"可能是暗藏在内心的一种律动，一种浮望，一种思量。比如，暗暗生念、暗暗生情、暗暗自喜、暗暗悲吟、暗自独居、暗自隐忍，也暗自凋零。"暗香"是"不扰人，不求人，不等不靠不谄不卑"的一种态度；于委婉、静谧、清寂中散发着一种淡淡的哀伤，于哀伤中散逸着淡淡的馨香。那香，应该是女人香，是爱的香，也是人性的香。

人生是一连串由此及彼的关联与寻找，如风马牛及其他。人们寻找梦想、爱情与幸福，寻找与爱相关的那个人，寻找那个人身后的那个人；寻找生的意义与死的意义，寻找自己要找寻的理由。最终，有的人找到了爱，找到了灵魂的香；有的人没有找到，并且还找错了方向，搭上了一生；还有的人无须寻找，蝴蝶自来。

"当花瓣离开花朵,暗香残留。香消在风起雨后,无人来嗅……"人生最大的遗憾是爱而不得与得非所爱。从这种意义上讲,《暗香》里藏着一个男人的城,一个男人的门,一个男人的魂。当然,这城这门这魂也是女人的。城门固,芳香四溢,暗香满盈;城门破,香消玉殒,魂飞魄散。正如歌里所言:"烈火烧过青草痕,看看又是一年春风。"也正如词里所歌:"何逊而今渐老,都忘却春风词笔。"

梦在丽江

一

朋友鑫说,她当初去丽江不找爱,只是去丢自己。

她住在丽江古城外的山村里。那是一幢木质结构的纳西族公寓,楼上楼下两层,她租住在一楼向阳的房间。高高的木门木窗下,青石铺一路满开,一直铺到村口。后院里野花盛开,初夏的楸木花粉黛如霞,村里村外泛滥成灾。山村四野无人,有一群小奶狗在路边玩耍。田野里麦子青黄,尖尖的芒兀自吮吸着甘露。偶有游人骑马经过,马绳由村里的纳西族人牵着,一前一后,像主仆又像亲人,步子慢慢悠悠。马蹄在石板上发出有节奏的得得之声,让山村的静寂显得有几分古朴与神秘,似乎正在上演的一部情感大片忽然被抽空了过于狗血的情节。这山村的光阴恰好被古屋、院落、楸木、麦浪、石径、狗马唤醒。

鑫觉得这种不被手机铃声、微信朋友圈与情感绑架、打扰的田园幽居生活挺好的。

这幢房子的主人是外地人,他来丽江的当年就买下这幢楼,没什么租客,便又在镇上开了间小酒吧打发光阴。

鑫是在村里住了一个月后才答应去酒吧帮忙的。

春夏季来的时候，镇上的游客明显多起来。酒吧晚上六七点上班，深夜两点下班。酒店里除了长着大胡子的老板，除了不远千里来买醉、寻欢、排解孤独的酒客，还有一只白色的流浪猫。它时卧时立在吧台上，看黯淡的灯火下故作姿态的红男绿女推杯换盏、虚情假意。它看不懂那些涂着殷红油或叠着长贝壳般饰品的指甲，以及握在指间旋转着的各色透明液体。它对试图撩拨它的酒客置之不理且兴趣全无，却会讨好收留它的大胡子。每当店里生意清淡、大胡子夜里打盹时，它就会拿前爪挠他的胡须。

鑫喜欢这只猫，她管它叫"喜爱"。喜爱在鑫头一天上班时就赖在她怀里撒娇，还弄洒了鑫送给客人的一杯鸡尾酒。大胡子没有生气，淡淡地说了句："喜爱，或许就是在丽江等你的那个冤家。"

鑫不太喜欢酒吧，但这是她在来丽江前与大胡子谈好的——"在酒吧打工抵房租，两不相欠。"一个漫画设计师辞职来丽江做吧台妹？鑫觉得自己挺可笑的。

鑫去了后，生意并没有因多了一位美丽的吧台服务员而红火起来，一连几周门庭冷落。鑫出了一个主意——改造酒吧。大学学动漫设计的她调整了卡座的颜色，调整了暗淡的灯光，调整了大多数酒吧过于雷同的沉闷调子。她在墙面画上宫崎骏动漫电影《千与千寻》中的人物"千寻""无脸男""白龙""玲""汤婆婆""钱婆婆"等，并采购了一批日本最新动漫书，酒吧的背景音乐是宗太郎先生的陶笛曲《千与千寻》……一家有着日系动漫元素的主题酒吧与同名的微信公众号"千与千寻"在丽江诞生了。

为了做足童话戏份，鑫不仅从日本网购了一批"陶笛"，还让大胡子买来精致的陶制酒杯，每个杯子上都画上影片里的角色，像艺术品一样美丽。"到店就送'小白龙'""消费就送'无脸男'"的广告词吸引了大批年轻情侣，生意一反常态地好起来，忙得大胡子手足无措。

很多次，大胡子都想阻止鑫的折腾，却没有开口，反正生意就那样，不如随她。结果，鑫的艺术天赋让大胡子的口袋迅速鼓胀起来。

"来杯无脸男？"

"无脸男"在剧中一说象征"空虚"与"寂寞"；一说象征"痴迷偶像的有钱肥宅"。

大多数酒客一进门便会回答："对，无脸男。"

无论是男是女，无论谁下单。

酒吧各色鸡尾酒、洋酒，鑫都让它们有了新网名，除了"千与千寻"系列，还有"幽灵公主""风之谷""红猪"等，酒客感到新鲜又应景。有的酒喝到尽兴，也会买走一些陶笛，顺走一两本供翻阅的动漫书。

二

鑫知道，来丽江的人大多是来找梦的，只有她是来丢自己的。

鑫真的丢掉了自己许多东西。比如，"刷微信""慵懒""不守时""不吃早餐"及"愤怒""任性"等。

这在很大程度上与她的工作有关。生意忙，鑫没时间看微信；小酒吧只有她一个服务员，没办法偷懒；到了上班的点，大胡子来敲门，没法不守时；至于"不吃早餐"，主要是起床时早餐时间已过。当然，完全陌生的地域、陌生的环境、陌生的男人、陌生的生活，连她自己也会变得陌生起来，她没法"任性"，也没法"怼"谁。

鑫对白天越来越陌生。小酒吧生意好时也会延迟至凌晨三四点。酒客源源不断，换了一茬又一茬，有钱不赚，大胡子有些不舍。因此往往回出租屋洗洗涮涮就到了凌晨五六点，身体上床一觉睡醒大约是下午一两点。白天对于他们来说，仅仅五六个小时，比夜晚工作时间要短得多。因此，白天是夜，夜是白天，是生活的日常。

鑫常常失眠，失眠时就听《丽江之恋》，听着听着就会重新入睡。

"情归何处？心向何方？相思泪在飞，千年也无悔，生死若轮回，万世亦相随。"

大胡子也会失眠，他失眠的时候就喝洋酒。若是两人都失眠，就靠在一起喝酒，或干脆歇业一天。两人牵着手一起逛丽江古城，逛没有围墙的"木府"，或者游茶马古道、纳西古寨，观丽水金沙晚会；要不就喝束河古镇自酿酒，吃丽江粑粑，一起醉倒在楸木树下。

风过，楸木花一瓣瓣落下，落在头顶，落在阶前，落在脚下，落在院子的角角落落，也落在白夜的梦里。

某个雨天，鑫比大胡子先去酒吧，遇见了酒吧的前老板。前老板路过来避雨，鑫拿出一杯酒与一碟果脯。前老板说，大胡子来自台南，是位整形医生，曾常年在大陆行医。妻子听说是名空姐，常飞岛内至丽江这条线，几年前离他而去。于是，大胡子弃医从商来到了丽江。

鑫听了只是笑笑。

一个月后，鑫从另一位酒客口中听到了另外一个版本。酒客也是台南人，与大胡子同乡。他在大陆开了家公司，做着医疗产品供应生意，每隔几个月就会来丽江拜访老客户，而每次来必到"千与千寻"喝酒。有次喝醉了提起大胡子，说大胡子在大陆爱过一位"网红"，结果被"网红"骗走一大笔钱，妻子恼了，离了婚。鑫听了，也只是笑笑。

大胡子很少说话，除了每天迎来送往，点头鞠躬，偶尔说句"欢迎再来"或"请您慢走"，他大部分时间都在调鸡尾酒。遇到酒客主动搭讪，他也只是笑笑。

喜爱每天陪着鑫睡，它不喜欢那些流浪狗。它们三五成群，每天早上藏在主人住的屋后，或潜伏在路边草丛，单等主人开饭或者躺下后来讨食。有的爬窗户窥探，有的把饥饿的嘴挤进门缝里汪汪地叫。主人每天下班都得大包小包给它们带食物，严重挤压本就不大的菜篮子空间，那可真是一群癞皮狗呀。还有，还有每天清晨讨厌的"白月光"，晃得它眼花。

三

"千与千寻"酒吧有位常客，是山东人。这位酒客在镇上经营着皮货生意，几乎每月来，来了就买一杯"无脸男"，一杯"千寻"。

一杯酒，大约要喝一个小时，其实大部分时间在听歌。来必坐在进门的一号桌。那里是一扇大玻璃窗，能看到窗外的灯火，也能看到路过窗外的行人，以及进店的每一位酒客。

鑫知道，一号酒客在等人。

店里人将散尽时，大胡子有时也会陪意犹未尽的酒客喝酒，象征性地敬上一小杯。而酒客看看窗外夜将白，大约知道是打烊的时候了。

大胡子也陪一号酒客，陪过很多次，于是彼此成了熟悉的陌生人。不问彼此，只看酒杯。

一号酒客年龄不过三十，某日，她一连要了三杯酒，说那天是她的生日，说她想喝遍丽江大小酒吧，喝足1000杯，她就走。因为，她在等一个人，等一个在酒吧里遇见的"无脸男"。她们甚至忘了加彼此的微信，忘了问对方的姓名，却共同度过了三个不眠之夜。

鑫骑单车上下班。她把喜爱放在车篮子里，或放在自己肩上。喜爱十分机警地瞅着晨光下的或暮色中的田园、街市、人流。喜爱或许觉得，在路上的这段距离才是最有意义的生活，因为能见到不同的人不同的景，包括路上争抢食物的讨厌狗。

当然，酒店里的客人大部分都是新的，大多半夜来半夜走，一个个来，一对对走；一对对来一个个走。也有喝过一"趴"又一"趴"的，来的时候在梦中，走的时候也在梦中。

"你真做过整形医生？"

"嗯，做过。"

"那你那位老乡不是假的吧？"

"老乡不假。不过，他不是做医疗产品的，他只卖美容化妆品。"

"那他来丽江干吗？"

"开网红店。"

"哦？"

"他开网红店也是为了等人。"

"等谁？"

"等我。"

"等你？"

"对，等我跟他回台南。他是我妻弟。"

"那你有要等的人吗？"

"以前有。总等不到。"

"现在呢？"

"现在没了。"

"你等到了？"

"或许。"大胡子拿眼瞅鑫，眉间有条黑线闪过。

四

一年后，鑫离开了丽江。因为，她突然对整形医院的美学顾问感兴趣，她想重新开始新生活。

几年后，我常在鑫的微信朋友圈看她做的甜品，看她骑单车、炫画技……

有时，也会发现她们医院的庆典活动，她与名医、明星的合影等。我们还在她的故乡东北一起吃过一顿饭。饭局中，她提起丽江，提起大胡子，提起小酒吧。我想，她心里应该还留着那段梦吧。我一直想问她，她与大胡子到底有没有发生点什么？她微笑，然后呷一口酒，酒没入喉，泪流了下来。

再后来，我听说她整形了，割了双眼皮，隆了鼻，垫了下巴，隆了胸，抽了脂，填了臀……我想，她是真的丢掉了自己。很彻底。

"千与千寻"酒吧据说继续开着，背景音乐换了一首歌，名字叫《丽江之恋》。

恰似东山山上月

一

作为禅意诗歌的代表，仓央嘉措饱受争议。他的诗歌飘过三百年，红了樱桃，绿了芭蕉。在六十余首被初步认定为仓央嘉措手书的情诗中，传唱最广最能代表诗人风格的是《仙鹤》。当扎木聂、扎尼（牛角琴）挎上肩，当手鼓开始和音，那场景那气势那音律，那古朴苍凉粗犷神秘的意味便奔涌而出。在佛光普照的藏区，无数的牦牛藏羊似乎都能听懂经文，自由的格桑花在广袤无垠的草原盛开，风马片、风马旗、哈达及各种飞翔的经幡盛满厚重的历史，瞬间包围了你，让你进退失据，如临天堂。

"洁白的仙鹤啊，请把双翅借给我，不飞遥远的地方，只到理塘就回。"生在西藏的仁钦卓玛与来自青海玉树藏区的央金兰泽演唱的《仙鹤》堪称经典，是众多《仓央嘉措情歌》演唱歌手中的杰出代表。她们其中一位高亢激昂，藏风淳厚，不染尘泥；另一位清澈灵动、情韵绵长，清雅传神。

原名"计美多吉协加衮钦"的仓央嘉措生于康熙二十二年（公元1683年）。5岁入寺庙习文字，7岁学佛法，8岁习《吐古拉》《诗镜注释》等。康熙三十六年（公元1697年），仓央嘉措身份公开，入住布达拉宫。此前，他在藏南（达旺地区）生活了14年。他渴望自由，可他身不由己。

据说，仓央嘉措在故乡门隅达旺的纳拉山下遇见了自己的初恋（一说是他14岁时在街头遇见）。初恋情人来自四川省甘孜州理塘县的毛垭大草原。"理塘"藏语意为"平坦如铜镜的草坝"。在故乡，他俩或许曾一起放牧，一起游猎，一起放歌，或者还一起做过糌粑（zān ba）……在仓央嘉措的诗歌中，"理塘"成为"自由、浪漫、慈悲和美好"的象征，成为诗人魂牵梦绕的生命归处。

仓央嘉措的初恋情人，一说是"玛吉阿米"，一说是"仁珍旺姆"。但可以推断的是，因入住拉萨，他与初恋情人被迫分离。

据说仓央嘉措到了拉萨后，结识了令他一生再难放下的爱人"达娃卓玛"。在仓央嘉措的情诗里，"玛吉阿米""仁珍旺姆"与"达娃卓玛"都曾出现过。一说，她们是仓央嘉措相继认识的三位女子；一说，"玛吉阿米""仁珍旺姆"是同一人。"玛吉阿米"或许是"仁珍旺姆"的化名。如果仓央嘉措就近光顾的酒馆在"大昭市"附近，那么诗里人物出现的场景便能说得通。最有可能的是，"玛吉阿米"没有出嫁，而是从理塘来到了拉萨，见到了仓央嘉措，并落脚"达娃卓玛"的酒馆。而"玛吉阿米"或许正是因了这份情感而殒命或被遣返故乡。

诚如是，"跨鹤高飞意壮哉，云霄一羽雪皑皑。此行莫恨天涯远，咫尺理塘归去来"。这一译本便有了相应的注解。

此外，"玛吉阿米"还存在另一种解读。这主要是因为藏语中"玛吉阿米"意为"未嫁（生）娘"，很有可能是一种泛指。结合"玛吉阿米"唯一出现的诗歌《东山顶上》之"在那东山顶上，升起白白的月亮，玛吉阿米（一说译为未嫁少女，一说译为年轻姑娘）的面容，浮现在我的心上……"很多学者倾向于将"玛吉阿米"理解为诗歌的一种意象，是一种隐喻，指感恩感念之人。就如"在那东山顶上""恰似东山山上月"中的"东山"并非实指林芝地区的最高山峰——"南迦巴瓦峰"，也可以是一种泛指。

当然，路过仓央嘉措世界的三位女子史书均无记载，她们或许只是活在诗歌里，或者想象里。"我与伊人本一家，情缘虽尽莫自嗟。清明过了春自去，几见狂蜂恋落花。""如果不相见，便可不相恋；如果不相知，便可不相思……"诗歌对于仓央嘉措而言是爱而不得的悲伤。

有了这样的情歌创作背景，有了这种挣脱不掉的"情"，歌手们的歌声方才有了灵魂，有了躲进你耳谷、敲开你心扉的理由。

二

"心头影事幻重重，化作佳人绝代容，恰似东山山上月，轻轻走出最高峰。"

听仓央嘉措的情歌，最早缘于"三藏梵音"。那是一个"疗愈听者心灵"的二人乐团。主唱的声音细腻舒缓，音色弱而不虚，强而不噪，清亮柔韧中带有超强的穿透力与强烈的画面感，加上恰到好处的副歌和声，颇有"治愈心灵"的意味。可惜除此之外，网上找不到太多相关作品与踪迹了。

释迦牟尼说人有"八苦"——"生、老、病、死、怨憎会、爱别离、五阴炽盛、求不得"。"八苦"乃众生轮回六道所受之"八种苦果"，为"四谛"中"苦谛"主要内容。儿时便识字、学医、学佛的仓央嘉措自然懂得。或许是因太懂，所以才受困。

"那一日，垒起玛尼堆，不为修德，只为投下心湖石子；那一夜，我听了一宿梵唱，不为参悟，只为寻你的气息；那一天，闭目在经殿香雾中，蓦然听见你诵经中的真言；那一月，我摇动所有经筒，不为超度，只为触摸你指尖；那一年，磕长头匍匐在山路，不为觐见，只为贴着你的温暖……"

还是谱过曲的意译版《那一年》表达得更为妥帖：那一天，我转动所有的经筒，不为超度，不为来生，只为你的温暖；那一世，我转山转水，啊，只为途中与你相见……

史料关于仓央嘉措有这样的记载："在进京朝觐途中暴病身亡。"同时，

《清世祖实录》中，也有相关笔录："康熙四十五年（1706年）十二月庚戌（一说率于十一月），拉藏送来假达赖喇嘛，行至西宁口外病故。"

这么说，仓央嘉措跟随押解的蒙古军出拉萨时正是雪季，而非民间传说的六月。想来，一行人浩浩荡荡穿过百里外广阔的"羊八井盆地"，沿着唐蕃古道，沿着白雪皑皑的念青唐古拉山脉北行，向着清海方向，向着帝都北京进发，过纳木错，出日月山，至青海圣湖。抵达湖区时应是天地苍茫，冰天雪地，冰锁湖面。仓央嘉措与纳木错的交集便是几句诗："与有缘的人做快乐的事，别问是劫，是缘。"而留在青海湖的是年仅24岁的生命，是洁白的《仙鹤》，是对"初恋情人"情感亏欠的自责与懊悔；是此生与命运抗争结局的顿悟，是留在世间的最后一汪咸涩泪水。《仙鹤》最后也成了关乎生死轮回的预言。听仓央嘉措的歌，在空灵、美妙、浪漫的音符之外，总藏着不可言说的苍凉与凄美。诗人就像一位万水千山走遍的行者，像一位从九尘之埃复活的先知，身披袈裟，手扶禅杖，目送归雁——一人一马一山一水一风一沙一斜阳。而千年之后的歌者，捧着残存的诗稿，在无边无际的诗意里沉浮，幽愤与悲情似沧海之水澎湃而出，汩汩流淌，似一种缅怀，一种追思，一种祭奠。

三

仓央嘉措性格形成受《格萨尔王传》的影响很深。这是一部堪称解析西藏的"百科全书"，享有"东方的荷马史诗"的美誉，涵盖了古代藏族的宗教信仰、地理历史、民风民俗等。而将仓央嘉措带进诗歌艺术殿堂的是《诗境》。这部诗学理论有藏诗技法的教科书之称，是仓央嘉措诗歌的风格之源。

"仓央嘉措情歌"有四大特色。一是大胆的写实性；二是深刻的哲理性；三是"通俗的自然美"；四是"和谐的音乐美"。后人谱曲，遵韵循律，自然通达，易弦易歌。

在学界还有一种说法，在藏语里仓央嘉措的诗作，非"情歌"，而是"道歌"（古鲁），因为诗集藏文题目是《仓央嘉措古鲁》，而并非《仓央嘉措杂鲁》。"杂"是"情"，而"古鲁"是"道歌"，有着劝诫意义。无论哪种说法，都难以影响"仓央嘉措情歌"的艺术魅力。

四

网传"男人不读纳兰容若，女人不读仓央嘉措"。可见两位"人间富贵花"都非一般人物。

有学者将仓央嘉措与纳兰容若并列为三百年来中华诗坛的传奇。理由是：他们共同生活在十七世纪的康熙王朝，都是不走寻常路的奇才。一位是著名僧人、雪域之王；一位是小康熙一岁的大清满族贵胄，皇帝的高级侍官。

纳兰容若一生被情爱所困，仓央嘉措一生被现实所困。两人何其相似，却又与众不同。世间有"五我"——"物我、生我、情我、德我、本我。"他们纵然能越过其中"三我"，却难逃"情我"与"本我"的束缚，因为他们已然无法分清"情我"与"本我"。

宋代欧阳修有诗："人生自是有情痴，此恨不关风与月。"（出自《玉楼春·尊前拟把归期说》）这是一种宿命，他们双双坠落其中，在弯道里挣扎、求索，在最好的年华陨落，成为中华诗歌高地绚丽的风景。

"人生除了生死，哪一件不是闲事。"如果这是仓央嘉措诗歌里的箴言，是一种自我超脱，那么，它正好体现了仓央嘉措思想的两面性。

仓央嘉措注定是个传奇。他在人世间短暂逗留二十四秋，留下了倾世的才华，也留下了解不开的谜。

第二章 / 千语千寻

等春来

一

梅妈是鄂西山区一个苗家村寨的菜农,老两口以种菜为生。山区地少,老两口没事便在寨里寨外转悠,兜兜转转中那些坡上坡下、角角落落失耕的小荒地,便有了新主人。一锄一锄地挖开,一滴一滴汗水灌溉,一担一担有机肥滋养。先是玉米、大豆,然后是萝卜、红薯,一年一年换着种,贫地成了沃土。如今寸草不生的荒地开满了花,挂满了果,生机盎然。梅妈皱纹如菊的脸庞便像初开的金盏花般热烈红火。

往常的一天,梅妈午后会在菜地采摘,晚饭后便将采摘的蔬菜清理洗净,分成一小捆一小捆,然后用一根根稻草扎牢绑紧,装进篮子里。为赶上早集,抢个好摊位,卖个好价钱,梅妈往往凌晨四五点钟就得起床,挑着一百多斤的菜篮子上路,一直卖到正午才折返。通常一担菜能卖上几十块钱,偶尔口袋里能揣上一张百元大钞,那脚步便会轻快许多,且逢人便是笑。

可现在,梅妈坐在门槛上发呆。她一闲下来腰腿痛的老毛病就会复发。这个春节,女儿梅朵一家三口因为疫情阻隔在路上,老两口只能与一条大黑狗守着一张火锅桌与一台电视机过新年。他俩遵守寨上的规定——不拜年,不串门,不聚会……

不下雨时，老两口的活动半径会大些，屋前屋后、菜畦、鸡圈；下雨时，便只能宅在家，楼上楼下来回转悠。

转来转去，梅妈就会被老伴数落："你瞎转个么事？你转，女儿、女婿、孙女就能回来？"

于是，梅妈便躲到后屋去烤火。屋外有雪在飘，她担心女儿、外孙女们。同样是隔离，她觉得自己比住在单元楼里的城里人要幸福多了，比关在酒店隔离的女儿安逸多了。梅妈拿着老人机一遍遍地瞅女儿梅朵的电话号码，手指动了动，就是没有按下拨号键。一天打几次电话，说来说去还是那几句，她怕女儿烦。

眼见立春、雨水已过，接着就是惊蛰了。昨晚后半夜，第一声春雷已经响过，蛰居的动物们怕是已经醒来，油菜的嫩茎儿高过了膝，香菜株株葱翠欲滴，接着便是蛙鸣虫叫布谷催——又到春耕时节了。

眼底的小县城不过半小时脚程，却仿佛千里之隔。封城封村封山封路……地里的菜送不进城，城里的人吃不上她种的菜。蔬菜在地里一天天老去，宛如老去的青春，她瞅着心疼；老伴秋天做的冠心病手术，现在还没有复原，吃的药也断了些天了，她瞧着心痛。这该死的疫情什么时候能结束呢？

老伴抽了一口烟，看着电视不言语。

国家处在抗疫的危难时刻，四万医疗队、一架架满载医疗物资的专机、一车车生活救援物资，从祖国四面八方汇集到重灾区江城武汉，身在鄂西疫区，作为村寨退下来的干部、老党员，他知道轻重。

老伴打量着菜地里嫩绿的菠菜、茼蒿、蒜苗、韭菜，它们躲过寒冬的风雪，正沐浴在早春的日光时，噌噌地长高，他欢喜得想啜口苞谷酒。他琢磨着，是时候与村寨的干部们合计，将自家种的菜捐出去，捐给重灾区的城市居民。只是，他在考虑如何向梅妈开口。更重要的是，新上任的支书可是个大学毕业刚回寨的女娃娃呢，他一把年纪又是老村委，如何向娃娃书记开口？

梅妈知道了老汉想法后的第二天，望着日益温暖起来的天空，说了句："春来了！"随后，她拖着老伴越过一条条挖断的山路，进了村委的大门。

这是他俩30多天后第一次出门。

他们的身后，菜花黄，蜂蝶成双，山楂树正在抽芽。

二

梅朵现在挺后悔的。为什么当初要回来？回来也就算了，为什么从武汉转车？从武汉转车也就算了，为什么没赶上老公坐的那班动车？结果她被隔在了武汉，等她重逢的老公与九岁的女儿小朵被隔在了宜昌，而他们的目的地是鄂西老家。

她想，自己当时是不是太激动了？老公从工作地广州返回福州的家休整不到一天，便带着小朵出发了。说好等他们到了武汉，自己在上海开完医学交流会就坐飞机过去跟他们会合，然后去宜昌开亲友小车回家，可她却失约了。

主意是她出的，票是她在网上抢的。等她赶到武汉，听到封城消息的那一刻，她真想抽自己耳光。

回家前就听到武汉同学透露疫情，建议她不要回来，可她没听进去。她想，年迈的父亲重病未愈，没准这是他在世上的最后一个春节。可笑的是，梅朵不知道现在这样算不算回乡过年：回家团圆变成了三人两地，而老家还在远方。

在酒店隔离的头几天，心里真难受。"隔舍"是当地防疫工作组安排的，每人一个标准间，十多平方米的空间，不能上楼也不能下楼。每天除了盯"抗疫新闻"，看滞留在汉的网友留言，就是盼数据回落，盼救援早到，盼城门早开，盼能出去走走，哪怕只有一小会儿。可每天都是失望。

梅朵与滞留在宜昌的老公、女儿视频。上四年级的女儿小朵听说学校延迟开学，必须在隔舍上网课，心里老大不乐意。酒店Wi-Fi使用人数多，信号不好，常常中断，小朵便抱怨没让她带课本、练习册。隔舍没有电脑，没有打印机，商店没开买不到学习用具，听不懂老师的讲解，小朵也抱怨。不会做的题请教爸爸，爸爸也不会，还天天让她洗臭袜子，小朵便愤愤。

老公呢，倒是没一句抱怨的话，可是她却看到了老公的沉默。要复工了，老公滞留重点疫区，无法顾及在广州的生意。老公在广州与人合伙做家具生意，年前市场行情本就不好，疫情一来，资金压力更大，公司怕是要重组。

还有等他们回乡过年的父母亲，一天三个电话——"娃呀，你们啥时回家呀"……

每次视频，梅朵都要跟老公、女儿说三遍"对不起"；每次电话，梅朵都要跟父母再说三遍"对不起"，梅朵要崩溃了。透过窗玻璃打量这座正在蒙难的城市，高楼肃立、店铺紧闭、大街空旷，偌大的城市只有呼啸而过的风。如果没有阳光爬上窗棂，没有按时亮起的灯火，没有月影惊扰夜梦，她甚至怀疑自己真实的存在。

答应给父母带的药、营养品、新衣服还装在自己行李箱里。答应了陪女儿上朝阳观拜"孔圣人"，答应了老公回乡为女儿办场生日宴，答应了陪腰腿痛的母亲去检查一下身体，带老父亲去州中心医院复查，答应了单位领导回乡过年只需四五天……结果？结果这些承诺恐怕都无法实现了。春节假期早过，疫情仍未结束，离汉通道仍在封锁中。她不知道，武汉解封后，是该继续未完的行程，还是返回福州单位上班？

大年初一，梅朵看到网报，因封城而滞留武汉的千位外来者为省钱，有人睡火车站、地下停车场、地下通道。在救援未到前，这些素昧平生的人们用组建微信群的方式来温暖彼此。

2月5日，武汉开建方舱医院。看到方舱医院患者在医生带领下跳起广场舞，梅朵笑了。她不知老公与女儿及等她回家的父母会不会同意，她要加入医疗救助志愿者的队伍。她做出了决定。

一场大疫情，让寻常生活变得异常珍贵。她是湖北的女儿，又是一名医者，她责无旁贷。她想，多一名有良心的好医生，鼠年的春天就会早些到来。因为，病人的春天就握在医者的手心里。

三

小朵是带着无比兴奋的心情拥抱鼠年春节的。

她很快要十岁了，却是第一次去妈妈的故乡，可对外婆家她并不陌生。她听爸爸说，妈妈是苗家女，是在鄂西山区吊脚楼里出生、长大的。外公是个颇有名气的老木匠，又是寨子里的共产党员、发家致富的"领头羊"，盖楼自然颇有讲究。

外婆家的吊脚楼据说依山傍水，盖了三层。楼的一面连石倚山，另三面临水腾空，靠大柱子支撑。一层两间关牲口，养家禽，放农具与杂物。二层绕楼曲廊与栏杆包裹着三居室；三楼两大间是妈妈的闺房与书房。楼四壁用杉木板开槽密镶，全榫勾连，桐油漆透，丝檐走栏，优雅宽绰，美不胜收。

妈妈是医生，是天使，小朵想，孕育出天使妈妈的闺房一定装满童话。

妈妈说，她的故乡漫山遍野生长着山楂树与野樱桃。春天，白白的小花瓣慵懒地开满枝头，一大片一大片地簇拥着，如噙满香气的云朵，浮在春风微澜的空气里，伫立在弯弯的山道上、悬崖边，瓦舍前。忽然间你转身，它便安静地等在那儿，像一位等你归来、等待已久的恋人。

小朵想，如果自己的十岁生日宴能摆在山楂树下，或者樱桃树下，那该多美。她给外公外婆分别画了一张肖像，当然是那种有着动漫色彩的。她还为外婆织了一双手套。此外，她答应教外公外婆玩微信，玩抖音直播……她能想象那一刻外公外婆脸上的表情。

可小朵没想到，一场疫情，让她与妈妈及妈妈的故乡生生地隔离。她与爸爸待在酒店的隔舍里，想妈妈，想大病未愈的外公及盼他们归乡的外婆。

她与爸爸每天盯着疫情数据，哪里升了哪里降了，别人可能只需要盯一处，她和爸爸要盯三处——武汉、宜昌及妈妈的故乡。

她在隔舍里上网课，没书桌，没教科书，没练习册，没电脑与打印机，开始很有情绪。可当爸爸用手机下载好学习平台，和她一起蹲在地上学，趴在床上写，伏在窗台上抄时，她觉得也挺有趣的。不会做的题，爸爸查完再教；没有娱乐活动，没法上体育课，他们便比赛背唐诗宋词，一起跟着运动视频做训练。一段时间下来，虽然父女俩变成了斗鸡眼，可抗疫的意志提高了。

每次，小朵与妈妈视频，看到妈妈说"对不起"时眼眶里隐忍的泪水，小朵就后悔自己的不懂事。其实，妈妈不容易。

爸爸呢，长年在广州工作，一年与她待在一起的时间不过月余，以前总觉得自己像个没爸的孩子，可看着爸爸老着脸向酒店领导申请学习用具，申请办公网络，帮她抄错题，读新闻，讲故事，洗衣服，暖被子……一个大老爷儿们，上不了班，赚不了钱，还得听她抱怨。若是自己晚上踢被子，打喷嚏或者咳嗽两声，他便格外紧张。小朵每次在隔舍里洗澡，他都严阵以待，鞍前马后地照顾。住在隔舍，怕着凉、怕感冒生病，怕与人密切接触，怕感染新冠肺炎……一旦隔舍出了一个确诊者，那么整个隔离酒店的长辈们便会彻夜难眠。其实，爸爸也不容易。

小朵觉得，爸爸破天荒地陪伴她这么久，虽然因了这场疫情，但能与爸爸共度时艰，感受缺失的父爱，她心里终究是暖的。

当听说妈妈要参加当地抗疫医疗救助队当义工时，小朵既担忧又自豪。她想，若是解封了，她最大的愿望是和爸妈一起继续这段未完的归乡旅程。但愿那时，东风正暖，桃李未落，樱桃正红，世界安好！

等风来

暑假去老家避暑，一路的绿色天然"氧吧"，让人如临天堂。到家时正逢夏粮丰收季，邻家禾场上高高的谷堆一下子吸引了我。

原来邻家六十多岁的老两口儿子中专毕业在省城打工，因刚出去不到两年没攒下钱。老两口为了生计仍种着十来亩责任田。他们没买现代农业机械，也请不起人，便依旧靠双肩双手战天斗地。

门前谷堆里有沙粒、灰土、稻草壳、草渣等杂质，需要清除方能装袋入户。可一大早起来便艳阳高照，蝉嘶狗吠，树静鸟倦。没有风，怎么扬谷子呢？老汉握着木锨试了几次后一声叹息——"这鬼天气，咋没风呢？"

老太婆安慰老汉，"等等看，西边有了一团乌云，会来风的，莫着急。"

于是老两口一屁股坐在石门槛——等。

午饭后，大嫂说："我们家老屋不是还有台风车吗？应该能用，借给他们试试？"

"风车？就是手转的那种？"我一脸惊愕地望着大嫂，大嫂点了点头。于是大嫂便好心地去找老两口，没想到，老两口拒绝了，理由很简单——不想麻烦乡亲。

又过了一两个小时，老两口依旧坐在石门槛上，风没有要来的意思。

大嫂瞅了瞅打着盹的老两口，以为他们是跟她讲客气，不好意思来借，便与侄儿将风车抬到了他们身前。老两口连忙道谢。

正当谷入斗仓，风车轮子转动起来时，西风来了！

"西风——来了——嘿嘿——西风来了！"老两口乐呵呵地朝天一作揖——"谢天谢地！"

"谢天谢地，西风来了！"

尽管伴随西风而来的或许是一场暴风骤雨，可趁暴雨未落之前，还有点时间。

顺天听命的老两口等一场风，等了老半天，叱咤风云的孔圣人为等一场风更是等了三年之久。

公元前517年，孔子为实施"仁政"，也为避祸，留居齐国。在齐期间帮助齐国"预测水患""建立礼制""开仓赈灾"，做了大量受民众赞誉的民心工程，却也因此招致齐相晏婴与士大夫们的嫉恨和排挤。于是，没两年孔子便在齐国坐起冷板凳。

齐国国君不愿再召见孔子，于是派齐国官员昭子转述口谕："高卿，你去转知孔丘吧，就说寡人已经老了，不能再用他了。"孔子闻知，终日郁闷不已。

公元前514年的一天，孔子收到了来自鲁国官员南宫子容的一封信，说鲁国政乱平定，希望孔子回国参政。孔子等的便是这个契机，等的便是"东来的风"。次日，孔子就满面春风地返回了鲁国，那年孔子38岁。

公元前501年（鲁定公九年），孔子用13年时间在鲁国雷厉风行，帮助李、孟、赵三家平定了阳虎的叛乱，取得了三家的敬重与信任。不久，孔子在孟孙无忌的推举下，当上了鲁国的"中都宰"。又一年，由中都宰迁"司空"。

"天不生仲尼，万古如长夜。"不仅孔圣人明礼懂风、观化听风，最终举步生风，改政移风。三国时期神机妙算的诸葛武侯尤其懂得"借风"的道理。南宋大理学家、儒学集大成者朱熹更是深谙"御风"之道。其领创的"程朱理学"贯绝"元、明、清",成就三朝"理学之风",位列大成殿十二哲者,受儒教推崇。

风成就了一代圣人,一代将相,一个个王朝,风也成就过诸多旷世情缘。

看过一部治愈系电影《等风来》。影片讲述了为"寻找人生意义"的一群人,奔赴世界上据说幸福指数最高的国家尼泊尔游历探险的故事。很快,富二代男主角与失恋女大学生到了寻找"幸福之旅"的最后一天。他们背着"滑翔伞"来到一座山头,打算通过一次挑战生命极限的"御风飞行"告别"幸福之旅"。

女主角立在悬崖边上,望着谷底的万丈深渊,失恋的阴影围绕过来,焦躁不安的她心里充满对死亡的畏惧。她几次闭上眼,想要跳下去。

男主角对女主角说:"无论你有多着急多害怕,现在都不能往前冲。冲出去也没有用,冲出去也飞不起来。现在,你只需要静静地,静静地等风来。"

《流浪地球》里也有一个相似的情节。当地球离开"黄道平面"公转轨道,随之丧失自转能力。失去大气层之后,它便失去了"向上之风"。所有飞行器不是在空中解体,便是失去平衡而坠毁。

那一刻,风便是生命最后的承载,它承载起世人难以想象的万吨钢铁之重;那一刻,一个能浮游在风里的用万金打造的舱位或许是人类生命最后的秘境。

尽管我们正逢"尧雨舜风"的新时代,可人生并非总是顺风顺水。当我们滞留沧海,当我们立在人生的悬崖边,当我们无法张开身体之帆,展开飞翔之翼,不如先停下来等一等。等一等,等你人生中必定要等的那场风,等——风——来!

樱桃的约会

一

小满前,妻想尝樱桃,遂让朋友从北方寄来几箱,八百里加急,朝发夕至。拆开来,一颗颗玲珑剔透,果圆色魅,鲜红欲滴,性感十足。正想晒到朋友圈与亲友分享,孰料刚一"跨界",便闻高考放榜日礼炮齐鸣,"上清华还是上北大?""去美国还是去英国?"家长群、教师群、妈妈群等数以万计的"朋友圈"像得了传染病般相继沦陷。

这个时候,应该有诗词歌赋,应该有一树一树的樱桃红,应该有冠盖满京华的"樱桃宴",应该有樱桃的歌声。这歌声自大唐而来,来自长安古道,成就千年的绝响。

大唐的新科进士放榜的时间正是樱桃成熟的时节,皇帝有在长安城东南曲江池赐"樱桃宴"的习俗,以奖掖寒窗十载、高中进士的学子们。

《慈恩寺题名游赏赋咏杂记》中记载:"曲江亭子,安史未乱前,诸司皆列于岸浒。幸蜀之后,皆烬于兵火矣,所存者唯尚书省亭子而已。进士关宴,常寄其间。既彻馔,则移乐泛舟,率为常例……"

杜甫《曲江对酒》诗云:"桃花细逐杨花落,黄鸟时兼白鸟飞。"

可以想见,身着长袍、冠带飘飘的书生们换完进士装,手执折扇,迎着从曲江水面徐徐袭来的清风，在漫天花雨、百鸟朝凤的背景中，意气风发地依次步入曲江畔，落座在由摆满樱桃的餐桌围成的超级宴席上，享受着人间珍馐美馔，享受着集体面圣的那份荣光。而激情的宫廷乐则随着樱桃女郎的舞蹈热烈起来。

享受这等殊荣的寒门学子其实并不多，大唐的进士早期一榜不过几十人，白居易中进士后赋诗"慈恩塔下题名处，十七人中最少年"，这说明当时中榜的不过十七人，十七人的上榜规模似乎太寒碜了点，不过宴会却不可能不盛大，不可能不奢华。

在盛大的樱桃宴上，京中三省六部的重要官员自然要参加，皇帝也前来观赏，但可能不会直接露面（《唐摭言》"散序"中说：逼曲江大会，则先牒教坊，请奏。上御紫云楼，垂帘观焉）。若是出现，皇帝免不了要发表一番重要讲话，讲明求学的辛苦，中榜的不易，评审的公正，以及考取功名后的无限可能。然后挑选一批出色的学子次日进宫面圣，考评是否择期授予官职。

樱桃宴上，满眼的红，满唇的红，满齿的香，醉了披红挂彩、一步登天的寒门学子，醉了风华绝代、风光无限的夜晚。

大唐带着皇恩浩荡的樱桃宴，总让我想起日本著名作家梦枕貘的奇幻小说《沙门空海》，想起2017年年底由小说改编成，据说创造了整个夏季票房新纪录的3D电影——《妖猫传》，想起《妖猫传》里如梦如幻且极尽奢华的"极乐盛宴"，想起宴会上的李隆基与杨玉环，李太白与阿倍仲麻吕，想起那首不绝于耳、春色无边的题宴诗——"云想衣裳花想容，春风拂槛露华浓"……想这场盛大无比且灼伤眼球的背景，红的色彩，粉的基调，以及深不见底的酒香。而每个画面都似乎悬着一枚滴着红、蕴着血的樱桃。

若说"极乐盛宴"是由皇宫主办，文人雅士与官员们受邀参加的一场声与色齐飞、神与魔共舞的大型综艺娱乐节目，不如说它是一场皇帝考察核心官员的政治秀。而"樱桃宴"则不然，表面看是帝王检阅、考察即将"入仕"

的准官员们的文才德行，实则更像一场彰显盛世皇恩的文艺集会。一枚小小的红樱桃更是扮演了浓墨重彩的文化使者角色，把曲江池畔的一顿水果大餐生生演绎成了高大上的中华诗词群PK大会。可想而知，一批才子将一炮而红，进入名人榜，进入翰林院；而更大一批"咏樱桃"的诗词作品将在当夜破土而出，成为次日街头巷尾的"新闻头条"，以及即刻翻印的畅销书。

由于当日是进士放榜日，也有可能就是皇帝宴请群贤日。这一消息，自然立即被京城的达官显贵"关注收藏"，且会在小范围的朋友圈转发。三甲才俊或者文才出众的进士们，在"樱桃宴"上的表现自然会进入"大数据库"，成为包括皇帝在内的达官显贵们为女选婿的私域流量池。想想大大方方守在河对岸观礼的官宦女子，那梳高髻、披红帛，着短衫、挥窄袖，着长裙、佩美玉、垂红带且骄矜的妙龄女郎，想着她们"坐时衣带萦纤草，行即裙裾扫落梅"般貌似高贵却倨傲霸道的做派，以及"粉胸半掩疑暗雪，醉眼斜回小样刀"的娇俏与妩媚。

我仿佛瞥见有着"朱唇深浅假樱桃"的她们，如何张着樱桃唇与侍女们刻薄地调笑在"樱桃宴"诗词大会上落败的才子，又如何对心仪的郎君刨根问底，且坐立不安。或许她们小小的朱唇上还佯装娇嗔地衔着一颗小小的樱桃。

一颗樱桃成就一朝"樱桃宴"，成就一桩才子佳人的好姻缘；一泓曲江水成为寒门学子魂牵梦绕的风流地，成为达官显贵的发祥地！往事越千年，千年前的那场盛宴，谁又能道得明白。

而如今每年高考放榜后，接踵而来的"状元宴""谢师宴"将在中华大地每个村落迅速升温，尽管由官庆变成了民庆，没有樱桃宴浓烈的仪式感，但人们对智慧的渴求，对读书人的尊重，对知识的敬畏终究还是传承了下来。"一门两进士""父子三翰林"之类的读书励志的故事，被录入族谱，写入家训，刻入石碑，编入历朝历代的教科书，成为中国父母教育子女读书做人的典范。

在这毕业季、报考季，在许多学子与家长几多欢喜几多愁的不眠夜，我仿佛又听见"樱桃在歌唱"。这歌声来自大唐，来自长安古道，来自千年前曲江畔的那场"樱桃宴"。

二

樱桃在西方文学世界里，常常是贵族的后花园。这从俄国著名小说家契诃夫的剧本《樱桃园》可见一斑。

想来留着大胡子的他住在雅尔塔的新家，那时正是早春时节，通过晨雾弥漫的窗子，可以看见鲜花盛开的樱桃园。春光初露，繁樱如雪，一片白蒙蒙。想来，契诃夫是带着微笑与忧伤的调子，叙说十九世纪末一座老庄园的故事。而曾生活在樱桃园里的沙俄女贵族安德烈耶夫娜，挽着高高的发髻，挺着傲人的雪胸，套着厚重的珠宝，曳着及地的长裙，在偌大的樱桃园里散步、赏花、听雨、品茗、聚会、游戏。她曾拥有像樱桃一样燃烧的青春，像樱桃一样瑰丽无比的梦，却随着贵族的没落不可避免地走向落魄，结果被自己的仆人赶出了曾属于自己的樱桃园。锯子放倒樱桃树的声声闷响，如泣如诉，预示着美丽无辜的樱桃园及王权的最终覆灭。

带有浓厚民族主义思想的契诃夫是短篇小说巨匠，《樱桃园》是他创作晚期的力作。我想在他传奇而又短暂的一生中，心中一定有着一座纯净而又温宁的《樱桃园》。那些白色和浅紫色的房间撒满夕阳，斜斜地把温情拖到园子里；园子里有着和美的家人，有着艺术与美的化身的奥尔迦·克尼碧尔；有着怒放的樱桃花，有着悠长悠长的花径，幽深幽深的密林，枝叶随微风摇曳，在月色下闪着银光；头顶还有着一树一树娇艳欲滴的红樱桃，而白头翁的歌声在林间飘荡。

有樱桃园的家是美丽的家，有樱桃树的地方，是充满诗意的地方。

樱桃树，在东方阿拉伯神话故事中是情侣约会的爱情屋。"樱桃树下"是美好爱情的培育基地，是忠贞不渝的爱情的见证。

"尼努斯国王的墓地靠近森林，墓地上长着一棵很大的樱桃树，树枝上长着许多樱桃，一个个白得如同雪球一般。樱桃树旁有一眼清泉，就像蜂蜜一样清凉甘甜。"

"可怜的樱桃树呀，你亲眼看到了我的爱人的死，你马上也要看到我的死。我们这一对恋人用鲜血浇灌你的果实，你让樱桃永远鲜红吧！"

樱桃在中国浩如烟海的古诗词里，同样流淌着"爱与美"的音符，流淌着"微风拂叶响声脆，光阴更妩媚"的人仙乐境，闪耀着欢喜、相思、闺怨、梦遇的情感光环。

唐诗中有樱桃美名的女子叫樊素，此女善歌；另有一女子名叫小蛮，善舞。两人均为艺伎。据说白居易非常钟爱，遂赋诗"樱桃樊素口，杨柳小蛮腰"。此后，樱桃不仅是女子香唇的称谓，更是成了"珍惜""宠爱"的代名词。

"罨（yǎn）画楼前初立马，隔帘笑语相亲。铅华洗尽见天真。衫儿轻罩雾，髻子直梳云。翠叶银丝簪末利，樱桃澹住香唇。见人不语解留人。数杯愁里酒，两眼醉时春。"

一个像樱桃一样的美妙女子，一支茉莉花簪斜插云鬓，一张樱桃唇艳泽含芳，一副娇好的面容妩媚妖娆，一双灵动的双眸欲说还休，欲迎还拒……这是我从宋诗里找到的为数不多的艳若樱桃的女子。

此外，《红楼梦》第四十回："史太君两宴大观园，金鸳鸯三宣牙牌令"中有"樱桃九熟"的字句。据传曹先生写《红楼梦》时到樱桃沟寻找黛石，而"黛玉"因此得名。无怪乎曹先生有"质本洁来还洁去"的慨叹。

国人喜种樱桃。直到今天，樱桃树依旧在城市的景观公园，寻常巷陌，农家的庭院，垄头陌上随意可见。想起在林木深处的樱桃园，红果挂枝，乔木林立，群芳争艳，遮天蔽日，就让人倍觉神清气爽，唇齿生香。

华夏之地盛产樱桃。南京的垂丝樱桃，诸暨的短柄樱桃，泰安的泰山樱桃，以及安徽太和的樱桃均是佳品名品。而太和樱桃果实艳丽惑眼，肉厚色白，汁多味甘，更有"樱桃之乡"的美名。而我始终觉得，大连、烟台、唐山等地的樱桃一样有着浓郁的地域特色，一样代表着圆润与美满。

三

樱桃园是一组浓墨重彩的西方油画，每一幅，每一笔都饱含着欢喜的基调与忧伤的泪水；樱桃树是一个千古流传的东方寓言，每一篇，每一页都储满生活的梦想与命运的玄机；而樱桃则是一支清亮婉转而又春光无限的歌，每一章，每一节都有一位风姿绰约的樱桃女，从樱桃唇里唱出曼妙的音符，令人心潮澎湃，陶醉不醒。

夏日，赴一场樱桃的约会——与契诃夫，与巴比伦情侣，与曹雪芹，李太白，与大唐骄子，与宋代佳人，与放不下的心上人，与这个美好的时代。

人生幸好有别离

樱花雨

当三月的风打草丛里苏醒,吹过隆冬最后的墙围;当雷声揭去瓦上霜与老树皮;当充沛的雨水磨破苍穹,把灰暗刷成天空蓝;村庄的蜂蝶鱼蛙,便在开满紫云英的田野里,在珠胎暗结的麦地里,在涨满春水的池塘里一天天骚动起来。

挨过寒冰怒雪的山樱,便在故乡的山岭、河岸、坝下、陌上蹲守,在庭院、门前、屋后、转角张望,在桃未红柳未烟夜未白的时刻,一夜之间从枝枝丫丫里鼓出一个个芽苞。

"哟!樱花,樱花要开啦!"

扎着麻花辫的姑娘们在大表姐的催促下变得殷勤起来。执镰、荷锄、解衣、脱鞋、卷袖、除棘、培土、浇水、施肥、杀虫,一股脑儿的接春仪式,扮靓了三月的村庄。

山樱树下,她们笑着、闹着、嬉戏着、快乐着……而不远处的草垛、墙角、田间便是一双双后生怀春的眼,眼神中仿佛生长出千万双多情的手掌,搓暖了日头,搓皱了春水,搓柔了那香气日浓的春色。

大表姐是在山樱树下定的亲,在樱花怒放的季节嫁进城里去的。

走的那天，她头上插着一支粉红的樱花，身着一身粉红的嫁衣，抱着一床绣满樱花的棉被。吃完母亲做的樱花糕，她一步步地迈出家门，走过田野，走到坝上，走上结满樱花的河岸。西垂的斜阳铺满一地的金晖，不知是酒是花还是春光，抹红了每一张迎亲人的脸。

临行的一串鞭炮，惊动了静默的山峦，巨大的回声在群山间奔走相告，惊醒了做着梦的樱花林。娇媚细碎的花瓣从枝头落下，一朵朵，一团团，一簇簇，淡粉、深粉、金黄、乳白……漫天起舞，翻飞如雨，飘洒在表姐盘起的发梢、鬓角、腮旁、唇间、胸口、襟前、脚背；飘落在一泓流金的春水里；飘散在芳草连天的沟沟壑壑里；飘入送亲队伍的眼眶里。花雨打湿了大表姐的樱花被，打湿了大表姐扬起的笑脸，打湿了亲人们难舍的目光，打湿了那个开满山樱花的日子。

大表姐的名字叫山樱。表姐夫是一名油田工人，是一位业余的园艺师。我不知道，他们在城里的阳台上，在蜂鸣蝶舞的小窗前，是否种着一盆山樱树？在每年春风南渡的时节，是否有着一树樱花在静静地怒放？是否在一树繁花的落日下，有着一张粉红如初的脸？

樱表姐是我们村里第一个上过农专的文化女性，是那些年唯一嫁进城里的姑娘。自她出嫁，十几年里再也没有回过故乡。而我也随后走出大山，求学打工，自然再也没有见过她。

不知山樱表姐在城里是否找到了工作？是否生了孩子？是否挨过了下乡、下井、下海、下岗的波波浪潮，是否也曾想着故乡那山、那水、那路、那人、那一树繁花，想着曾经流淌在指间心上的芳华。

山樱的花语是"向你微笑"。我希望在城里生根发芽的樱表姐是微笑着的。向着城里日日升起的朝阳，也向着故乡岁岁东风浩荡的山冈。

六年前的三月，我在合肥的中国科技大学看过开得最热烈的樱花，遇见过一群同样有着樱花情结的女同学。她们都是年逾花甲的老人。

她们有的穿着绿军装，有的套着一袭长裙，有的系着红色的丝巾；有的坐着汽车来的，有的是坐着火车、轮船来的。从北京、上海、长春、成都或者美国、澳大利亚、欧洲，又或者某个草原、高山，某个村庄……她们千里奔袭，万里辗转，就为了赴一次与樱花的约会。

可不巧那是个雨天，她们也似乎来得晚了些。一条长长的花径上，游人零落，细雨如丝，残花如血，落在她们一头黑白相间的发梢。可她们仿佛并不在意，呼着对方的学名、绰号、班级职务，手拉着手，在雨中绕着一株最大的樱花树转着圈，笑着、跳着，轻轻哼起《花儿为什么这样红》《向天再借五百年》。她们哼着哼着，落下泪来。

毫无疑问，她们曾是某村某乡某技术科长、处长、局长，甚至某某首长或者首长夫人。而此刻，她们只是撒着欢的一群"少女"。她们亲吻着每一片凋零的樱花瓣，央求我这个碰巧经过的路人给她们拍照录像。

在我的镜头下，满是沟壑纵横的脸，以及被岁月吹皱的笑容。那笑容一如当初——热烈、纯洁、绚烂；那笑容点亮了四面的风。我好似听见一片片樱花落地时光阴破碎又愈合的声音。

我想，在这樱花树下，一定有着那样的日子：一群如花般绽放的天之骄女，她们抚摸着花枝，背着诗，温着书，说着梦，言着情，写着投寄给远方的信。曾经一腔热血，看不够的烈焰繁花。也一定有着这样一天：标语满园，锣鼓喧天。一声号令，她们作别校园，壮怀激烈地没入革命的洪流。

有人说，樱花最美的时候，不是开得如火如荼的时刻，而是行将死去的刹那。我想在那个充满激情的年代，她们革命的步履也曾留下遗憾。然而她们精心策划的这次重逢，似乎不仅仅是为了一场"青春的祭奠"，为了一曲未了的"芳华"，应该还有些别的什么。比如，为了一个不曾兑现过的约定？为了那些已安眠在四海八荒永不能重返母校的学子？中国科学技术大学据说是1969年从北京迁到安徽的，她们应该是早期的一批毕业生，曾经又红又专的国之栋梁，曾经被"塞罕坝精神"，被"马兰花开"武装着的一代人——"到边疆去，到农村去，到工矿去，到基层去，到祖国最需要的地方去"……一声声号角让她们把最美的青春交付给了最贫最远最冰冷却又最火热的土地。而今，韶华迟暮，她们的人生进入倒计时，"最需要的地方"似乎不再需要她们，而她们却依旧欢欣鼓舞，依旧灿如樱花，依旧笑着拥抱暮春时光。这需要怎样的一种胸怀与气度！

樱花雨，不悲不喜，优雅安详，是一幕超越死亡、笑候重生的绚烂！

"愿远行人都看见最美的风景，愿归来者终等到最美的风景。愿你，归来仍是少年。"这是一位心怀菩提的伟大作家在人间的寄语。我想，这也是我对她们最好的祝福。

清明酒

清明不是节，清明不温酒。然而，每年清明，都是离人醉。

前年的清明前夕，我回了一趟故乡，拖儿带女去墓地祭拜父母亲人。村里正在发展"鳖龟莲鱼虾蛙"生态农业，发展农田公园，并组并村并田，大量的村舍改头换面，大量的沟渠与水泥路正在修建。农村、农业、农民，在中国社会城镇化进程中迎来新的大变革。未来农庄的土地会不会像城里一样变得金贵？成为城里的农村人在百年之后，魂魄将如何安放？

清明那天，我们在三姐家吃了顿饭。前来吊亲的乡民、归乡的游子坐了满满一大桌，比春节还要到得齐。那顿饭，我们吃了很久。

三姐夫用塑料壶打来一大桶稻谷酿的烧酒，分给大家。烧酒性烈，浓香四溢，入喉火辣，像极了家乡的硬汉子。

酒到微醺，话到深处，男人们聊着乡村，聊着城市，聊着在城里打工的乡下人，聊着在村里生活的城里人；聊着被春来的雨水浸泡着的老屋，也聊着并村并组并田后各自的出路。越聊话越多，酒越浓，人越醉。

我的脑中出现这样的一幅画面：一位中年男人，拎着一壶酒，满面潮红，醉意迷离。在晚辈们敬酒的那刻，一边挥着衣袖，一边舌头打着结吹嘘——当初他在旧银行当差时，一个人用骡子三天两夜运送过五万个银圆，一枚未丢；在生产队当猪倌时，用三分地的南瓜养活过数百头猪崽，一崽未夭折；在镇上酒厂当工人时，用500公斤的稻谷放出过500多斤高度清香酒，一滴未漏……

晚辈们尴尬地端着酒杯，不知是该等还是该饮，张大了嘴，敷衍地点着头，不敢揭破中年男人得意的梦境。而屋外的田垄，金黄的油菜花正在静静地开放。

那个中年男人是我的父亲。清明前后，父亲便要琢磨着下秧育苗。每每背着大袋大袋的种子，扛着犁铧牵着牛，走在乡间窄窄的田埂上，父亲便犯嘀咕：啥时柏油路能修到家门口，啥时铁牛满地走，啥时扯秧插秧不用手；啥时热了，空调装到坑里头；啥时孩子们住到城里去；啥时客人来时有壶好酒……如今，这些都实现了，父亲却不在了。

过去每年清明，父亲都会为祖辈上坟。他拎一壶酒，半袋零嘴，一两挂鞭炮，走到亲人坟前，摆盏、倒酒，然后恭敬地立着，陪亲人们说话。几个时辰下来，嗜酒如命的父亲可以抵挡住酒香扑鼻的诱惑，滴酒不沾。

只上过几个月私塾的父亲，每每祭奠完亲人回屋，便会感叹一番："人生有酒须当醉，一滴何曾到九泉。"

闲暇时，孤独时，得意时，失意时，父亲半盘豆，一杯酒，两行泪；劳作时，疲惫时，父亲一轮月，半壶酒，满身泥。

因为酒，父亲敢于与泥土为亲，以苍天为敌；因为酒，父亲乐于与草木交心，与恶邻为友；因为酒，父亲勇于同饥饿相搏，同命运相争。也因为酒，因为我们这些儿女，父亲这条硬汉，过早地向日月低了头。

"清明未雨下秧难。"我每逢清明回乡，几乎都是雨天，都是花正开、酒正酣的时节。走到哪座村庄，都能瞥见风雨中呜咽的经幡；走上哪条路，都能邂逅往来如织的故人；走进哪一家，都能撞上一桌清冷的酒，一副思亲的面容。

我想起艾青的诗，"为什么我的眼里常含泪水？因为我对这土地爱得深沉……"

清明酒，是一壶还魂酒，冰冷而浓烈地悬挂在通往乡愁的风口。

幸别离

这些年，我走过很远的路，到过很多的城市，停靠过很多个码头，去过很多人的故乡。为了生计，我逃离故乡的亲友，告别新婚的妻子，抛下襁褓中的儿子；为了生计，我不舍昼夜，风雨兼程。我相信，这个世界，有许许多多像我一样的人——身体在流浪，魂魄在故乡。

我想念亲爱的外婆，想念她用菜籽油炒的"生日面"，想念她那能打春桃秋枣的拐杖；想念母亲用猪油拌的油菜蒸菜，想念她偷偷用石头舂米，用米糊喂饱我们时那幸福的笑容；想念父亲的那杆锤，那杆开山辟石琢磨打桩的锤，那杆能换回我们学费的铁锤；想念在我人生岔口给我信念支撑的表哥；想念失去双亲时，给我一饭之恩的春嫂；想念在异乡的洪流中，给我生的希望的路人……他们曾经都是一个个高大伟岸的身影，都是活跃在我们身边可亲可爱的人，如今都成了一个个冰冷的名字。

前不久，远在故乡的大哥发来微视频说，他回老家去吊亲了，还带着大嫂把老屋院子里的杂草清理完了。两个体格并不健全的人，一手扶着墙，一手挥着镰，奋战了五六个小时。大哥说，赶在清明前，把院子收拾好，兴许离世的父母亲人会回家看看。

又是一年人间清明。一个个曾给我们生命给我们姓氏给我们恩惠、真爱、温情的亲人们,将翻越万水千山,踏梦而来。我要把这一个个冰冷的名字,用手心握紧,用胸口揣实,用体温焐热,然后把它们安放进一条叫思念的河流,藏在河床的最深处。

"人生是一个漫漫的旅行,没有终站,只是走到了偶然的地方,历尽而止。历尽而止,不说抱歉,不必再见。"这是一本书里的一段话,这本书的书名叫《人生幸好有别离》,这本书的作者是2019年1月23日悄然离世的林清玄先生。

人生幸好有别离。有别离,方知悔,方懂爱,方珍惜。

客中谁与换春衣

一

2020年2月，当我仍在湖北疫区着一袭冬装，于寄居的隔舍里隔窗观花时，南非朋友私信，说他正光着膀子在约翰内斯堡喝冰啤酒。

落日下的瓦尔河正值南半球仲夏，河畔红男绿女，纸醉金迷，快意情仇。烧红大半个地球的"新冠"病毒仿佛与这个城市无关。

据说，约翰内斯堡是一座被上帝眷顾的城。十多种语言与多种肤色在这里碰撞，众多南北半球的背包客、淘金汉、冒险家在这里扎营，成就着"彩虹之国"的"世界金都"。朋友在白种人聚集区做着酒馆生意，常送客人们去人造海滩浴场艳遇，去"太阳城"拼财气，去地下金矿井观光。

在寸土出寸金的约城旅居的他，属当地出生的第二代华人。儿时随父回过一两次老家。他对于故乡的记忆，如同那些久远的黑白影片，早已被日子冲洗得模糊不清。

他说，喜欢看朋友圈里故乡女子着春装的模样：淑女裙套上一件小马褂，或者水湖蓝的开领裙刚过膝，脖项脖颈上系着一条红丝巾。那白得发亮的肌肤一段段地裸露在裹着蜜的阳光里；开着星星点点小花的鸡肠草一坡一坡地追着茉莉香，分不清方向的四面风在杨柳依依、春草环抱的湖心游荡，恬静而柔美。

《九张机》是这样描绘一位少女的春天的："一张机，采桑陌上试春衣，风晴日暖慵无力。桃花枝上，啼莺言语，不肯放人归。"

不忍归去，只因春色？

是什么样的一个春天，什么样的一件春衣，又是什么样的一种情愫，让一位未出闺的织锦女子如此春情萌动。彼时春日迟迟，卉木萋萋，春波碧草，花香袭人，正是春光懒困倚微风的季节。想必阡陌纵横绵远，桑葚繁密嫩绿，竹篮里肥美的桑叶压弯了少女的腰身。汗浸衣襟，暖风入怀，娇软无力，于是便遁入桑林轻解旧罗裳，换上春衫。而不识相的黄莺却在桃花枝头不怀好意地鸣唱，羞人恼人，招惹路人。

不忍归去，只为情郎？"罗衣何飘摇，轻裾随风还。"换上美丽春衣的少女伸出云朵般轻盈的衣袖，一边采摘带露的桑叶，一边偷窥着芳草径上往来的行人，期盼着意中人的出现。

一件春衣，丝丝含情，缕缕凝怨，让游子思妇，少女思春。

朋友说，在约城金矿井做了半生矿工的父亲，曾收藏过一幅关于春天的油画。画上有"北归的大雁""村口的油菜花""窗台上的茉莉""石板路上换毛发的小花猫""在秧田里撒欢的小牛犊""穿着单衣耕种的农人"……

或许于他父亲而言，那"才了蚕桑又插田"的忙碌，那与捣衣声一起合鸣的布谷鸟，以及老家屋顶上的一缕炊烟，才是故乡的春天。

春天里春风拂槛。出门前，他奶奶为他父亲披上了一件浆洗得发白发软的棉布长衫，叮咛再三，泪流满面。或许正是那件长衫，将他父亲心里最暖的春天披在了身上，藏进了心海。

朋友的父亲在两年前去世。他父亲最大的遗憾是没有好好陪陪留在故乡的奶奶，陪她度过一个完整的春天，为她亲手做一件漂亮的春衣。

"马上离魂衣上泪，各自个，供憔悴。"对于飘在万里之遥的异国游子，

"一袭春装"便是游子关于春天最真最美最柔软的记忆；便是桑梓所倚，魂魄所依；便是一袖满满当当的乡愁。

二

"今朝忙到夜，过腊又逢春。"游子的春天，总是充满离情别绪，忧国忧民。一生时运不济、晚境凄凉的大唐诗圣杜甫少有人生的春天。

大唐天宝四年（公元745年），颇有诗名的杜甫应皇帝举贤之约到了唐都长安应试。然而，权相李林甫从中作梗，百般破坏，最终杜甫应试不第，从此流落长安，尝尽十年辛酸。

迫于生计，杜甫不得不沿街卖药，过着"朝扣富儿门，暮随肥马尘；残杯与冷炙，到处潜悲辛"的日子。于是便有了与同样漂泊的游子李白的洛阳之遇。一个被"赐金放还"，一个求仕不得，两人从此"醉眠秋共被，携手日同行"，过起"放荡齐赵间，裘马颇清狂"的壮游生活。等杜甫回到长安，求得"左拾遗"官职的时候，已是乾元元年（公元758年）。

可就算是杜甫求得官位，日子依旧朝不保夕。"朝回日日典春衣，每日江头尽醉归"便是他当时窘况的真实写照。

一个连"春衣"都要典当的官员，穷困潦倒，可想而知。《新唐书》编纂宋祁称杜甫的落魄，是因其性格"褊躁傲诞"使然——"不作河西尉，凄凉为折腰。"且不论真伪，"典当春衣"应是真实的存在，而这件事对读书人内心的刺痛无疑是巨大的。

乾元二年（公元759年），是杜甫一生中的生死年。曾经向玄宗进献《三大礼赋》的杜甫历经15年的沉浮飘零，从一心求官的"才子"向关心民众疾苦的"诗圣"转变。当年的一个夏日，杜甫携家人避"安史之乱"，取道陕西陇县与甘肃陇山（关山），一路向西，经夏入秋，抵达秦州（甘肃天水）。

这一路古道蜿蜒，人迹罕至，断木乱石，老树残枝，浊流雾障；这一路秋雨连绵，风餐露宿，饥寒交迫，贫病交加，让壮年的杜甫体力难支，几经生死。可就在这一年，杜甫创作了"三吏"（《新安吏》《石壕吏》《潼关吏》）与"三别"（《新婚别》《无家别》《垂老别》）等千古名篇。

乾元三年（公元760年），在泰州靠"挖草药""卖草药"为生的"药生活"已无法支撑"目生活"与"诗生活"，杜甫不得不离开庇佑过他的三皇故里（伏羲、女娲、轩辕），再次走上迁徙之路。

是年春天，杜甫与家人长途跋涉南下到了成都，迎来了他人生中少有的一个春天。

在寄居成都两年间，杜甫得到亲朋好友的资助，在浣花溪筑起几间草堂，过上了较为安定的生活。心怀感恩的杜甫因此写下了诸多赞美春天的诗篇。如"迟日江山丽，春风花草香。泥融飞燕子，沙暖睡鸳鸯"；如"江上被花恼不彻，无处告诉只癫狂""留连戏蝶时时舞，自在娇莺恰恰啼"；再如"繁枝容易纷纷落，嫩蕊商量细细开"……

乾元三年，正是鼠年，也是杜甫的本命年。那年，他48岁，出身官宦人家的妻子杨氏38岁。杜甫流寓长安时，杨氏苦守鄜州。想来他的春衣必是杨氏缝制，可大多被杜甫典当，换了诗酒。此后，正逢"烽火连三月"的逃难之旅，一路颠沛流离，生死难料，自然是粗衣麻布，食不果腹，哪里顾得上残躯寸缕。

在成都筑起草堂后，杜甫的生活有了改观。他与妻子杨氏下棋、煮酒、论诗、寻芳赏花。爱不尽的烈烈红尘，歌不尽的春风流年，这应该是他们最幸福的一段时光。那一刻的浣花溪畔杨柳堆烟，应该有一件新绣着金鹧鸪的春衣披在杜甫的肩上，让这位年近"知天命"的诗圣蜕变成了翩翩少年。

都说开元、天宝成就大唐盛世，可就在这个时期生活着另一位诗坛长者，同样遭权臣李林甫诽谤、排挤而罢相离京。其流寓荆州期间，孤愤难平，创作了《感遇》十二首。开篇诗云："兰叶春葳蕤，桂华秋皎洁。欣欣此生意，自尔为佳节……草木有本心，何求美人折！"

杜甫在《八哀》诗中称赞这位长者——"诗罢地有余，篇终语清省。"这位长者便是开启"开元盛世"的一代名相。他曾提携过王维，任用过孟浩然，领导过开元诗坛，他就是张九龄。宦海沉浮，年华老去，已近"耳顺之年"的他身处异乡，纵然一副傲骨，半车锦衣，又如何能抵挡曲尽人散，单衣瘦马的料峭春寒？

"谢家庭院残更衣，燕宿雕梁，月度银墙，不辨花丛那瓣香。"这首诗的大意是：夜过残更，庭院里曾人影相依。梁上燕业已将息，月光如练，将院墙染成了银白。花香缕缕，沁心袭鼻，夜色中很难辨别香气发自哪一丛花。

这是首悼亡诗还是生离诗并不重要，重要的是写这首诗的人。

康熙二十三年（公元1684年），同样是鼠年的春天。诗人作为高等侍卫跟随康熙帝出关避暑，途中目睹"杨柳千条送马蹄，北来征雁旧南飞"，深知自己早非当初"鲜衣怒马"的少年，更非那"人间富贵花"。

这位诗人天生贵胄，文武全才，是帝王宠信的御前一等侍卫，是清代著名学者王国维盛赞的"北宋以来第一人"。他就是享誉大清的词坛翘楚纳兰容若。可谁也不曾想到，大富大贵大红大紫的他却词风幽怨孤独，哀感顽艳——一句"客中谁与换春衣"道尽世事无常，道尽人生如寄，道尽人情冷暖，道尽人间悲凉。

"客中谁与换春衣"？先后三娶才妻美妾，育有三子四女，却常常"茕茕孑立，形影相吊"，思慕一位为其更换春衣的人。这何尝不是英年早逝的他"长伴君侧，永在客中"的人生总结。

三

2020年，又是鼠年，正逢春天，我在鄂西山村。

一场突如其来的大疫情，将许许多多与我一样的人困在途中，隔在家外，隔在了城市、乡村，隔在了别人的故乡。于是，随身携带的两件冬装洗了晒，晒了洗。洗洗晒晒中，庚子开天，东风复来，草长虾肥，桃李盛开。面对这个迟来的春天，人们扶老携幼，欣喜若狂。哪怕是卧在病榻，禁在隔舍，也要隔窗赏花，纸上观花，网上品花。

于四季而言，春天是过客；于春天而言，我们才是过客。然而，从"天涯海角"的"昨"，到"一线之隔"的"今"；从"南漂北漂"到"暂住中国"，从浩瀚天宇到"流浪地球"；谁又不是客？谁又不是身居"客中"？

"笑问客从何处来"，这不只是说古。从千年前落魄的杜甫、罢相的张九龄，到三百年前帝王宠臣纳兰容若，到当下侨居海外的商旅高朋，他们都曾路过春天，他们心中均有"一件春衣"。这件"春衣"时刻提醒着他们：无论身居富贵，还是身处乱中，他们都是过客，都是游子。他们都渴望有人为他们添置春衣，为他们披上春衣，渴望身披春衣与思念的人风月同天，形影相随；卧在万千春色中，卧在人生的春天中——安详、长情而满足。

蒲剑在楣

一、蒲草在野

故乡生活着两种水草,一种叫"菖蒲",一种叫"香蒲"。它们栖居在野外的滩涂、湿地、草塘,或驻守在小河边、浅水洼里,它们或立或卧,或亲昵地贴着泥土、水面,选择着它们认为最舒适的姿势伸展着修长的手臂,释放着绿油油的身体。

夏天,野外草塘是水牛的天堂,那里有丰茂水嫩的青草,有开阔的视野,有足够的阳光、空气与水分。香蒲便是居住在这样的环境里,悠闲地不紧不慢地开着花。它黄色的花束,像是阳光遗落的魂魄,一串串悬着,把那一丛浩浩荡荡的绿熏染得有些招摇与热烈。你路过或驻足,它就是焦点。

池塘以前是养鱼虾的,水源主要靠自然降雨。到了干旱季,池塘便捉襟见肘,渐渐地水草不失时机地抢占了这片领地。起初宣示主权的是胖墩墩的油麦草、皇冠草及小对叶等有茎类草,而水牛是他们的天敌。于是,高高大大的香蒲便成了它们的首领。香蒲密集且有异味,牛再下草塘时便收敛了许多。

香蒲的叶尖、厚而窄,根茎长在泥里。叶脉一面隆起或凹陷,其穗状花序形若蜡烛,故乡人称"鬼蜡烛"或"水蜡烛"。香蒲并不香,它没有香气。

草塘里夏秋之交时,香蒲长势最茂盛,呼啦啦毛茸茸的"水蜡烛"鬼头鬼脑地在风里摇曳,浩浩荡荡的气势总让我想起冷兵器时代宏大的古战场——冷峻、博大、肃寂。因为香蒲的缘故,贪吃的牛不敢向纵深靠近,而那些水草因香蒲的缘故日益丰茂。

菖蒲便没有这种烦恼。它虽然也生活在水泽,却是村庄的贵人。菖蒲的叶色浅而葱绿,叶细脉凸,状若利剑,又称"蒲剑草"或"剑兰"。百科里讲,"菖"是草本植物,一种香料;"蒲"也是草本植物,多年生。"菖蒲"合在一起,古称"荪""荃",特指叶能散发一种幽兰的香气且能提炼香油的香草。菖蒲是极好的"绿色农药",可有效防治稻飞虱、稻叶蝉、稻螟蛉、蚜虫、红蜘蛛等虫害。

《诗经·国风·陈风·泽陂》里说:"彼泽之陂,有蒲与荷。有美一人,伤如之何!寤寐无为,涕泗滂沱!"这里的"蒲草"指的应该是有香味的"菖蒲",它是美人的代指。可在乡下人的价值观里,对一切事物只讲"有用",而不是有"有道理"或"好看"。因此,蒲草在野,观赏者寡。

二、蒲香在户

发现菖蒲的香料价值、观赏价值,以至于把菖蒲养在家里的是城里的"士族"。

我曾在一位美容院女老板的办公室看到过"菖蒲"。办公室足有两百平方米,各种盆栽大大小小千奇百怪随意摆着。进门那刻,我一下子便发现了地板上的"菖蒲",一共有三盆,它非常小,就摆在向阳的落地玻璃窗下。盆里怪石林立,绿草萋萋,生机勃勃。女老板说是"剑兰",刚从日本采购回来的,有点贵。我瞅了瞅,叶尖而细,身短而密,色绿而白,竟然像是兰花。我不敢抵近抚摸,便趁女老板低头给我泡茶的时候,用"形色"手机应用软件扫图确认——细叶纷披，湛然浅碧，知是"菖蒲"不假。

菖蒲开花非常少见，而盆栽细叶者尤甚。古人养菖蒲以短以细以密为美，种植多以砂石，不予施肥，宣称——"见石则细，见土则粗""愈瘠则愈细"，这种种植观念导致菖蒲养分供给不足。

许衍灼的《春晖堂花卉图说》一书在《姚氏残语》将花卉演为"三十客"的基础之上，新添"菖蒲花"为"隐客"，颇具佛系色彩。

菖蒲一般开紫色花，花型明显，但见者稀。曾有花客称，看"兰花"，叶胜花，可到底花骨朵还是相当显现的，菖蒲才真正称得上"看花不抵叶"。

菖蒲登堂入室自古有之。用菖蒲制作的盆景，既富诗意，又有抗污作用。古人夜读，也常在油灯下放置一盆菖蒲。因菖蒲具有吸附空气中微尘的功能，可免灯烟熏眼之苦，还可清热明目。

"碧如翡翠，香沁腑脏。""近水而植，附石健康。""配石清供，古盆内藏。素雅天然，最宜文房。"

一壶茶、一缕香、一架琴、一盆菖蒲，曾经是官宦世家、文人士族的书房场景。他们之所以爱得深沉、痴迷，或许是读懂了"清气出风尘以外，灵机在水石之间"的真意。

在日本，菖蒲有黄金姬、金边、虎须、金钱等多种名品之分，据说盆越小品质越高，也更金贵。人们供奉于珍贵的名木案几之上，床前卧榻之侧，厅堂高阁之前，焚香沐浴，鼓瑟吹笙而敬之。个中滋味早已超出一般意义上的赏玩，或许已从玩味升华到文化与信仰的范畴。人们将其人格化、神化，从养生之道的"静品""寿品"已然升格到身份、节操、德行的象征。

香蒲自然没那富贵命。我在九华山山腰的街市上看见过香蒲编的水果篮、收纳筐，价格从几十到几百元不等，做工相当精细，见了爱不释手。店主一身居士服，见客人来便主动让出不大的店内空间，他自己则在店外等着。墙上有行小字"买定离手，不可议价"。我笑了笑，香蒲在这里当真结了佛缘，沾了仙气。店里还有"蒲黄"。那是香蒲的花粉、蒲棒制成,据说有止血化瘀通淋的功效。

在九华山外的小镇,还有香蒲编的"大凉席""小叶扇"出售。想想江南清流地,香蒲扇握美人手,香蒲铺上美人床,那已是香蒲莫大的造化了。

三、蒲剑在楣

香蒲是村庄的女人,看上去有些俗气,却能顶起门户。它们进了村庄,便嫁了婆家,在一方水土上落地生根,开枝散叶,脚踏实地,头顶蓝天。没有孩子,丈夫是天;有了孩子,孩子是天。孩子大了,丈夫老了,自己顶上天。

二十世纪80年代的故乡,夏日无空调,少电风扇,更无蚊香。一家人都席地而卧接地气。夜半,蚊虫偷袭,母亲便采来香蒲、艾叶晒干点燃,瞬间烟熏火燎,蚊死虫灭。

菖蒲是村庄的女神,山沟沟里的金凤凰。它虽生野外而生机盎然,富有而滋润,着厅堂则亭亭玉立,飘逸而俊秀。

盛赞菖蒲的古诗很多。诗仙李白有"桃李新开映古查,菖蒲犹短出平沙";诗圣杜甫有"风断青蒲节,碧节吐寒蒲"。宋代刘克庄有"案上菖蒲勤洗沐,灵苗见说有时花";张耒有"萱草开时燕引雏,石盆雨满长菖蒲";朱熹有"君家兰杜久萋萋,近养菖蒲绿未齐"……

"手执艾旗招百福,门悬蒲剑斩千邪。"清代顾铁卿在《清嘉录》中有一段记载:"截蒲为剑,割蓬作鞭,副以桃梗蒜头,悬于床户,皆以却鬼。"

在我的故乡,悬菖蒲与艾叶于门楣之上,成了五月初五端阳节必不可少的习俗。而艾草与蒲剑这两种"灵草",它们在端午走近千家万户,相识、相聚在一起,成就了护守古老家园,捍卫一方安康的佳话。

风吹麦浪香

一

父亲与麦子是一对冤家，他们一个坐着，一个站着，都不说话。坐着的"苹萍泛沉深"，站着的"菰蒲冒清浅"。他们一起把烟火的村庄装进画里，把狭长的光阴镶入泥土里。

高悬在田野上的明月是孤独的先知。它的目光悠长，照亮了睡在春天里的麦子。它瞅着麦子做梦与醒来，瞅着麦子学会亲近父亲的脚踝；瞅着麦子羞涩地啖着晚霞，饮着夜露，唱着童谣，戏着蜻蜓与飞鸟；瞅着麦子蹲地拔节扬花长高——高过春草葱茏的田埂，高过父亲的膝盖，高过父亲的腰身；高到能看懂父亲眼底的真情，高到能披上金黄的嫁衣，把一抔青涩与相思放下。

麦子知道，白杨围住的麦地并不可靠。麦地生它，是为了今生与父亲重逢。它偎依着活得比泥土还累的父亲，枕在父亲的臂膀上安眠。它明白，它是在雨雪风霜的拉扯中长大的，是在父亲手掌的呵护中长大的，它与父亲的恋情等不到秋天。

麦子将无数双手举过头顶，呼朋唤友，追着风奔跑。只有奔跑，才能证明它没有衰老；只有奔跑，才能支撑已然开始破败、凌乱、枯萎的身体，才能守住一颗裹藏不住的发酵的灵魂。它跌跌撞撞地奔跑至田野的尽头。它想看看它出生时的那个冬天，想看看雪落下时弯着腰爱怜地抚摩过它的那个男人——那个穿着一身破棉袄，烧着一锅烟，用冒着零星烟火温暖它的那个青年。人间摇摇晃晃，日月燃尽芳华，麦子想问问那个总戴着草帽的情人——秋天，是什么模样？

"当微风带着收获的味道，吹向我脸庞，想起你轻柔的话语，曾打湿我眼眶。嗯……啦……嗯……啦……我们曾在田野里歌唱，在冬季盼望，却没能等到阳光下，这秋天的景象……"

麦子唱着这首歌，它希望父亲听到。它希望留给父亲与麦地一则寓言，一个在夏日阳光下用美丽的死亡呈现的永恒秋天。

麦子后来明白，其实父亲是它的仇人，是要它性命的仇人。它和父亲的关系是死契，它终将倒在父亲的镰刀下。锋利的镰刀会飞快地切开它的身体。那镰刀上有父亲的汗水与泪水，那水珠会进入麦子的身体，像一滴滴麻醉剂，让麦子没有疼痛地倒下，倒在父亲的臂弯里，倒在父亲的怀抱里。打出生就站了一世的麦子，听腻了父亲的埋汰与使唤，在倒下之后，它终于能听到父亲近乎忏悔般的情话。麦子看到父亲把一条毛巾挂在脖子上，躺在麦地里，白天黑夜。父亲守着它，等它的灵魂脱水、晾干、冷却、走远。麦子知道，它生存的意义便是让村庄活着。村庄活着，它就得死去。

父亲看麦子奔跑时，他会想到村庄里的孩子们。孩子们同样奔跑在村道上，从背上书包到背上行囊，从扎着麻花辫到坐上大花轿。孩子们沿着麦田的指引，沿着被麦田挤弯挤窄拉长的村道，头也不回地奔离村庄。父亲知道，失去滋养的村庄终会老去，老到只剩下残垣断壁，老树昏鸦。就像他知道，他与相依为命的麦子一样都会倒下与消失。如同正在消失的鸽子树与夏蜡梅，老水牛与种麻人。

父亲撂倒麦子时，收获了一地的金子，可他眼里没了当初掩饰不住的欢喜。一年又一年，他解开麦地的皮囊，给干瘪的、松垮的麦地喂营养；一年又一年，他把患病的麦地带进春天。他与麦子结下生死情缘，然后，又为了儿女，为了日子，与麦子为敌，被麦子灼伤。当流金的麦浪在镰刀下死亡，那空空的麦兜，那弥漫在麦兜里的香，在风里呜咽。每一个瞻仰丰收的庄稼人，似乎都在迅速地老去。父亲看到了一个被麦兜掏空的自己，看到了深埋在麦香里的他从不愿相信的爱情。

麦子与父亲的爱情只有明月知道。

明月是直白的。它照着累倒在麦地里的父亲如照一口深井。明月已看不清老去的父亲黝黑的脸庞，却能读懂父亲深藏不露的悲喜，能读懂那些已经或正在把自己埋进麦地的庄稼汉。

对父亲而言，麦子的青与黄是一段抬头与低头的旅程；对明月而言，父亲的生死也只是四海八荒蟾宫回眸的那一转。明月知道，父亲会把它装进硕大的碗里，日夜咀嚼。一同装进去的还有麦子与日子。因为，吞食了麦子与日子的父亲想与村庄一起活下去，活得尽可能更久一些。

二

村庄里的姑娘，是麦地的门客，是麦子养大的孩子，她们在麦地里长大。麦子教会了她们吹麦管，唱儿歌。那歌声在春天飘荡，就像风吹皱的春水，就像摇摇摆摆的青色麦浪。

姑娘们喜欢青青的麦地，喜欢吹麦管的日子，喜欢那条被日子扭得蜿蜒颠簸的乡间小路，一头连着麦地，一头连着家园。青涩的麦子总是包容姑娘们的坏脾气，容忍姑娘们骑在田埂上，勾在它的脖颈上，踩在它的脚趾上，或者靠在它的肩上拍照、撒娇。麦子也包容姑娘们委屈的眼泪，聆听姑娘们想对情郎说却臊得说不出口的情话。

风吹着姑娘们成长，也催着麦子变老。姑娘们没有麦子般高的时候，她们习惯仰望。仰望时，看到的是星空与明月，看到的是生机勃勃、激情澎湃的麦浪，看到的是丰满动人的盛年麦子。那饱满的肌体散发着乳香。那青青的芒，是青春的发丝，像戏台上的青衣，娴静优雅；又像抢镜的花旦，泼辣性感。那发香常常让姑娘们迷惑。是长大，还是永远不要长大？

过了芒种，过了小满，村庄里樱桃红了，芭蕉绿了。大人们重拾起隔年的大蒲扇，扇动积攒已久的长风。那风飘飘荡荡，穿过屋檐，撞歪门前的朝天树，摇晃起整个村庄。姑娘们的白裙被风撩起时，那裙摆便舞蹈起来，像极了阳光下的麦浪，麦子瞅着是欢喜的。

麦子知道，那些叫"麦青""麦草""麦花""麦香"的姑娘，最终都会长大，都会嫁到别的村庄，投入另一个村庄的麦地，与麦子相亲相伴相守相忘。

长大后的姑娘，最怕听到唢呐声。那唢呐声在麦黄的季节走来，在村庄里鼓噪、宣泄、纠缠，死乞白赖地骗走一个个扎着栀子花，穿着大红裙子，像麦子一样散发着香气的姑娘。那唢呐声是踩着麦地离去的，是推开麦子的牵绊离去的。在麦子的耳朵里，那绵绵不绝的乐声忽远忽近，忽长忽短，忽冷忽热，充满了欢喜，也充满了悲凉。

麦子知道，这些跟着唢呐声离去的姑娘还会回到村庄。因为，她们与即将倒下的麦子，与养大它们的麦子有一场告别。

姑娘们会像从前一样，帮助父亲十分小心地把麦子与麦子姐妹的躯体收拢，抱起来，放在一起捆好；接着，用肩膀把麦子扛上板车；再接着，姑娘们会弯下腰身，伸直手臂，推着沉重的车把手送麦子最后一程。那车轱辘声在村道上吱吱呀呀地响起，如泣如诉。麦子知道，姑娘们会把它们安放在打麦场上，会把它们围成一个大大的圈，像在做一场庄严的法事。然后，姑娘们会套着牛拉着石磙，碾着麦穗。

接下来的日子，姑娘们会做一件事。她们会像未嫁娘一样，拾起麦秸秆，编织帽子、鞋子、筥䉛、扇子与帘子。只是编织时的心情与从前大不一样了。这编的心思不再为自己，也不再为情郎，只为自己的父母兄弟。这或许是作为姑娘家最后一次在家做农事，尽儿女孝道，兄友弟恭。再往后便要为自己的生活而忙碌，为自己的老公、孩子而忙碌。当然，这也可能是最后一次在娘家穿上雪白的裙子，为父母兄弟亲手煮一碗大麦茶。这熟悉的咖啡般的香气，在鼻息里涌动，在大瓷碗里激荡，在布满老茧的指间回旋，最后在一番暖心暖胃的叮咛里沉没。

姑娘们日后会忘记她们做闺女时的许多事，但不会忘记歇嫁的日子纳过多少双鞋、绣过多少双鞋垫，更不会忘记回门时编过多少斤麦秸秆。她们日后揉着面粉，吃着白面馒头，便会想着娘家的好。出了娘家门，便是大人了，便是客人了，便是别人的媳妇，别人的娘亲。姑娘小小的心里已容纳不下太多珍贵的东西。

穿着白裙的姑娘，像未出阁时一样坐在天井边或者屋檐下。那双白皙的手里握着金灿灿的麦秸。麦香如兰，呵气如兰。入夏的天气，栀子花的馨香涂抹在风里，穿堂过户，分不清是潜入了嘴里、鼻里，还是杯里、碗里、身体里。姑娘开始想念收割前的麦地，想念麦子；想着银白的月色下，在麦地边与情郎的第一次约会；想着蛙鸣的时刻，心底涌动着的麦浪。那一刻，羞涩的情人在眼前晃动着麦秸，自己像麦子一样骄傲地挺起胸脯，又像麦子一样羞羞怯怯地低下眉弯。那刻，雪白的双肩上套着的就是身上这条白裙子吧？怎么看，都像明月一样皎洁。

回门的日子是短暂的，随着父母的离去，兄嫂弟媳的进门，姑娘们回村庄的次数将会越来越少，间隔也会越来越稀，稀少到再也难见一面。自然也不用再去麦地了。麦地里已经新插了秧苗。白汪汪的一泓清水，像清清白白的人生。来不及掩埋的麦兜横七竖八地挣扎着，裸露在水面。水田里秧苗青青，青如初生的麦子。

三

　　村庄里的男人，是从光着脚丫子踢麦子长大的，他们是村庄的根，是麦子的骄傲。

　　躺在禾场上昏睡的麦子，吸引着阳光的窥视。饥饿的枝头鸟，色眯眯地瞅着麦子。它们嫉妒踢麦子的小男孩，盼着小男孩倦了累了，躺倒在树荫下，以便它们伺机而动，粉墨登场。

　　小男孩嘟着嘴，噙着眼泪，将肥厚的脚掌埋进麦堆里，不情不愿地将蒙上尘埃的麦子踢翻踢痛踢醒，踢出一道道深深浅浅的伤口。男孩心里想着刚刚被终止的那场与麦秸的游戏，责怪着讨厌的麦子。麦子用温热的身子包裹着那双肥脚丫，像呵护自己的孩子一样，眼里充满爱怜。它看踢麦子的男孩，就像看初时鼓着腮帮子，赶着不听话的牛，在麦地撒气的男孩的父亲。

　　麦子想，那双被泪水泡大的眼睛，经过泪水浸洗之后，会日益澄澈，会日益坚毅与灵动。被委屈的泪水泡大的男孩，会走向麦地，会与麦子的孩子重逢，会是守护麦子的那个男人，会是村庄的卫士。那麦面般白嫩的脸会被烟火的日子揉皱、熏黑。熏黑的脸会生长出耕云种月的力量，会生长出让日月畏惧的能量，连狂风暴雨也会在他强健的肌体上跌倒、臣服。

　　麦子其实也害怕。长大后的男孩，不再喜欢麦地，不再像他的父亲当年一样，扛着犁铧、吹着口哨走向麦地。长大后的男孩会去城里上学，会在城市的浴缸里洗澡。长成男人时，还会娶城里的媳妇，会生城里的孩子，会带着城里的媳妇、城里的孩子去麦当劳吃"麦旋风"与"麦满分"。长大的男人一旦把心掉在城里的马路上、超市里、汽车里、电梯里、阳台上，便再也捡拾不回来。他们可能会把麦地转让给邻村人，转让给素不相识的城里人，转让给养草养蛇养王八、种金种毒种情欲的生意人。那么，长大的男孩将不再是村庄里的人,不再是雷电一声吆喝便能冲进风雨里的庄稼汉,他们会迅速忘了村庄,比他们的姐姐妹妹还要彻底。如果真是那样,那么,村庄将不再是麦子的村庄,将不再是父亲们坚守的村庄。

麦子其实也渴望,村庄的男孩长大后能超越他们的父亲。渴望长大的男孩把城里的姑娘带回来,让她们看望麦地时穿上雪白的裙子,或者在和面时穿上白围裙,搓净双手,与麦子言和。那么,城里的机器人也会跟着城里姑娘回来的吧?那么,麦地养活的村庄便会立起一排排高高大大的带电梯与花园的房子吧?那么,红蜻蜓、花喜鹊与小黄狗便会带着逃到城里的燕子一同回来的吧?如果还有会说话的稻草人在麦地周围安营扎寨,那么,田埂上的红草莓与白蘑菇也不会再寂寞,不会寂寞地从草丛里爬上学童们的画板,还被张冠李戴地涂上金黄的颜色。

麦子知道,对于伤痕累累的村庄,鸡鸣声、鸟鸣声、读书声或许是一剂药,能治愈油尽灯枯的村庄,能拯救奄奄一息的麦地。麦子希望,村庄的男孩长大后会是一个把誓言种在麦地里的男人;是一个拉着小提琴,或者弹着电吉他为麦子唱歌的男人;是一个挥一挥手,便会让荒芜的麦地麦浪汹涌的男人;是一个能搬下天堂的桌子,摆在麦地里饮酒和诗的男人;是一个闻着麦香就会心动不已的会流泪的男人。

微风过,麦子黄,麦浪香。这香是护佑村庄的魂魄,让失守失语失爱失心失去芳华的村庄复活,让消瘦疲惫羸弱不堪的村庄饱满起来,奔跑起来,强健起来,就像健康性感的麦子。这香像一缕扯不断的游丝,牵扯着那些正在或已然逃离村庄的人们。让那些面对村庄的死亡变得不动声色的人们,在异乡的蒲苇里惊醒;让没了退守,没了流年可待的人们最终了悟——"养我性命的麦子,是我的亲娘。"

十里稻花香

一

山是水之源，水为米之魂。

谷雨落下来的时候，父亲便戴上斗笠，穿上塑料膜剪成的雨衣、破了洞的雨鞋，扛起铁锹去了田野。立夏前的乡村还有些清冷，父亲走在泥泞的乡间小路上，脚底生寒，单薄的身子也感受到了这份凉意，可他的心却是暖的。经过一个春季雨水的滋润，一车车农家肥的给养，稻田里的秧苗已拔节长高，骄傲地挺起胸脯来，像极了发育成熟的少女，分外妖娆。

"要扬花了吧？"父亲看着自家一丘早稻田里打着苞、争先恐后做了母亲的稻子，心里乐开了花。

"没几日，肚子就会撑破皮了吧？"父亲心里想。

稻生于水，米终于水。这是一个有机生命体在生物链上奇怪的轮回。就像乡下人盼着开春，盼着落种育秧，盼着谷物生长，盼着收获。收获完盼着再育秧落种……个中情结，以父亲这样做过多年公家人的庄户人是能看懂的。父亲并非甘心一辈子做一个农民，也不喜欢种地，可他尊重乡下的每一桩农事，尊重田野里每一种有益的农作物。他对苍天后土充满敬畏，对养育他的稻麦充满感恩。农田引水抗旱、喷药除虫这些力气活总是父亲乐于去做的事。

拔着节，抽着穗，扬着花，结着籽的稻，对母亲而言是充满欢喜的。在我的故乡，种庄稼虽然大多是男人们的事，可除草、收割这种打喜的事却是一家人的事。

"低头的是稻穗，昂头的是秕子。"母亲在稻田边，巴巴地望着，心里祈祷着。仿佛提心吊胆的不是那些虚头巴脑的秕子，不是那些很快将被检举揭发出来的稗子（草本植物，叶子像稻，果实像黍米，是稻田害草），而是她自己。

此刻，阳光被风雨云天澄洗过后，含着软，浴着香，裹着暖，将整个村落放了进去。洁净透明的空气里，稻香变得浓烈起来。那香从头到脚把稻浸泡，把它圆滚滚的肚皮浸泡，那散发着母性的香和着青草葱嫩的味儿，让每一条通往村落的小路陷落，陷落在稻花执掌的浓情蜜意里。

二

五月，麦子打着尖，露出长长的胡须，相互戏谑，相互炫耀，继而奔走相告，于是乡村进入一个相对惬意的季节。男人们从高高的草垛上抽出一捆隔年的稻草，拖到自家宽大的厅堂里，拖到池塘边的大树荫下，洒上清水，再搬出矮凳子，便开始打起"幺子"（一种捆绑庄稼的草绳）来。

等麦黄的时光溢着淡淡的甜味儿，不紧不慢的日头从青石槛攀上枝头，从枝头跳到屋檐上，再从屋檐溜到天井里，最后从天井绕上后背，从后背袭到人脸上来，人们便停下手里的活，挪挪身子，抱怨上两句——"哎呀呀，晌午了，晌午了，该吃午饭了呢。"

六月，麦黄的季节，在我的故乡，是稻长芒的季节。向养育它的泥土低头的稻，从包裹着的糖衣里挣脱出来，刚与它的母亲一起完成了一个生命成长的仪式，身子骨还很虚弱，不能脱离阳光与雨露的滋养。它羞答答地看着这一半葱绿，一半金黄的世界。它目睹了麦子母亲倒下去时的壮烈与绚丽，也目睹了死亡与重生。它看见麦子就倒在姑娘的怀抱里，倒在男人的汗水里，也倒在冰凉的镰刀下，倒在柔软的泥土里。它有些惶恐，有些不安，有些提心吊胆。

稻的母亲还能托举着它，至少目前它还能在母亲的育儿袋里撒撒娇，还能与母亲，与众多的兄弟姐妹们一起看看日出日落，草长莺飞。隔些天，等它们长得结实些，等它们在日头下泛起金光，藏不住的沉甸甸就会压弯母亲的脊背。那个时候，它便会遇见一位扛着铁锨的老汉，或者一位荷着锄头的老太太。他们会围着它的兄弟姐妹们转悠，瞅着它们，抚摸着它们，继而自言自语。

"多好的稻米呀，颗颗饱满！"老汉呵呵地笑着，感叹着。

"嗯，长势好呀，长势好！"老太太兀自嘀咕着，满足地笑着。那眼神里仿佛生长着无数双慈爱的手掌。

稻知道这些老头老太太说着说着就会犯起迷糊来。犯迷糊的时候常会捏它们一把，生生地疼。

稻知道，稻的母亲已经日渐赢弱，体力难以为继，日益支撑不起它们渐渐壮硕的身体。稻知道，总有一天，它会与母亲一起倒下，会像麦与麦的母亲一样倒下。然后，它会与母亲诀别。母亲的身体会流尽最后一滴能量，然后等待从天而降的雨水；等待雨水淹没过来，等待雨水将母亲的身体泡软；等待它见过的那个老汉套着牛，来到它们的家园里；来把母亲扎进泥土的脚掌剖开，像当初解剖大地的胸膛一样。接着，老汉会把母亲残损的躯体撂倒，撂倒在浑浊的泥水里。母亲将作为肥料安息在它出生的泥水里，然后，静静地躺着，等稻的到来；等待它重新躺进苗床——那片母亲用死亡为它砌起的苗床。

稻知道，稻从来就知道。稻知道，接着它会与兄弟姐妹们一起被捕获，被一溜烟地排列在木板车上，或者躺进拖拉机敞开的大箱子里。它们将被带进下一个生命的轮回。稻知道，这是麦教会它的。

稻想起，在母亲的子宫里有个"香巴拉"的世界。它想起佛掌里发黄的经文，它记起佛塔前母亲的那一跪，想起那一跪后耳畔瞬间高涨起来的宏大音乐。稻知道，母亲的那一跪，便注定了它与母亲今世的缘，便注定了它与母亲在世间终将别离。

三

七月，割早插晚。每家都种着二三十亩农田，这一割一耕再一插，那可是几倍的工作量。一个月的时间，五六个主劳动力，劳动强度可想而知。

一场简单枯燥、繁重乏味的半机械半手工性质的运动，一旦进入到围猎式的人海竞赛，或者进入到一场为生计为荣誉为尊严为胜利而战的比赛，那么，劳动便有了神圣的意味。

父亲是战役的一号首长。他负责着整个耕作事务，每一块地都得他亲自出马——耕田、打草、耘地……他还要负责把谷子从农田里一捆一捆地挑到板车上，再用板车拉到自家禾场上，再从禾场上一捆一捆堆到草垛上，直到高高的带圆顶的草垛成为一座城堡。那可是拉筋憋气的体力活，更是劳心费神的技术活。

整场战役中，母亲的工作也不轻松，甚至更为辛苦。她作为后勤队长，不仅不能让所有成员断腊肉缺咸鸭蛋，还要变着法儿弄出新菜谱，改善全员的伙食。如果没有母亲，这场战役便会失去战斗力。母亲除了做饭、送饭，还要随时准备投入战斗。关键时候，甚至会成为主力。

夏粮抢收，我参加过十年。从十岁开始，一直"服役"到二十岁。

头几年，父亲、母亲尚还体健，几位姐姐正值盛年，那可是我们家战斗力最强的时期。二十多亩水地，十多亩旱地，基本能如期完成。不过，我们家能干重体力活的只有父亲一人，姐姐们便忙里偷闲地与男劳动力有富余的舅舅家换工，以便在关键时刻换来表哥们的支援。因为一旦遇到暴风雨，收割的稻谷便会悉数烂在农田里，颗粒无收。

在整个夏粮抢收战役中，脸被骄阳晒伤，手指被镰刀割伤，身体被谷物扎伤，腿被水温烫伤，被水田里伺机而动的蚂蟥，被隐藏在谷物底下的蛇咬伤，脚被泥石划伤，被牛踩伤……流血、红肿、发烧、减员是常有的事。

每晚饭点时分，是兵强牛壮的村邻们最惬意的时候，却是筋疲力尽的父亲光着脚丫子坐在竹床边抱怨的时候："今儿早上都五点了，天都亮了，幺儿还在赖床。""仨儿怎么这么不小心，今日个又割到手了。""还有你母亲，早饭还没准备好？怎么眼疾又犯了呢？""眼见打黑雷了，怎么还不叫醒午睡的孩子们？""那草头，不就湿了点，有那么重吗？怎么就挑不动？""要是多生几个男娃就好了……"

一家人都不言语。

患眼疾的母亲几乎看不见东西，常常走着走着就踩到门槛上，撞石柱上，倒在泥水里。可她从来都是最早起床，最早把饭送到地里；最快把牛、猪喂饱；最先把农田周围的杂草割好，把撒到田里的有机化肥的量称好；把开水烧好，把每个孩子的衣服洗好，晒好；把每个房间的驱蚊草准备好……而母亲往往是最后一个上桌吃饭，最后一个洗澡，最后一个纳凉，最后一个进入睡眠的。

母亲受孩子们的气，常一笑了之。可是如果受了父亲的气，也会委屈得偷偷落泪。

后来，姐姐们先后出嫁，父亲患病去世。我们家成为村里每年夏粮抢收开动最早、完工最迟的一户，常常被村邻们瞧不起。六十岁的母亲因操劳过度，早已羸弱不堪。母亲为撑起门户，为支持我继续上学，仅仅高过犁铧的她亲自下田犁地，一次次被牛拖倒在泥水里，几日下来伤痕累累。每次问起，母亲都故作轻松，避而不答。父亲走后的几年里，我再也没有见过母亲的泪水，直到她燃尽最后一丝能量，悄然离世。

抢收夏粮又是快乐的。尽管臭烘烘、乱糟糟，分不清泪水、汗水、泥水、血水，搞不清日出日落，可等到大片大片的稻被放倒，大片大片收割后的农田重新插上秧苗；十里金黄躲过连日的阴雨，躲过扑面而来的雷暴，终于在洁净的禾场上堆起来，在粮仓里存起来，心里便充满了欢喜。一家人闻着饭香，闻着麦面香，闻着谷香，闻着米酒香，心里便充满了欢喜。看着蜻蜓在院子里悠闲地曼舞，莲花开在清凉的荷塘，满天的繁星挂在静寂的秋夜，心里便充满了欢喜。看着在泥水里挣扎太久的光脚丫又能钻起清洁的鞋，或者躺在纳凉席上，享受着母亲大蒲扇呼呼扇出的凉风；抑或看着母亲头一歪就能安详地入睡，心里便充满了欢喜。看着满屋打着粮包的谷物，看着谷物叠成山峰；看着村里人套着牛车，一行行走在交公粮的村道上，听那车轱辘吱呀吱呀地律动，心里便充满了欢喜。

四

"稻花香里说丰年，听取蛙声一片。"

曾经，稻是故乡的标签，稻花是故乡最美的风景，而稻香则是浓浓的乡愁，牵动着每一位游子敏感的神经。

曾经，那一片片十里金黄的图案，就是父母唤儿归的手势；那一声声漫山遍野的蛙鸣，就是故乡最深情的召唤，让每一位思乡的人魂牵梦绕，不能自已。

三十年不种地，三十年未交公粮，转眼父母离世三十年，我告别泥土已将满三十年。每每遇见老家来人，都会问一句："今年还种稻没？稻花香不香？收成好不好？"

来者答:"香!真香!真的香!不过,老家的农田大都改为养鱼养鳖养虾了。如今,坚持种稻的人,越来越少了。"

于是我常梦回故乡,梦见父亲、母亲,梦见他们行走在十里稻香的田野上,说着丰年丰产丰收满仓的情话,梦见自己站成了故乡的一束稻,等待岁月的收割。

奔跑的稻田

在我老家，靠墙放着收获农作物用的弯镰、冲担、扁担、杨叉、木锨、拖板、箩筐、风车，田间管理用的钉耙、扦、锹、榔头，以及耕作用的木犁、铁犁、木滚，交通工具还有"独轮车""板车""牛车"等。屋外陈列着下了岗的石磨、石碌等。

有一些是爷爷时代自制的，也有一些是父亲早些年购买的。它们和我们的村庄一起见证了中国农活的百年变迁。

七十年前，我的爷爷犁地用的是木犁。木架子上镶了块明晃晃的"犁刀"，俗称"铁罐头"。地是租来的，家贫无牛，奶奶作牛。奶奶个儿小，肩上拴根手臂粗的麻绳，纤夫似的拉，绳嵌入皮肉，疼入筋骨。爷爷握着犁把手，弯腰弓背，头埋犁前，脚陷泥土。一天工夫，精尽气衰，难犁一亩地。

那种光景许多反映旧时农村题材的小说或故事片里都有，那是从古代传承下来的一种农业生态。劳动人民与动物一样都是生物链上的一种原动力，人甚至还不如动物。那时，一切都是迟缓的、静止的，包括岁月、稻田、精神还有苦难。人们躲避灾祸，灾祸却不期而至；人们养育牛羊，自己却变成了牛羊。

稻田不光是生产粮食的所在，还是生长苦难的地方。犁刀是笔，汗水是墨，稻田是睡着的一本书，谷物是一枚枚带血的文字，镌刻在稻田冰冷的躯体上。

二十世纪三四十年代，是中华民族苦难史上最厚重的一页。像许多受尽屈辱的中国农民一样，爷爷倒在了自己的土地上，倒在了日日耕作的稻田里，倒在了侵华日军高扬的铁蹄下。爷爷的胸膛被日本鬼子刺穿，血染红了稻田，稻田一定会记得。

二十世纪五六十年代，中华人民共和国诞生，农民成为田地的主人。荒芜已久的垄头陌上，乌云散尽，旭日东升。稻田里开始有了掌声、笑声、歌声与号角声。稻田里到处都在上演激情四溢的运动会。每天评分、评优、评模范，模范都会立在高高的田埂上，脖颈上系着"红领巾"，唱着激情澎湃的歌曲。

人们每天听着冲锋号起床、奔跑、歌唱，像运动员一样，表演着各种绝活。可稻田没跑，稻田受了太多的伤害，那会儿才刚刚苏醒。它还不太适应新换的一拨拨主人，千疮百孔的它还愣在几千年来的麻木与死寂般的沉默里。它还不习惯鼓掌，它只想与那些生在红旗下长在红旗下的孩子们一样，当一会儿观众。它发现，站在田埂上的"红领巾"们背后还握着一份检讨书。榜样的不远处，还有些偷懒耍滑的汉子。它发现自己看不懂，它觉得奔跑在它胸怀里的人们或许还只是一群孩子。

稻田等着，等风来，等雨来，等激动人心的消息从北京飘来。它等了近二十年，等来的一声春雷——"分田到户""让一部分人先富起来"……

春雷后奔走着大人与小孩，还有一群小牛犊。这些新业主明显踏实了许多。他们勤劳、智慧、执着，想着法子让稻田愉悦地捧出白花花的稻米。

我的父亲母亲便是在这个时候，扛着新买的犁铧，驱赶着打饱嗝的牛奔向稻田的。

父母们把稻田当作自己毕生的事业。他们无暇抬头，抬头看看梳妆的朝霞，晨跑的白雾，怀春的清风，唱歌的竹林，狂欢的秋雨；抬头看看苍老的天空绽放的那抹蓝。他们像青草一样呼吸，像青草一样野蛮生长与荣枯。他们来不及问清稻田以外的世界，来不及弄明白城里得了传染病的"花布衫"与"红裙子"。他们甚至无暇品完泡好的半盏桑葚茶，以及腾出手来疼疼自己的孩子。那一声声布谷，是号角，是使命，让他们心甘情愿地醉倒在稻田里。

他们是当年站立在田埂上的"红领巾"，他们更懂得如何伺候好稻田。牛在他们手中劳作着，"一天能犁三亩，够快了"，他们觉得。

他们种汗水、种希望、种欢喜。稻田里天天上演着由牛、人、鸟、大黄狗共同合奏的交响乐，只是不再有"红领巾"与号子，也不再有懒汉。稻田开始丰产，像怀孕的少妇，她的精气神超越了历史上最好的时期。

我的父亲母亲，最后倒在了稻田里，他们手里捧着谷物，不肯松开。失去父母的田园是孤独的，没了交响乐的稻田是寂寞的。村里的年轻人放下了种子、秧苗、镰刀与牛绳，他们纷纷从稻田的污泥里拔出腿来，穿上清洁的鞋去追远方的风景。那里生长时装、富裕与梦想。走进稻田的人越来越少，越来越老，老到已驱赶不动一头牛。于是，稻田又开始闭上眼睛休眠起来。它酝酿着一个梦——一个伟大的复兴梦。

去年国庆节，我返乡看望睡在稻田里的父母，看望久别的家园。我惊奇地发现，父母亲盼了一辈子的水泥路、柏油路下了乡，且村连村，户连户，一直通到了稻田边上。自来水进了村，快递员进了门，宽带绕着村道行，河滩口飘来了小游艇。农舍从土屋变瓦房，瓦房变洋房，家家后院修了车库。村路上往来的不再是自行车、木板车、牛车、驴车、马车，而是小轿车、农用车、多用途大卡车。

我与妻从公交车上下来，拉着一堆行李箱，立在马路边候车。瞅着一个个牌坊式的省级示范农业基地标识、乡村旅游地图标识；瞅着镇上新建的一环路、二环路、步行街，以及交通路口的红绿灯，瞅着四车道的马路上清晰的交通标识；瞅着远处一个个新建的居民小区，以及小区里洋气十足的别墅群；瞅着来接我们的侄儿打开宝马车的门，我与妻窘在那儿老半天，不敢上车。刚上初中的儿子不识趣地嘟囔道："上车呀，怎么像个土包子！"

原来，故乡正在创建"幸福家园"。乡并乡，村并村，组并组，"鱼鳖虾""龟鳝蛙""莲果瓜"……立体生态养殖业兴起，一大批如"孔雀园""鸵鸟寨""山泉谷"等生态旅游区开始投建；一大批稻田重组、扩容、复耕，变成瓜园、花园、果园、稻田公园，稻田拥抱着稻田，舞蹈起来，摇曳成金色的海，它第一次迎来了大批的城里人。

原来，政府近年来加速推进农村土地的所有权、承包权和经营权"三权"分置，从集体所有、农户承包经营到集体所有、农户承包、多元经营……新时代、新思维、新举措、新视野，稻田有了投资者，土地有了开发金，离乡的游子回家了。回家的游子从大城市里带回先进的管理经验与现代化的设备。耕地机、播种机、开沟机、松土机、插秧机、收割机等"新劳模"在一马平川的稻田里奔跑，监理无人机在稻田上空秀着肌肉，宽大的翅膀轻盈、优美。田野奏响的不再只是风声、雨声、雷声，更有稻田欢悦的呼吸声，奔跑的脚步声。

大学毕业生回乡当起管理者，建起农技站、农科所、农产品网络推广公司、公关公司，"企业微信""微信公众号""小程序商城"开始登上农村、农业、农民的大舞台——村中城出现了，稻田重生了！

它不但重生在阡陌里，重生在春雷、春雨里，它还重生在互联网、物联网上。稻田从育种、播种、套养到农产品加工、包装、销售，每一个流程都在力求可视化作业，智能化管理。每一种农作物中的优品都在寻找形象代言人；每一亩地，每一棵庄稼，每一颗金灿灿的谷物都将有自己诚信的ID。稻谷不再只是低头看着泥土，看着落日，它昂首挺胸，仰望苍穹，傲视蓝天。

那些实时上传的图片与视频，将通过中国人研发的5G，传输给地球上每一个"天眼"看得见的角落。每一双关注它的眼睛，只需摁"下单键"，或者加入"购物车"，性感的稻米，香甜可口的农产品便会带着泥土的余温在虚拟与现实交织的路上飞奔，以光的速度扑向目的地，进入你的视线，扑向你的怀抱，取悦你的味蕾，填满你空空荡荡的乡愁。

稻田在奔跑。它奔跑在新时代的快车道上。它将与全球每一位关注它的伙伴握手，与每一双饥饿的眼睛拥抱，与每一个曾轻视它的灵魂讲和，与仍在敌视它的拳头博弈。它将让世人告别饥饿、贫穷、苦难。它的背后是一个强大的中国！

七月还乡

一

七月,坐着高铁回乡,窗外是一幅被狂热浸染着的油画。天空是画板,云彩是颜色,清风是画笔。蘸一抹黑巍峨了群山;舔一捧绿,阡陌纵横,稻田相拥、灿若金海;抖一抖墨尖,溪水潺潺;落一滴红,艳丽了夏花,丰硕了百果园。

七月回乡,二十年来还是第一次。

岳父听说我回乡,亲自骑着电动三轮车来村口接。我与妻从公交车下来的时候,看见他蹲守在路边一个斜坡下,斜阳将他消瘦的身影涂抹成一幅血色油画。岳父是一位重症术后病人,三轮车的车厢里立着两张农家常见的矮木椅。他接过我的行李放在车上,示意我们在椅子上落座。

上车呀。妻见我犹豫不决,催促道。我瞅瞅岳父期待的表情,瞧瞧这辆并不牢靠的三轮车,摸摸那老木椅把手,感到为难。

岳父是二十世纪70年代的援疆兵,性格直爽,说一不二。尽管家人从安全考虑,劝说岳父不要学车、买车,可一个月前车还是进了家门。

岳父给车加上一个雨棚,涂上编号,挂上音箱,装上后视镜,于是三轮车立刻蜕变成良驹宝马。接下来,岳父推着爱驹绕着院子转圈圈,一盏茶的工夫便能骑着爱驹满村满街跑了。一得闲,他便撸起衣袖擦洗爱驹,宝贝似的。谁打他爱驹主意，他就跟谁急。

乡村的公路是双行道，路两边是成片成片的玉米地。从熟透的玉米棒子深处轻烟般冒出来的谷物香夹着满目的青草味，埋伏在热情似火的空气中，随着鼻息迂回涌动起来，总让人想起《白鹿原》等反映乡村题材的电影场景，从额头决堤的汗水也变得芬芳起来。

岳父骑着三轮上了坡，我以坡陡弯急及坐了六七个小时的高铁想走走为由，没上岳父的车。车上的两把老木椅有些摇摇晃晃，像一对靠不拢的鸳鸯。落在车后的我与妻有了一番争论。

我认为，两人加上行李，车负载过大，且路窄坡多弯急，岳父又是新手，且大病初愈，安全没保障。妻则以为，岳父载着岳母在这条道上跑过好些来回，岳父车技没问题。况且岳父一大早就提醒她会来车站来接我们，还把三轮车里里外外擦洗干净，我若不坐岳父的车，岳父定会失望。而且，这可能是岳父这辈子最后一次用他自己的方式来表达对归乡儿女的爱。

岳父通过征服一辆三轮车来体现自我存在的价值，以此来向家人与村里人证明自己不是一个病人，自己消瘦的身体并不羸弱。他渴望回到一个健康人正常生活的轨道，在被照顾的同时，渴望能照顾别人。这种善意与执念，我能理解。

妻没有再听我争论，她毫不犹豫地追上岳父的车，侧身坐在岳父身边。我知道，作为女儿，她不想留下任何遗憾，尤其是在这段村道上，在村邻们眼里，在岳父人生旅程将尽之时。

我也追了上去。身后是一轮浑圆的斜阳，将这段回家的村道涂抹成金黄，将父女、翁婿一段不可复制的亲情牢牢地定格。

村落非常宁静，高高低低的洋楼门庭次第开着，几只小鸟在头顶飞过，一两缕炊烟兀自在屋顶腾起，在金色光影里摇摆。谁家的百日菊开满庭院，艳丽如火。

二

回乡的次日，我们便去了住在深山里的四姨家。

我与妻大约有十年未见四姨。四姨的房子悬在半山腰上，是一幢二层高的小楼。我们穿过山间小径，绕过一片菜畦，进了院子。两只金毛犬迎了上来，汪汪地叫着，一副讨喜的模样。岳父扬头喊了四姨一嗓子，站在楼上晒土豆片的四姨一边回应着一边朝我们微微地笑。

院外左边是一处茂密的竹林，与主建筑有三五米的落差。丛林里养着五六只竹花母鸡。阳光被竹林切割成碎碎的落影，落在鸡光滑的羽毛上，粉嫩的鸡冠上，像一颗颗发亮的星星。它们对我们这群不速之客视而不见，有的慵懒地在竹林间散步，有的低着头享受着午餐，享受着那片清净与阴凉。

院子的右侧是条登顶的山路。路两侧山石土堆林立，空隙间种着玉米、红薯。岩石上放着浇水的工具大木瓢，以及一些用来收集雨水的瓶瓶罐罐。

四姨家向东而居，开门见山。房子是老屋改造的，前半段是主体，有两室一厅，上下两层，砖石结构；后半段是旧房，一室一厅，土木结构。整座房子如同张恨水在《窥窗山是画》中提起的"他朋友家"："三面开窗，两面对远山，一面靠近山。近山的竹树和藤萝，把他们屋子都映绿了。远山却是不分晴雨，都隐约在面前树林上……朋友家不用挂山水画，都是活的书。"

我想，张恨水讲的其实也是四姨的家。

阳光从屋顶倾泻下来，占据了半个庭院，屋前满园的凤仙踮起脚跟，扬起脸，热烈地亲吻着阳光，满面潮红。庭院里，一树的木槿花静默地开着，一只狸花猫倏地钻入它的怀抱，引得花枝乱颤。高高大大的木槿伸着长长的手臂，牵着一条小径，把群山与家园连在了一起。

院子里有个偌大的蓄水池，清澈见底，入指微凉。池中飘着一条黄瓜与几根青草，有几只安静的小鸟守在池边排队饮水。庭院很静，只有光影落地的声音，清风撩拨花草的声音。禅意覆盖着这方领地，光影守护着这方领地，它们将屋顶腾起的炊烟拉长压弯，织成一件薄纱，在山林里飘。

四姨为我们一行人张罗着饭菜。我走到土木结构的后厅，但见木楼梯上陈列着各类农具、草帽、布鞋。木楼用几条粗木支撑着，仿佛支撑着一个时代的记忆。楼上空间并不大，早已不适合人住，原是藏书与读书的所在。

四姨夫生前是公务员，爱书，表哥也爱书，家里藏书一定不少。想来有书读应该是吸引儿时的妻来四姨家打发暑期时光的主要动力吧。那个扎着羊角辫放牛归来的小姑娘，穿着小短裙，或卧或蹲在那方空间里。那双水汪汪的大眼睛，追着亮瓦里跌落下来的光线，迷失在那半亩方塘里，迷失在四姨香喷喷的饭菜里。厅的一侧有间废弃的土房，墙上张贴着几十年前的旧报纸，以及几张活跃在二十世纪80年代的明星画。房中除了一口半开着且尘土累积的大木箱，便是一地的土豆。这里曾经是表姐们的闺房吧？如今一扇小小的木窗开着，一缕光钻了进来，拉长了木箱的影子，抚摸着沉睡的土豆。

窗外，是一孔山林堆积的绿色，是一幅光影交织的水墨画。山的背影、树的背影、花的背影、竹的背影、老屋的背影、时光的背影，在一块块结满青苔的岩石上集结，在一行行落红满径的菜地里、屋檐上重叠、拼接、打磨，苍老了岁月。

四姨在这里生活了五十多年，四姨的孩子们便是在这大山零零碎碎的光影陪伴中长大、嫁娶、离去。留下四姨独自守着这方已然沉寂的家园。

七十多岁的四姨，中过一次风，手脚已大不如前，为我们张罗一顿饭便已耗尽了她大量精力。她将半个月前自己生日不舍得吃的粉蒸肉从冰箱里拿了出来，还一口气炒了三只土鸡五天生下的六个土鸡蛋，以及一盘山木耳、腊羊肉……这或许是四姨有生之年为我们一家子亲手做的最后一顿饭菜，她已经没有能力再扮演主妇的角色了。

几碟菜上桌，四姨一个劲儿地表示歉意，我们都沉默着，没有动筷。墙上挂着四姨父的画像，慈眉善目，正气凛然，一如生前的模样。岳父望着望着，眉间出现三道黑线，嘴角挤出淡淡的笑纹。

三

在妻的故乡，我被岳父的花园所吸引。

我与妻住在二楼，后窗下是岳母的菜地。菜地里有各种瓜果蔬菜，一米长的丝瓜压弯了枝，几十斤重的冬瓜、南瓜悬在头顶，卧在钢丝织成的摇篮里；老黄瓜不甘躺在狭窄的区域，不断伸长手脚，满园子流窜；而园内的花椒树、橘子树、枇杷树则遭了殃，饱受捆绑之虐。

前窗外则是岳父的领地。那里一溜烟全是花盆，盆里结着红透了的西红柿，还盛开着绯红色的百日菊与粉红色天竺葵。

百日菊又叫百日草、步步高，是一种观赏价值很高的植物。岳父退役后曾干过三十年泥瓦工，他用一双手立起千万间广厦，为万千个家庭遮挡风雨。而与此同时，岳父也是个"拈花惹草"的主。一旦闲下来，不是把果树种在岳母的菜地里，就是把花圃搬进院子里。他一手遮风挡雨，一手盛开鲜花。

岳父术后出院便再也没有拿过泥瓦刀。他把刀挂在墙上，放在枕头下，就像枕戈待旦的士兵一样。八一节那天，岳父与村里的退伍军人一起去镇上开会，两个多小时的会议，岳父忍着病体没有咳，没有退场。回到家便在床上躺了一整天，起来后，笑呵呵的。

岳父身体只要能动，就一定会精心侍弄那些花草。他上街买了花籽与花盆，自己接通水管，自己播种、施肥，像伺候庄稼一样伺候花草。

近些年，村里人生活富起来，家家门前都建有花带，都养着一些花。而岳父的花盆、花圃是村里最大的，花种是最多的。他养的百日菊艳压群芳。

盛大的花盘，如姑娘艳丽的舞裙，清风拂叶，摇曳生辉。那姿态那气势，看一眼便会让人陶醉。

岳父养的天竺葵是粉红色的，它点缀在百日菊的花丛中，虽然娇小，却别有气象。一簇簇荷叶边般的绿叶拥着柔软娇嫩的花朵，让你不忍触摸。

粉红色天竺葵的花语是"很高兴能陪在你身边"，而绯红色百日菊的花语是"恒久不变"。这两种花语组合起来的意思是，"很高兴能陪在你身边，希望这种陪伴恒久不变"。

或许没念过几年书的岳父并不懂花语，可冥冥之中，他却用这朴素的"中国红"表达了他对生命的敬畏，对生的渴望，对亲情的不舍。

专栏记者菲力克斯·莫尔南在1885年出版的《巴黎的生活》一书中说："去掉咖啡馆和报纸，巴黎将不复存在。"我想，若没有"花草"与"玉米酒"，岳父的精神将不复存在。

离乡的前一天正逢岳父术后满一年的日子。岳父特地请来老友庆新生。他说："我又赚了一年光阴。今天，我满周岁了。"

说这话的时候，被病痛折腾得吃不下东西的他竟然给自己倒了一小杯白酒，起身要与我们碰杯。我们都站了起来，为他祈福。我们祝愿岳父能得到神灵眷顾，获得更久的人间光阴。

苦夏

一、火刑

夏日对庄稼人而言是一段苦旅。

这段日子,住在城里与镇上的人们曾经是不愿意到乡下来的,即使是亲人生病了,不得不走一趟,也是早早撂下一大网兜西瓜、冰棒或其他降温物品。进了家门还未问候几句,便急着想走。

因为酷热。屋里38℃,屋外41℃;因为本就低矮的屋檐、狭窄的厅堂多一个人便少一份清凉。这道理谁都懂。城镇上的人临走前,到村里或老家水井处扔下水桶上清凉的水来,一仰脖子把一瓢水灌进胃里。他们像乡下人一样,这时顾不上擦额头滚落下来的汗珠子,顾不上是站着还是坐着,顾不上是用搪瓷缸子还是用陶瓷大碗,只要不中暑。

夏天,被亚热带高气压控制的北纬30度的乡村是一座活火山,是一首火山灰包围下的血与火的史诗。所有动植物都被按下狂躁键,按捺不住地朝着天空喧哗,骂爹骂娘声与动物的低吼声和急促的喘息声一起奔出,攀上光秃秃的树杈,跃上屋顶、鸟背,在山里回响。若是谁家娃不听话,只要抱到屋外,或者晾在烈日下,一两分钟便会服软。

这可是泥土比炕头还滚烫的季节。光脚踩在地皮上,或者把脚丫子埋进秧田里，那热烈的程度堪比烤艾炙。若是农田地势高且无林木遮挡，那便如同置身熏蒸房。即便有风，也是裹挟着温泉的浪，这么说，庄稼地没人了吗？不！还有，至少还有母亲。

母亲早早起床，她要做的第一件事，便是把牛从牛房里拽到池塘里饮水，然后把牛拴在皂角树下，就得回厨房给全家人做早餐。家人吃饭时，母亲便开始帮大家磨镰。母亲坐在天井边的矮凳上，用眼、手同磨刀石、镰刀交流。急性子的太阳正好破门而入，落在青石板拼叠的天井里，落在明晃晃的镰刀上，落在母亲金色的手指上，落在母亲汗珠悬挂的脸庞，像悬挂着一枚枚太阳，金光万点，一如后山寺庙里供奉的菩萨。母亲那把老了口的镰要费些工夫，她在前晚便磨好了。等家里的劳动力出了门，去了田野，去了稻田，母亲便捎上茶，拾上镰，牵着牛，端着大碗菜米粥出了村口。

母亲的早餐是在去田野的路上完成的。她得放牛，得让饱餐后的牛痛痛快快地答应下地犁田，得等牛犁好地套上木板车拉回割倒在地里的稻子。不过，不管天多热，并不会影响母亲收割庄稼的心情。在父亲歪着腮帮子呷着长烟杆犁地时，母亲便卷起裤管赤着足走向了稻田。她大约只有大半个时辰，全家人的午餐还等着她。正午时分，太阳会赶走大多数暖洋洋的收割者，却会迎来母亲。

母亲在大家歇午的时分悄悄出门。她会瞅瞅趴在地板与凉席上的孩子们，看看卧在树荫下满足地反刍且不时打着饱嗝的牛。

收割一亩地的稻子，村里的壮劳力要花费一日，母亲只用半日。母亲挤出的半日闲正是村庄的休眠期。滚烫的稻穗幸福地躺倒在母亲的怀里，一浪接着一浪告别泥土，像一尾尾秋刀鱼，撒着欢，踏上回家的旅程。

戴着草帽，裹着毛巾的母亲，是村里唯一一位让太阳屈服的女人。与太阳的对峙和较量是一场生死决斗，藏在母亲身体里的河流会淋湿太阳的眼睛，熄灭太阳心中的怒火。安分下来的太阳会慢慢地低下傲慢的头颅。大多数村里人也正是在这个时间进入收割的下半场,他们最多也只能坚持到天黑,尽管有萤火虫与马灯,但隐没在田野深处的蛇、长嘴蚊这些阴险的"吃瓜者"会趁火打劫,冷不丁地来惊扰与偷袭。

整个夏天,母亲都生活在火刑中。谷物浸染了太阳的毒,自然是要张扬的。母亲与谷物为伍,满身结满红疙瘩,皮肤瘙痒得难受,只有灼热的沸水才能以毒攻毒。这种两败俱伤的疗法,母亲几乎每天都在重复。用她的话说——"庄户人,没得法。"

夏天对许多绿荫下生长的植物来说是美好的,但对村庄里的人而言是一种火刑的历练与折腾。可母亲宁愿这样,宁愿天天生活在高温的烘烤中,生活在火刑中,也不愿丰收时来一场降温的暴雨。

二、水荒

雨在早稻收上岸时落下,叫插秧雨;若是等插完秧,那叫及时雨。最愁人的是等到秧苗插完或扬花抽穗时,雨仍不见踪迹,那便是水荒。

水荒在故乡时常遇见。有人会等着县里或镇上的水库开闸放水,母亲等不及。她用板车载来柴油机与水泵从池塘里抽水。机器可想而知有多沉重,管道无论是铁制,还是后来的软管,使用起来也并不省心。一条三四米长的管道,一个壮劳力用肩扛背拉,走上两里路,不仅会累得气喘吁吁,还会双腿打战。折腾到目的地,安装好管道,一头扎入池塘,一头接入水泵,还得把剩下的出水管架到高高垒起的土机台上。若是遇到管道生锈、漏气或漏水,则要想尽办法用泥糊着,用草堵,用布条捆绑,再用木架子支撑。母亲个头并不大,跟村里的男劳力搭伙摆弄这些玩意自然相当费劲费神。这还不算,最头痛的是我们家有几块地势高的责任田,不仅离水源较远,且土质不佳总渗水,于是常常闹水荒。一旦稻田脱了水,秧苗便濒临死亡。所以一闹水荒,母亲便着急上火，四处求人。就算抽水机正常工作了，遇到水路远的田，母亲还得用上自家的水车来接龙。

既然叫水荒，庄稼不能断水，人畜更不能。过去，老家没有水井，村里人生活用水全靠池塘。水荒时，池塘的水供应给了农田，人畜便得走远些再远些，走上十里八里寻找水源。那时的水桶大军、牛车大军便浩浩荡荡地开拔，忧心忡忡地奔走在通往山岭，通往镇里的路上。

若是谁觅得一处泉眼，那便排着长龙，一碗一碗地跪着接水。不，应该是一滴滴地接水。时光仿佛从未如此漫长，等待中的焦躁与煎熬可想而知。如果碰巧是夜晚，青草与蔓藤为伴，繁星与新月为伍。你得从广寒宫到十二星座，从十二星座到银河系，从银河系与河外星系，一颗一颗、一片一片地优游。你若天之骄子，域外飞仙，浩瀚的空域在你眼里穿梭，没有一处不璀璨，没有一处不惊艳。

那一刻，你最虔诚的愿望便是——来一场雨吧，哪怕是一场"流星"雨。让雨打湿皲裂的皮肤，干枯的发梢，干涸的眼睛。你会发疯地想念那场落在稻田里的雨，白茫茫地游走在田野间、沟渠间，碰撞、欢唱，连鲫鱼、泥鳅都忍不住越界求欢。

如果明月仍旧高悬，那么水荒将继续。如果可以，母亲便会蜕变成一名女道士，设坛求雨。那朝天的一炷香，那低低的一低眉，那等身的一跪一拜，天地动容。

三、眼疾

母亲有眼疾，这眼疾只出现在夏天，出现在收割稻子的农忙季节，出现在日落前。一直到母亲去世，我都不得其因。

母亲在世时，没有一日不劳累。由于孩子们先后出嫁成家，家里只剩下在镇上做小生意的哥哥与我,而家里的责任田基本没有增减。十亩地,三季稻,还要套种冬小麦与油菜,劳动量可想而知。于是母亲总是无法退休,她在花甲之年依旧是家里的主劳动力。插秧、扯秧、施肥、打农药、除草、割稻子、整地,她几乎都没落下。此外,种瓜种豆等菜园子工程也得靠她。因此,母亲时常是累着累着,眼便失明了。眼盲的母亲似乎并不慌张,尽管整个田野都是她熟悉的大舞台;尽管每个新挖的过水口,新堆的草垛、土堆,她都知道,可一旦失明,还是容易出状况。她先是爬上田埂,顺着田间小路一步步摸索着行走,可走着走着还是会跌跤,甚至会跌进池塘里。每次看到母亲狼狈不堪的模样,我便又急又气又痛又怜。

母亲视力模糊让身体遭了不少殃,这让全家人都紧张起来。而母亲对此的解释是——"犯鸡屎眼,休息一晚便好了。"姐姐们认为,可能是中暑,让母亲高温时段待在家里。无知的我们并不知迈进花甲之年的母亲实则是身体有病,而且是一种因长年劳累,长年吃隔夜饭菜等落下的疾病。

我确认这是一种病,是在我离开故乡进了城,结识了一位眼科专家才得知的。专家给的诊断是——"眼部贫血或者低血压。病因是糖尿病并发症引起的视网膜病变。"这一诊断与夺走母亲的"肾病"相关。获知这一消息时,母亲已离世十年有余。

在故乡,在落后的农村,我们从未听说过这个医学名词——"糖尿病"!也从未想过,母亲的眼疾背后隐藏着夺走她生命的元凶。如果我们早一刻带母亲去见医生,母亲或许至今还健在。所以,夺走母亲生命的不是肾病,也不是眼疾,而是我们的无知与麻木,是我们无视夏天的提醒。

四、虫乱

夏日的夜晚,我们洗浴完毕,开始一日最惬意的时光,而母亲还不能休息,她还有一项重要的善后工作，便是对抗"虫乱"。

首先是蛇与蜈蚣。它们会藏在池塘边、树荫下，或者竹林里、屋檐下、沟渠里。夏日炎热，这些有毒的动物昼伏夜出，活动频繁。若是透风的门窗未及时关闭，若是木门有洞，或者墙角被动物打穿，这些不速之客便有了作案的机会，尾随而来的便是老鼠。它们偷吃完谷物，常常放肆地窜入阁楼上或床底下打闹，又或侵入你的枕侧，戏耍你，啃食你……

接着上场的便是"脱了壳的蜗牛"蛞蝓（kuò yú），也叫"蜒蚰"，俗称"鼻涕虫"。据说对人类并无大毒性，可那极其不雅的外观与上述毒物一样令人深恶痛绝。它们往往半夜觅食，从潮湿处、天井排水沟里或者门内屋外、石板缝里探出头，迈开腿。它们的出现会尾随一道白色的荧光印记。若是光顾了碗柜、灶台、铁锅，母亲是要对其进行制裁的；若是得寸进尺爬上床铺，那便除恶务尽。

母亲对付蜈蚣、蛇类、鼠类的虫害，一是检查门窗；二是锄草、净地、堵洞；三是在它们必经之处撒上剧毒农药"六氯环己烷（俗称六六六）"。而对抗防不胜防的"鼻涕虫"，便是沿着它们暴露的行迹撒足盐巴，且需半夜举灯巡察，直到其中招脱水而亡。

对于一般的虫害，母亲尚有法力，最让她手足无措的是——蝗灾。

青蛙、蛐蛐唱歌的夏夜是美好的，而美好的夏夜危机四伏，母亲便是守夜的天使。而做天使是疲惫的，虫乱一日一日夺去母亲本可安宁的睡眠。

五、冰灾

夏日的第五种杀手是"冰灾"。

冰灾是故乡的劫难。持续月余的高温之后，持续蒸发过旺之后，遇上北来的冷空气，冰雹便会从天而降。对于求雨不至，遭遇"冰灾"的人们来说可谓雪上加霜。

冰灾对正在拔节抽穗扬花的谷物毁伤是灾难性的,而对毫不提防的瓜果而言,便是一场浩大的屠杀。初生的瓜苗断了花蕊,成长中的作物断了瓜秧,将下架的瓜果遍体鳞伤。那场景让人欲哭无泪。

母亲是看云识天气的高手,一旦遇见天象突变,便会盖上膜,扎上架,搭起棚,系上塑料袋……如此这般地忙个不停。而对于暴露在天空下的庄稼,对于毫不知情的谷物,母亲无能为力。它们太过豁达,太过善良,对于苍天,它们唯一的防守便是"信仰"。

冰灾之后的村庄是苦难深重的,可谓千疮百孔,百废待兴。而母亲既是灾民,也是志愿者,全村的救助活动都有她的身影。

整个夏天,对未曾在乡下生活过的人而言,是比基尼,是日光浴,是冰镇西瓜汁;对农村人而言则可谓惊心动魄,九死一生;对母亲而言,是磨难,是修炼,也是幸福。

母亲是一位出色的勇者。与天斗,披肝沥胆,受尽火烙之刑;与龙斗,精疲力竭,饱尝饥渴之苦;与虫斗,披荆斩棘,不舍昼夜,保一家平安;与疾病斗,宁危不屈,不肯退让……

我平凡的母亲,生在村庄长在村庄埋在黄土下的母亲,我从不知道,她有如此强大的力量,她让暴戾的夏日变得温顺,变得美丽柔软,她让我们熬过夏天,平安地获得一次又一次的重生。她像浴火的凤凰,遇难成祥。

冯骥才老师说:"夏天是被它自己融化的,因为耗尽了能量。"我想,母亲也是。

再也不见的老师

初高中同学建了个微信群，于是我成了班级第八个常委。失联了30年的同学在群里聊赚钱，聊吃喝，聊旅行，聊家庭，聊健康，聊孩子的学业，聊中国改革开放四十年，聊我们失去了啥，得到了啥……聊着聊着，最后聊到了我们共同的老师。

一支竹笛知进退

一九八五年的秋天，久旱未雨。太阳执着地把满腔的热情倾洒在无垠的田野里。虫与蛙只有在傍晚才敢冒出头来呼吸；小草没精打采地从脚印密集的村道中央撤离，一头扎进田野；早熟的稻穗经不起秋阳火辣辣的注视，纷纷低头并藏起发育饱满的胸膛，羞涩地打量穿着北京布鞋、背着军绿色帆布书包重返学堂的少年。

与秋风一起溜进学堂的还有刚从村小提拔上来的吴老师。他着一件棉布对襟衫，头戴一顶新草帽，帽檐后挂着一根稻穗，左裤管半卷着，手里拎着一袋玉米棒子。人们管他叫"玉米糊（吴）"，嘲笑他是学校唯一一位没有文凭的民办教师。

吴老师成了我们初一（四）班的班主任。在开学第一天的班会上，他就让全班学生笑了场。他一口蹩脚的普通话，带着很尖很细很"娘"的尾音，听起来十分滑稽，总让人想起校庆门口悬在头顶的那几个弧形铁皮大字——"公社初级中学"。六个字中有三个掉了漆生了锈，且前仰后伏地倾斜着，十分滑稽。"文化大革命"已经过去很久了，而对于只有一条十字街支撑着的古老小镇来说，似乎仍旧沉睡在历史的印记中不曾醒来。

吴老师家在二十里外的山坳里，家里有母亲和一个妹妹。家里养了两头牛，种着十多亩地。他是恢复高考前县一中毕业的高才生。他能用山上的竹子做笛与箫，能用松木做琴，能组装柴油机抽水抗旱。他教的是语文。讲课文，他让学生做角色扮演；讲作文，他带同学深入高山扶贫，现场谈感受、立志向，在同学们组织讨论时，他背着大家把刚发的工资捐给同学的家长；开班会，他不做思想教育，不开批斗会，而是教学生剪报、集邮、下象棋与围棋，教乐器制作或插花，教养蜜蜂或蚕。结果他成为光顾校长办公室最多的人。可每次地区作文竞赛，片区联考，我们班都榜上有名，校长大人对他的教学方法只好睁一只眼闭一只眼。

学校前后有五排红砖瓦房，两侧是白杨守护着的高高院墙，墙舍相连将校园围成一个几十亩地的大院子。前三排是教室，后两排是教师与学生宿舍。宿舍房梁上立着"学为人师，为人师表"的校训，这八个两米多高的黑铁皮大字成了方圆十里的地标！许多个大雪大雨的天气里，学生们正是循着校训找到上学的路。

傍晚洗漱时分，校园里总有悠扬婉转的笛音响起，笛声裹挟着微凉的秋风，穿过回廊与瓦楞，窜上密集的梧桐、白杨，剪落一地的黄叶。吴老师是拎着米袋子上讲台的老师，无论教学风格与生活做派，似乎都与那些师范毕业的老师有些格格不入，可班上男女同学都喜欢他。

初二上学期，县城下来一位支教的美术老师童老师，她是骑着一辆崭新的红色"嘉陵70"摩托车来的，跑过三十里盘山公路。清秀、饱满、挺拔的童老师，短头发、小马甲、脖子上还飘动着红丝巾……这令她走起来动感十足。走在林荫道上的她一手执教鞭，一手执教科书，边走边看，不时还对过往的同学们扮个鬼脸。童老师教一年级段的美术，不到一周，她便收服了校园里那些游离散漫的目光。

童老师爱弹吉他。她爱把"嘉陵70"停靠在吴老师宿舍前的那棵白杨树下。爽朗的笑声伴随动听的旋律一起流淌，淌出窗外，播撒在窗台上弥漫着薰衣草的香气里。学校单身住校的年轻教师备完课，初三住校的师哥师姐们下了晚自习，常会被这歌声吸引，不时跟着旋律哼上几句歌词。

有段时间，我们常见穿着一件新毛衣的吴老师羞涩地藏在童老师的车后飘出校门，引来一波艳羡的目光。不久，传出吴老师和童老师恋爱的消息。而那时，吴老师正在报考省师范大学的进修班。

秋天收割的季节，我们班十多个同学约了童老师去吴老师家友情支农。我们一起下地割稻子，入池塘采莲藕，下河沟捉泥鳅，进山里捕山鸡，挖红薯，看日落。

十五六岁的年纪，正是情怀初开的时候，我们手执农具立在静静的山峦，头顶向着湛蓝的天空，几位童话诗人大声朗读顾城的诗《一代人》——"黑夜给了我黑色的眼睛，我却用它来寻找光明"；以及《门前》——"草在结它的种子，风在摇它的叶子。我们站着，不说话，就十分美好。"女生们故作深情地窝在一起唱《在水一方》。梦想去参军的班长挥舞着锄头，提议所有同学来一首舒婷的诗——《致橡树》才扭转了伤感的调子。

这个时候，吴老师手执镰刀，拨开松木、水杉等小乔木，割倒一地的狗尾巴草为我们野营做准备。而童老师则支起画板，给我们画全家福。

秋风微凉的午后，明晃晃的阳光倾斜着身子窥探着一群青春躁动的身体，仿佛再热烈些便可以将彼此点燃。童老师仍旧专注地摆弄着画笔，一件黑色圆领白排扣的蝙蝠衫包裹着凹凸有致的身体，一件蓝色牛仔裤将她的背影勾勒得错落有致。不一会儿，一张张溢满青春的脸蛋儿，扮着各种鬼脸，跳进了童老师的画框。而一场竹笛与吉他的演唱会随着日落，随着点点明亮起来的星光开始上演。山楂树下，山兔奔跑过的草丛里，到处挤满激情的音符与欢声笑语。

有同学问吴老师，为啥喜欢竹笛。吴老师抿着嘴，笑了笑说："竹笛七个孔，六个能出气的孔都显露在外，只有一个孔被膜覆盖着，在暗淡中承受每个孔每一次的发声所带来的震颤。而每一个音符的跳动，都需用弯着的手指来表达。这如同生活在喧嚣世界边缘的村民，夜以继日，勤扒苦做，泥里水里，每一次的播种与收获都需用低头弯腰来完成，在'收获'这篇乐曲里，我们许多人就是竹笛上那不发声的孔。"

吴老师吃住几乎都在学校食堂，有时下课晚了，他就买了面条煮了吃。学校有教师轮流上街买菜的制度，轮到他买菜时，便会自掏腰包多买点，在宿舍用煤油炉煮好，给寄宿的贫困学生改善伙食。结果被好事的人传出吴老师侵吞菜金的事来。

初二学年结束的时候，童老师支教一年期满被调回县里任县长秘书，而吴老师差几分未能考上省城里的大专进修班。按规定，当年没有大专文凭的民办教师将不能再留校任教，作为借调的吴老师又回到了村小。

班上最后一节作文课的主题被班委会命名为"告别"。吴老师为全班36位同学每人准备了一支自制的竹笛，有两位家在高山上的贫困同学还获得吴老师送的两个大大的毛线球。后来，同学们得知那毛线来自吴老师常穿的那件"马海毛"，而打这件毛衣的人是童老师。

同学们也为吴老师准备了礼物。在礼物发放仪式上，一位山里来的学生又脏又破的书包里居然跳出一只"小鸡仔"，这次没有一位同学笑。吴老师眼里噙着泪说："我们是大山的孩子，世代向高山低头，向黄土求生，向泥水问路。走出大山看世界，希望在你们身上。一年之后，你们将迎来人生命运的大转折,你们的成绩单就是走出大山的第一张通行证!你们若是考上县里的中学没钱念,记得来找我这个'玉米糊'!"

同学们纷纷抱着吴老师哭,都说要上县里,要写联名信保吴老师,结果被吴老师阻止了。

后来,听说县长受贿被查,童老师受了牵连,去了职。而吴老师回村小教书的名额被一位领导的子女挤掉,便在乡里落了个闲职,不久辞职务了农。

一九八九年,吴老师的母亲去世,妹妹出嫁,吴老师离开故乡,去了改革开放最活跃的南方,办起私立培训班。

有人说在南方城市看见过童老师,看见她与吴老师在一起。而我们班考上县一中的五名贫困学生,每年都能收到一笔从南方寄来的助学金。

我再也没见到"玉米糊"老师。他送的那支竹笛一直挂在我床前,跟随着我辗转大半个中国求职谋生,三十年音律如新。

吴老师是所有我认识的老师中,唯一一位历经挫折,离了教,下了海,仍不忘学子,仍不改初心的老师。他撑起了二十世纪八九十年代千千万万"民办教师"的脊梁。

一则评语动执念

求学生涯中,收获最珍贵的礼物便是老师的评语。

一九八六年,我念初中三年级,开始住校。担任班主任的是一位年过四十的高高瘦瘦的先生,他是"文化大革命"前全校唯一一位从省城师范大学毕业的本科生。很多同学羡慕地说,能做他的学生是福气呢。

先生姓李,叫李义。这总让我想起三侠五义里的英雄人物。李老师除了有侠义的心肠,也确有侠客的做派。李老师教我们数学,他不仅推行魔方比赛,还让我们每天抄好词好句,看名著。这让很多老师与同学感到不可理解。

有人说:"毕业班的数学课,不抓题海战,抓错题集,抓分数指标,还叫毕业班吗?"可李老师却不以为然。

李老师每天一大早拎着木棍,威风凛凛地来宿舍叫床,带着大家跑操,两圈下来便会气喘吁吁。溜号赖床的就打屁股,掉队的就被罚站。他的理由是——没有强健的体魄,在毕业班坚持不到中考。

于是我们班每天不用学校打铃,也不用闹钟,李老师的脚步声便是闹铃。凡跑操一周一天不落的,他就奖励每人每天一个荷包蛋,结果自然人人都有。

李老师十分注重整洁。每次进教室都要把满是粉尘的课桌擦上几遍,课本教案十几年仍完好如新。他穿中山装的样子像极了伟人刘少奇,他也因此十分自豪。在他的班上,学生仪容仪表一丝不苟,即便穿着破鞋破袜子,也要洗得干干净净。

我们班的班策是每月搞一次辩论赛,他说是训练学生的反应能力。结果,撞上市里组织的演讲比赛,我们班居然夺了冠。

李老师十分重视班级的写作课。他多次自告奋勇地请县报副刊编辑、镇文化站长来班级授课,给学生很大鼓舞,作文获得了长足进步,学生作文纷纷登上县报、市报,省报,家长们纷纷送来锦旗。李老师每次接待从山里来道贺的家长,都要留家吃饭,还把家长们送的地瓜、红薯交给学校学生食堂,在那"吃饱肚皮比脸面更重要"的年代,许多人不理解。只有我们知道,李老师两袖清风,把荣誉与德行看得比命还重要。

按照班规,我们毕业班每位同学都要写毕业日志。每天写,每天交,李老师每天批改。我们写学校寒暑季节变换,写花草树木,写班级文娱生活,写同学友谊,写学习心得,写师生关系,写乡村落后面貌,陈规陋习,写成长的烦恼,写青春的迷惑,写初恋情事……而写得更多的是对未知命运的担忧。写着写着,一篇日记被写成了思想汇报,写成了情感散文,写成了中短篇小说,写成了电影剧本……

李老师将每位同学的作文本用线装订，再配上学生自制的封面，厚厚的，像一本书。

李老师对我的日志批改得相当认真，每次都要写半篇，满满的都是红色鼓励。我记得我写的最后一篇日志题为《我不确定的未来》。老师在评语栏写道：你具备一位小作家的潜质，不管毕业后你去哪里，一定要记住，坚持写作，坚持理想，坚信不确定的未来有太多种可能。作为你的老师会永远支持你！

李老师患有重病的消息是我们毕业前获悉的。

原来，李老师曾响应号召去西藏支教过五年，因长期的高反，患上了很严重的肺病，做过肺部切除手术。据说他的肺是用乒乓球状的材料支撑着，医生盼咐不能过劳，不能负重，不能做稍强的体育运动。而偏偏在我们准备中考的最后一个月，李老师没日没夜地守护着我们，从早自习到晚自习，从顶着红日领跑到打熄灯铃，从跑外地买复习资料到油印各种模拟试卷，从批改作业到做减压训练……

李老师的教鞭左右摇晃，我们视而不见；李老师伏案咳嗽，我们没有在意；李老师用力捶打胸部，我们没有发觉；李老师双手支撑在讲台额头冒冷汗，李老师的孩子在窗外张望，李老师的妻子徘徊在教室门前……我们除了聆听，什么也没做。我们不曾想到，像铁人一样的李老师会倒下，会在一个红日破晓的冬天，倒在教室，倒在讲台上。

李老师倒下去后，再也没有站起来。

李老师，是我见过的教师中，唯一一位倒在讲台上的老师。他用身体书写了人民教师的高大与伟岸，仁义与无私。他给我们每一位学生的评语，染红了岁月的春春秋秋，曾指引着我们朝着梦想的远方进发，只争朝夕，不敢懈怠。

三十年后，我们班不少同学都成"才"成"家"成"巨匠"，我也终于成了一名真正的作家，一位用笔为教师这个美丽的职业讴歌的人。而不管我们飞得多高，仍不会忘却——"高楼入云有一层"！

一份试卷求破壁

前些年，我迁新居，买了一个大大的保险柜，柜里藏有一物——那是一份试卷，是一份高中一年级的化学试卷，确切地说是一份满分试卷。尽管在我求学生涯中获得过许多次满分，但唯独这一份化学试卷被精心保存下来，成了我们家的传家宝。

中考，因为我的化学成绩不及格，没能考上县立一中，只上了普通高中。许多与我一样的同学都十分失望，因为这是一所高考升学率几乎为零的学校。它的存在，似乎只是为了向求学者发放一张高中毕业证书。而作为被分配到这所高中任教的教师，其心情也可想而知。

在众多教师中有一位化学老师，做了一件非常出格的事情。他在新生开学的第一天，公开表示"新学年的上半学期将不会上新课，全部复习初三的化学。如果全班半数以上同学支持便可通过这项决定"。

此言一出惊四座。该老师说："我看过你们的升学档案，知道你们在初中都没有好好学化学，我不期待一群不懂化学不爱化学的学生上好我的化学课！我要让你们爱上化学，成为化学的尖子生，只要你们愿意……"

我们被他动情的话语感动了，起初只有一部分同学举手同意，接着是一大群，最后全体通过了这项"决议"。

说来容易做起来难。许多与我一样的同学是化学盲，遇到一大堆抽象的化学元素、化学分子式便会头晕眼花。为了不让老师失望，我们接受了补课。从正常每天晚自习加一小时到加两小时，一天天坚持着。我们听不懂，老师便不厌其烦地给我们从一个个元素符号的来历、含义讲起，摆实物，画图片，找视频，实在听不懂就做实验，或者深入生活现场现身说法。

为了让我们弄懂氢氧化钙［化学式 $Ca(OH)_2$］，老师到采石场用自行车换回试验材料；为了让我们弄懂"复合反应""分解反应""置换反应"，为了让我们弄懂"结晶"与"析出"原理，老师一次次带领我们在实验室反复实验。在一次实验中，溶液溅到老师的额角、眼眶，造成皮肤灼伤，眼球红肿，他担心被校长批评，偷偷躲进医院治疗。

在老师高强度的言传身教下，我的化学仿佛开了窍。周考、月考、期中考，从不及格到及格，从及格到优秀，终于在一次全市期末联考中，我拿下了全县第一个化学满分。我成了老师教学的样板，那张满分试卷一次次在班级、年段、学校、县重点中学的橱窗展示，被无数的眼球抚摸过，成为全校全县励志的活教材。"不可救药的差生变成了优等生中的优等生，一切皆有可能！"这句话成了校长的口头禅，全校学习风气为之一变。

这张满分试卷，不仅激励着一个个学子走出校门，走进高等学府，使一个高考"剃光头"的学校摘掉了耻辱的帽子，还使学校成为全市"素质教育先进单位"。

这名化学老师姓华，他说他是为化学而生。他后来去了市里的一中教书，几年后成为那所学校的副校长。又几年，做了教育局局长、副市长。他是我们学校走出去的名人，是唯一从我们镇我们县"臭老九""教书匠"队伍里走上官路，走进市委，走进"厅级"领导干部岗位的名人。直到今天，校园、示范基地还有他的题词。

华老师身上有那种不畏难、不服输、不信邪、不抛弃、不放弃，且一身正气的精神，他的成功蜕变，我一点也不觉得意外。

而我，每每步入生活的贫境，情感的窘境，学习的困境，工作的逆境，事业的险境，便会想起这份满分试卷，它同样激励着我一路化险为夷，进入人生的诗境，情感的佳境，学习的乐境，工作的顺境，事业的福境，让我一路进无止境！

一幢空楼藏日月

转眼离开故乡二十多年了。改革开放四十多年来，在"再穷不能穷教育，再苦不能苦孩子"的号角中，农村教育发生了翻天覆地的变化。随着大国崛起的镇城化步伐，乡村人口快速地向城镇转移，曾经落后的乡村成了瓜果基地，成了金海雪山，成了世外桃源，成了旅游胜地……我的故乡，乡村撤校并点，小学搬到了镇上，镇上的中学变成了"一中"，高中并到了县里，周围房产商打出了"学区房"的广告……许许多多曾经不可思议的梦想正在变成现实。

我们村是有名的"先生村"，出过许多的教书先生。我姐夫教了一辈子书，我也曾走上讲台，做过代课老师。我们家族子弟秉着"学为人师"的校训、家训正从高校走出，走在前往讲台的路上。随着孔子学院、国学再次兴起，为人师表的教育产业将不断净化，不断与时俱进，成为学子们择业的"香饽饽"。

前两年，我回乡住进高中母校里的姐夫家。宁静的夜晚，偌大的操场、五层教学楼、三幢校区家属楼、四五排学生宿舍一片空寂，只有一轮明月在校园里慢慢升起，掠过跑道，爬上高高的白杨，在每间静下来的教室里巡视。它独自怀想着"琅琅书声""浓浓书香""莘莘学子"，怀想着正青春的岁月。

像吴老师一样曾带着"玉米棒"、顶着"民办教师"帽子走上讲台且几经挫折的现象已经成为历史；像李老师一样"慎始敬终"的师品正在得到重视与保护；像华老师一样因材施材、破旧立新的师道正在成为潮流，而教师从学界走向政界也日益成为常态。

"清风出袖，明月入怀"，这曾是多少人民教师的座右铭，它存在于我们宣誓成为人民教师的仪式上，存在于立在墙上的字画、教材中，存在于浩浩荡荡的官路商海，存在于我们再也不见的老师的心胸。

留守在村庄的风

一、禾香风

村庄是在风的浸泡与打磨中长大的。

来自季节深处的风，或缓或疾或疏或密或高或低，以自己喜欢的方式行走与停留。它讨厌经过枇杷树、银杏树时耳畔叽叽喳喳的议论声，那呼啦啦的大叶子便是一张张搬弄是非的嘴。它也不喜欢见风使舵的杨柳，总是在它身后指指点点。它喜欢攀越高大的橡树，立在树巅跳芭蕾的快感；喜欢陪伴芬芳馥郁的香樟树，绕着清正的绿影嗅一嗅就觉得陶醉。

风与村庄耳鬓厮磨的百年间，将满村的树磨砺得光溜溜白生生的。它嬉戏过的树杈，倚靠过的树干，歇过脚的树墩，蜷卧过的树根，裸露出光洁健硕的肌肉。光着屁股的小孩童，穿着花短裙的大姑娘一伸手一挪肩一弯腰一张嘴，左邻右舍便三三两两地围过来，谁抢先打开了话匣子，打开了村庄的清晨与黄昏。

夏天来的时候，风躲过鼓着腮帮子拿腔拿调欢迎它的知了，小媳妇般蹑手蹑脚地靠近村庄。它拥抱村庄的姿势像拥抱一位老情人——热烈而又多情，滚烫而又轻柔。

风最牵挂的是稻田。禾苗绿油油的小脑袋从育儿的羊水湖冒出头，风便将爱抚的手掌伸了过去。在没有星星的夜晚，禾苗便是听着蛙的聒噪声，枕着风的呢喃声，抱紧黑夜的黑，长大长高长成大姑娘的。

乌鸦般的夜色将要围绕过来时，被汗水打湿的风自发酵的泥土里窜出，穿过禾苗的身体，带着禾苗的体香，越过田埂，翻过沟渠，拐进村道，一路小跑。它牵起放工后疲惫不堪的牛，盘起姑娘零乱的长发，揉着小媳妇酸软的腰肢，窜进母亲烟熏火燎的厨房，跳出奶奶支起的蚊帐，调皮地将老槐树下集会的萤火虫耍了过遍。

禾香风吹拂的日子，村庄是欢畅的。一幅幅流淌着收获味道的水墨画，一缕缕飘浮在清风里的五谷香，看不够，闻不够。无论是戴着草帽、扛着铁锹看守稻田的后生，还是踩着水车灌溉庄稼的小夫妻，以及坐在屋檐下衔着烟袋打着竹器的老汉，都是风这支画笔下浓墨重彩的风景。

二、雨前风

稻田起初惧怕阳光热烈的注视，那直勾勾的眼神让禾苗心里发慌发怵。连一向撒泼的小水鸭都把头埋进了深水塘，吹牛皮的青蛙更是一声不吭地躲进了阴凉的河沟。禾苗知道，自己无处可逃。这冒着蒸气的羊水湖随时都可能干涸，而只有风能救它。风来的时候，是带着几分急脾气的，它成功地激怒了闲逛的云，它们合谋着将阳光火辣辣的表情泡软泡柔泡出煽情的泪水。那泪水黑压压地往下掉，越来越多，越来越急，越来越大。羊水湖很快退烧，禾苗脱险了。

禾苗经过雨前风的爱抚，经过及时雨的浇灌，日益性感起来。当它越长越高，便有了"稻子"的芳名。稻子经不住风吹。风一吹，它便长高长粗长壮。它习惯了在云下歌唱，在风里沐浴，习惯了数着农历一天天把身子洗白、漂黄、晾干。当然，它也习惯了等待，等待某天风低低的一声召唤，它便要跟着风拔腿上岸。

当风干的稻子告别泥土并安然地躺在禾场后,庄户人最怕迎面而来的风。风的步子越急,人们越是紧张,因为裹着雷声的暴风雨便离得不远了。

"抢雨啦,喂——抢雨啦……"整座沦陷在风里的村庄都在呐喊。

三、脚下风

夏至过后,村道上,拖着木板车拉着有机肥的庄稼汉便多了起来。他们穿着能拧出水的旧汗衫,颈上搭了条湿毛巾,光着臂膀,趿着凉鞋,奔跑着。与日月为伍的庄户人知道,树叶一低头,谷物便已黄。这一季他们注定要在泥里水里汗味里烈日里度过。尽管他们放低身子,对泥土卑躬屈膝,可脸上尽是笑容,脚底尽是奔跑的风。那风应该是快乐的吧,它追赶着庄稼人狂奔的步子,狂啸的车轮。

百年沧桑,被风洗净的村道露出结结实实的肌体,艾蒿与白茅草雄师般列队左右,曾经灰里透着白、白里镶着黑的黄土路,曾经一风一沙一世界的黄土路,如今已被柏油与水泥覆盖。千千万万双脚印、车轱辘印被埋在泥土下、日子里。一同被掩埋的还有风雨飘摇的身影,以及疲惫饥饿的呼喊声。

村庄里马路纵横,林木夹岸,路灯高悬。机器代替了手工,鸣笛代替了号子,庄户人住进了城,城里人住进了村。

如今,踩在马路上的脚步是悠闲的、慵懒的,他们的脚下再也藏不住风。

四、莲叶风

莲叶是生长在村庄的一味药,总在村庄最孤独最疲惫的时候引来徐徐的清风,醒脑安神,明心见性。

炎热的夏天，池塘鱼虾沸腾，怕热的阳光明目张胆地跳进池塘里裸浴，用明晃晃的语言向村庄死乞白赖地告白。而自从有了荷，有了莲，情形便大不相同。

莲叶是懂村庄的。不管对池塘有企图的阳光如何发起攻势，莲叶都寸步不让，直到风藏进阴凉的裙摆下，直到安定下来的风冷却一池碧水，阳光才收敛起泛滥的情感，胆怯地与荷塘保持距离，不敢抵近偷窥莲叶下的秘密。

有莲叶护佑的风是细腻、清新并充满柔情蜜意的，它穿过庭院的小窗，把沉淀了一夜的香冰敷在老槐树喘着粗气的枝叶上，涂抹在姑娘红扑扑的脸庞上，连趴在石门槛上吐着长舌发闷脾气的大黄狗都能嗅到这份清香。

莲叶风环绕的荷塘与村庄是一方琉璃世界。一条条清澈的小溪将村庄前拥后抱，一张张青石板在各家门前屋后左弯右曲，直到遇见溪水、荷塘。那么，纳凉、洗菜、刷牙、洗脸，庄户人便有了好去处。

被莲叶风浸泡的村庄，甜蜜而又温馨，它像一堵香砌的防火墙，一间仁丹与藿香正气水筑就的大药房，让庄户人与牲畜得以安生。

五、枕边风

在泥土里舞蹈了一天的身子骨是沉重的，沉重得禁不起一只夜萤或蚊子的停靠。村庄里的男女主人放工回家第一件事便是做饭，然后便是洗澡。待洗尽一身的疲倦，穿上宽松的衣裙，便徜徉在白日无暇光顾的荷塘。等胃里消食了，等牲畜安分了，女人或者男人便会回屋。

忙碌一旦停下来，村庄就会出现空白的寂静。路断人稀，一窗明月，满目繁星，天籁四起。那刻，身体是自由的。自由地卧在地板上，卧在席梦思上。世界很轻，如丝绸般细腻的风悠悠地漫过来，漫过花坛、矮墙、门楣——挤进纱窗，撩开幔帐，兜兜转转地摸上绣床，伸出无数只轻柔的手指拨弄起女人蓬松的头发、眉弯；然后长出潮湿的舌头，亲吻女人的鼻头、唇角、脖颈，以及大蒲扇盖着的脸庞；末了，连腿脚与膝盖都有了湿滑的感觉……风经过的地方变得柔软起来，轻盈起来，梦幻起来。月色很近，星星很低，虫声悦耳，枕边、鼻息都是风清浅幽香的味道。

不想说话的舌头想告诉身边鼾眠的男人——"说点什么吧，嗯？"

假寐的男人心领神会地翻个身，借着月色，将身子凉透的女人一把揽入怀中。

"东山上的松树菇熟了，很红很红，城里人都下来捡拾……"

"红土坪的月亮花开了，又粉又艳，戴上它，穿上花格子裙去逛街，应该很美……"

六、扇底风

村庄里，最清闲的是风，最淡定的是长者。

无论何时何地，一把发黄的大蒲扇便是长者们的法器。大蒲扇一旦在握，便有了芭蕉扇的神奇与孔明扇的智慧。

清晨是村庄正活跃的时刻。长者早早起床，将昨夜一只只扇底超生的蚊虫悉数清点。长者心情是愉悦的，摇着扇，哼着小曲，遛着弯儿。若是碰巧遇见邻家奉茶，或村邻奉烟，长者便将大蒲扇往后背衣领处斜斜地一插，或往腋下一夹，一声"得罪"便是表达谢意与尴尬了。若是遇来访的外乡人问路，长者便会将大蒲扇朝远处一指——"您瞧，就在那儿！"那指点江山的神气劲儿常常让跟随的孩童羡慕不已。

庄户人家都有歇午的习惯，几张靠背椅树荫下一摆，长者便可以不管不顾地光着背赤着腿倒头即睡，无论枝头蝉嗓音多么嘹亮，也不管身旁贪吃反刍的老黄牛如何打着饱嗝，更不管日光穿透树影婆娑的皂角树频频来袭。这时候，手中摇晃的大蒲扇，以及扇底流转的风便能消暑、除躁、安神。

大蒲扇最风光的时刻在夜晚。门前几老者，膝下几孩童，几张竹凉椅，半壶清肺茶，青衣短衫白发。大蒲扇一旦摇摆起来，那便预示着今古传奇的开场。从大蒲扇里摇出来的故事慢慢悠悠，上天入地，丰富多彩，让村庄变得古老而又神秘；让村庄的夏夜变得梦幻而又美好，香浓了无数孩童们的梦境。

大蒲扇呼呼地摇，萤火虫忽闪忽闪地飞。飞到扇叶上，扇柄上，飞到布满老茧的手上，最后掉进故事的黑洞里。逍遥游走的风也会听着故事如戏迷般陶醉，调皮地钻进长者宽大的衣袖里。若是听到大蒲扇"啪"的一声敲打在身体的某个部位，那么定是听故事的细眼蚊、大角虫太过忘情，侵犯了长者。若是大蒲扇停止摇动，或者听到大蒲扇落地的声音，那定是长者魂魄出窍，回归故事的深处，满足而又安详。

七、离岸风

村庄醒来的时候，发现田野一天天在变小，藏身的亡灵在一步步退让。而新贵的城市，像打了兴奋剂的公牛，一路狂奔，水陆并进。

村庄里的水路通往小镇与县城，也通往村庄自己。沿岸开满野花，像村庄里水灵灵的姑娘，变换着四季的颜色。零星的鹅卵石五彩斑斓地坠落在河床，眠在温暖拾贝姑娘香足的沉梦里，任由不安分的鲤鱼与泥鳅肆意惊扰，不愿醒来。

麦子或稻子是河的邻居，鸽子或水鸟是河不定期来访的客人。邻居们常常提醒客人们，关于天气与水温。它们都默契地陪伴着村庄，让村庄安详地乐活在小说家或者诗人绘制的浪漫无比的书页里。而风则是村庄的主心骨，它告诉读书不多的庄户人二十四节气与农事谚语；告诉稻子与麦子什么时候要抬头，什么时候要低头。它亲吻河两岸的野花，让野花摇摆不定的目光尽可能地专注自己。风还负责安抚援助村庄的鸽子过于高冷的情绪，负责劝诫积极开发河岸的水鸟，改改过于简单粗鲁的做派。

风每次从小城里回来，都会叹息一次，或者欣喜一次。它带来庄户人、河的邻居们、客人们不曾听说的故事。故事的内容每次都是与稻和麦有关，与鸽子和水鸟有关，与村庄的命运有关，与风自己有关。

风感到河尽头的小城高楼增多，马路增多，校园增多，菜市场增多，工厂增多，跳广场舞的老太太增多，于是，难再淡定的风便学会了朝一个方向吹。

追着风走的首先是挑稻穗的汉子，然后是采莲子的姑娘，接着便是犁水田的大叔，以及养猪养牛的大婶，最后是背上书包或者放下书包、溯流而上寻亲的孩子。

村道上、河道上很长一段时间都挤满离人。有闻风走的，有跟风去的，有赚了钱回来到县城买房的，笑容满面，憨态可掬。一泓沉寂百年的浅浅河水被风熨暖，推高，搅浑，波澜四起。

八、巷尾风

村庄是在风中变老的。

风像一把尺子，从村头量到村尾，量过每一家前后院、长短墙、高低门槛，连深浅不一的水井也不放过。自然每片庄稼地，每条小河沟，每座牛羊棚，每棵野芭蕉，它也不会放过。村庄里每一户人家，每个有生命的个体，他们的高矮胖瘦，风都知道。

风常在狭长的巷弄流连。雨水藏身过的泥墙伤痕累累，风引来斑驳的光影，将它们一寸寸打磨、抚平；狂热年代留下的红色或黑色的大标语死而不僵，风便唤来小鸟晨露，一点点将它们啄伤、泡软、带走，带进时光里。至于那些在巷道上撒过泼的驴掌印，唱过戏的马掌印，接过亲的牛车印，风想，就让它们留下吧。

风在巷弄里听婴儿呱呱坠地的哭声；听长大的鸟虫争夺地盘时的打架声；听科考、乔迁、晋升、中彩等喜讯传来时一路的敲锣打鼓声；听每一家瓦楞里、窗户里、墙角破洞里窜出来的嬉笑怒骂声、哭声、梦话与喘息声。风听羞了听恼了听倦了便静静地立在巷道的电线杆上看风景。看返乡的打工仔鲜衣怒马进村时的洋洋得意；看父母返城那天留守儿童们哭声里的肝肠寸断；看每户门楣上的对联由红转黄，由黄转白，最后坠落下来；看巷弄从喧哗到空旷，从空旷到寂寞，寂寞得能听见自己的呼吸声。谁家庭院孤独地升起一缕炊烟，不合时令地想要证明什么，而清晨与黄昏不明。

待村庄睡去，风也要睡去。累了的风会走进大大小小的巷子里，卧在巷弄的尽头，或者窝在深深浅浅的石缝间、壁洞里。这样，风能在晨曦乍现新月初升的刹那，以最美的姿势迎接村庄的醒来。

风知道，经历太多变化与变故的村庄在老去，如同村庄里一日一日靠近泥土与墓碑的生命，一年一年黄了绿绿了黄的庄稼地。

村庄在变老，风也会陪着村庄老去。虽然风知道，总有一天，村庄将不再醒来，如同那断在风里走失的炊烟，如同那离开老屋不再回来的故人。

风一直坚持着，坚守着，守着村庄的四面八方。风告诉自己，只要村庄还在，它便不离不弃。可如果，如果村庄最终死去，风知道，那一定不是"永别"。因为，在风看来，只有"忘却"才是。

明月生处是故乡

一

六年前，我在贵阳。

这座以"大、小十字"为商贸中心的城市，街道拥挤，人群密集。行人一半在地下，一半在地上。市民们有的着便装，有的着民族服装，大多握着手机，低着头，在商铺林立的地下商城穿行，在并不算高大的楼宇间驻足。行者边行边赏，并无赶路的意思；驻足者有的斜倚在树下看书，有的把扁担横在箩筐上抽着闲烟，有的则靠在便利店的门框上嗑着瓜子，有的歪在店门前修着脚丫子。

终年冬暖夏凉的适宜气候，让贵阳人讲话变得不温不火，不紧不慢，仿佛每天都吹着轻轻的杨柳风，仿佛每天都是星期天，都是快乐节日。

都说"少不入蜀，老不出川"，在贵阳，似乎有过之而无不及。行走在这座以"慢生活"闻名的城市里，处处都有苗寨情，都有古朴的吊脚楼，都有扛着腊火腿叫卖的苗家汉，以及头戴银饰的揽客女。若是入店喝上一碗碧螺春，看上一场即兴表演的夹足棍，你抬脚的姿势、搜索的视线、咀嚼的动作、灵动的思维都会跟着迟疑、游离、散漫下来。若再嗅嗅街头巷尾飘着烟火气息的特色小吃，如"丝娃娃""恋爱豆腐果""牛打滚""肠旺面"，以及"老凯俚酸汤鱼"，你便会迷失。仅仅这些食谱名便能勾引你的味蕾，刺激你的舌尖，加重你的肺活量，挑战你的耐受力，让你无法抵挡。

中秋节来的时候，在这个城市待了三个月的我一直想瞅瞅云贵高原的秋色，想亲近亲近高原上的草原，想沐浴沐浴高原上的草原月色。

云顶草原位于贵阳市花溪区的高坡乡东南，是一个大多数居民为苗族的地方。在海拔三四千米的云贵高原上，忽然出现一处三千多亩的大草原，本来就是个奇迹。

午后，我们一行四人驾车出城。一路崇山峻岭，一路茂林修竹；一路阡陌纵横，一路梯田环绕；一路稻浪流金，一路秋风送爽；一路秋色连波，波上寒烟翠。

开车的是"90后"泥巴。他来自陕西，是名孤儿，在医院负责线上采购。坐在副驾位的是做新零售的公主蓝，十九岁的她是一位广西宽额长脸细腰的美女。她喜欢留齐腰长发，这让她看上去显得清丽可人。公主蓝面暖心热，是你一眼能看穿的女人。她对红遍半山坡的枫叶林感兴趣，发出赞叹和惊呼的频率可用"刷屏"的速度来形容。路边追上来一两只小松鼠，就足以让她头首伸出窗外，手舞足蹈老半天。

坐在后座的是她的舍友楼心月，潮州人，住院医师。车出城没多久就困了，眯着眼，迷糊着，一头黑发零乱地散落在我的肩上。

两三个小时的攀缘与迂回后，云顶草原便像个含羞的少女，呈现在云与雾的世界里。云似飘雪，雾似轻烟，流动着，交织着，扑面而来。湿润的山地空气，混合着草原上烤乳猪、烤全羊的油烟味道，混合着马、牛、羊啃食青草后打饱嗝的味道。

云顶草原坡缓草密，广袤无垠。草原的尽头静静地卧着一处湖泊，天塘如镜，水草相映，水天相接，云卷云舒，缥缈似仙。而视野之极远山如黛，一条单行的水泥道弯弯曲曲，把旅行者带入草原深处。原上、坡上、峰峦上立着风力发电用的大风车，擎天柱似的直入云海，在云端相互呼应。

车还没停稳，公主蓝便飘向草原，追上一只迷途的小山兔，跑丢了一只鞋。楼心月还没醒来，泥巴已经开始搬后备厢的物品，不时拿眼瞅瞅公主蓝的背影，然后摇摇头。

草原的凉意开始围拢过来的时候，我摇醒倒在草丛中的泥巴，催着他与横在他背上的公主蓝准备晚餐。

草地上横七竖八地躺着我们带来的炊具、餐具，有几只小鸟在窥视着寻找食物。我开始卸车顶帐篷的时候，醒来的楼心月过来帮忙，因为穿着紧身牛仔与小背心，这让她全身看上去鼓鼓的。

帐篷支起来的时候，泥巴已经把带来的炭火炉生了起来，打算先烧一壶水。公主蓝穿着裙子与丝袜，害怕蚊虫叮咬。她半跪着，边整理食物边吃着零嘴边数落泥土——"你瞧瞧，你瞧瞧，同来的都吃上烤羊腿了，你连烤盘都没架好，你怎么这么'二'？"结果自然弄得泥土更加手忙脚乱。

晚餐后，东边的天际已露出一条红线，然后是红红的光晕，一圈一圈一圈，如不断更换型号的画笔，线条越来越粗。

"月亮要出来了，月亮要出来了！"听到周围的游客惊呼，公主蓝急急地朝泥巴嚷嚷——"你倒是烧茶水呀，愣着干吗？"然后一扭头，"楼姐，月饼、苹果放哪儿了？"

我说："不急，不急。"

"就是，就是。"泥巴附和。

月亮出来时，东边的山峦色彩奔放起来。从隐隐的素描灰到国画红，再到猪鬃画的金漆亮，如同梵高和莫奈抹了松节油的油画作品。

中秋的月是草原的新娘，把蒙着面的红盖头抛给怯生生的群山。草原霎时明亮起来，获得足够营养的秋草纷纷探出头，像个多情的汉子张开柔软的怀抱，接住明月的每一寸秋波，直到明月坠入"天池"盛满的一泓浓情蜜意里，沉醉在秋虫的呢喃里，最后与黎明一同醒来。

"皎皎明月光，灼灼朝日晖。"此时的月变得越来越红，越来越明，越来越火，越来越媚。

公主蓝笨拙地将烧烤架铺上红布，向月摆上清水、月饼、苹果、枣子等供品。楼心月用香炉盛上草原的泥土，做着拜月的准备。公主蓝有些迫不及待催促着，忙乱中一只脚踩到了楼心月的裙摆，撞倒了香炉。泥巴见公主蓝猴急的模样，想笑终没敢笑出声。

我与泥巴温了一壶酒，泡了一壶茶。两位女子早已席地而坐，举杯相邀，先是喝茶后是喝酒。越喝兴越浓，越喝心越近，越喝月越远。后来分不清喝的茶还是酒，双双醉倒在帐篷里。

"天阶夜色凉如水，卧看牵牛织女星"。整个草原的月夜，泥巴的梦里可能都是公主蓝着一袭长裙，学着古人"拜——兴——拜——兴——平身"的动作，几次跌倒几次爬起的搞笑模样；而我的梦里都是楼心月皎洁的面庞与均匀的鼻息，都是电影《唐伯虎点秋香》"赏花赏月赏秋香"的诗句，都是明月在故乡的田野、在枝头、在母亲慈祥的笑容里初生的模样。

二

周作人一九四〇年九月写过一篇散文《中秋的月亮》，收入《药堂语录》。文中有"中秋的意义，在我个人看来，吃月饼之重要殆过于看月亮"等句，个中颇有吐槽时局与际遇的意味，相比《乌篷船》等文中流淌着的闲适的人生态度与淡淡的乡愁颇有不同。

"小船则真是一叶扁舟，你坐在船底席上，篷顶离你的头有两三寸，你的两手可以搁在左右的舷上，还把手都露出在外边"……

这是周先生笔下的江南，意念中的故乡。我想，如果当时社会再安定点，时间再往前或往后移一轮，他眼中心中笔中的《中秋的月亮》应该另有一番样子吧。

八年前，我工作在太湖边上的一座小城湖州。小城距离周先生的故乡绍兴约五十分钟的车程。在素有"行遍天下清流地，人地只合住湖州"的小城里，一切仿佛依太湖而生。当地毛笔叫"湖笔"，当地鱼叫太湖鱼，当地螃蟹叫"太湖蟹"，当地网站叫"太湖论坛"……

在环湖四城（苏州、无锡、常州、湖州）中，只有湖州最为安逸与休闲。这个农耕时代就富甲一方的城市，虽说在现代经济模式的竞争中掉了队，但它深厚的文化底蕴依旧不可小觑。

在大唐苦吟诗人孟郊故里，在清代红顶商人胡雪岩的家乡，在民国四大家族陈立夫、陈果夫的老家……在这座文人、名人汇聚的城郭，中秋赏月注定是一件浪漫的事。

我工作的单位毗邻府庙路"陈氏祠堂"，仿佛得了陈氏的庇护，生意兴旺，我得闲去太湖的次数便多了起来。

太湖如向西突出的一弯月，南岸是一道优美弧，东北向则曲折多湾，湖岬、湖荡星罗棋布。游一游山水与人文古迹交相辉映的鼋头渚、范蠡隐居的蠡园；再转一转太湖仙岛、凤凰台，再走一走南太湖的渔港村，寻一寻太湖源头的镜湖吊桥，呼吸呼吸富氧的空气。若是环湖累了，还可下榻喜来登，泡泡"月亮温泉"。

在方圆二百里的太湖走马观花，不如湖海泛舟，那可是一件比游景更愉悦的事情。

乘画舫出行，在船上或坐或立或卧，听风听雨听故事听竹林唱歌，赏石赏湖赏秋月赏鸳鸯戏水，一颗不安分的心开始安定下来。

坐累了，可以尽情地伸展四肢，像周先生文中描述的一样，把双腿放松地贴在宽敞的船舱里，双手搁在舷上，头枕在舷边。月亮在湖面升起来的时候，先是在湖面调皮地划出一道半明半暗的弧，接着弧线越来越长越来越大越来越明，太湖宛若一位孕育光明的母亲，在淡红的血色阵痛中，诞下一轮明月。

湖里漂着一轮月，头顶悬着一轮明月，掬一捧湖水，捧上来的又是一轮月，而桌案上还盛着一碗月。分不清月在天上，还是在湖底；是湖中月，还是月中湖；月是在碗里，眼里，还是在手心里。仿佛一伸手，就能抱住一轮远在天边的明月；而一松手，月亮就掉进湖底，碎成一湖玉。

"湖光秋月两相和"，头枕着湖水，如同枕着一轮明月，枕着整个秀绝天下的水墨江南。若是有壶德清的"防风茶"，再来一块"太湖饼"，那么一缕乡愁便被悠悠地牵起，从百结的愁肠里奔腾而出，在太湖月色里奔流。所有的烟雨楼、温柔乡、富贵梦都不敌这一泓太湖水。于乡愁里归去的周作人，在乡愁中永生的余光中，把这一池孕育了半个江南的太湖水，渲染得旖旖旎旎，让你忘却了身在故乡还是异乡。仿佛湖心的月、碗里的月，捧在手心里的月，就是故乡的月，就是曾照亮几代人的中秋月，载着你的魂魄，在梦里穿越。

三

去香港过中秋纯属偶然。

三年前，为满足儿子去迪士尼坐过山车、看4D电影《飞越美利坚》的愿望，我们在珠江流域转了一圈后把住宿点定在了性价比很高的青衣岛华逸酒店。

这是一家专门招待外地客的经济型酒店。我们所住的房间在十楼，房里并排放着两张床，一个独立的卫生间，一个大大的向海的玻璃窗。

我们从地铁出来的时候，天气已经暗了下来。从地铁口到酒店要经过一段长长的巷陌。许是在迪士尼玩得太High，透支了体力，我与妻低头走着，想找个地方解决晚餐。儿子忽然惊道:"爸爸,看哪,前面有个人造太阳!"

看多了科幻片的儿子让我们一愣。原来确有一轮中秋的满月在巷陌里穿行,像一个粗心的孩子找不到回家的路。

青衣岛是个海边小岛,据说因盛产青衣鱼而得名。二十世纪70年代,青衣岛在东南填海区建成葵青货柜码头,开始兴旺起来。青衣的街道很窄,大部分仅能容两部车擦肩而过,不少区域还是单行道。可路面相当整洁,盲道设有声像提醒,红绿灯处有孕妇儿童延时标志,每个路口都有禁烟与灭火小设施……体现出这个城市高度的文明。

在地铁发达的香港,生活在楼宇里的一般是年轻人,而生活在路上的大都是老年人。香港住房紧张,生活成本高,就业岗位不足,赚钱自然不易。不少年轻人选择外出工作,有的在国外,有的在广州、珠海。

香港老年人的退休大多是"退而不休",窝在蜗居里,不如跑在马路上。因此,不少景点的志愿者服务处、公园的环卫车、城市小巴士的驾驶位上都能看到他们的身影。经年的海风在他们的脸上刻出一道道标记,半张脸迎着月光便像极了劳动者公园的雕塑,而他们脸上那种坚韧乐观的表情则更似我故乡的老人。作为本地的原住民,他们在付出最后一缕光和热。

老人们开的小巴一次可容纳十五六个人,跑的基本都是短途。而乘客大都是出门买菜、访亲串门的老头、老太太,以及来自内地不熟悉路况的游客。对于他们频繁的问路,老师傅不紧不慢、不厌其烦地用并不标准的普通话回应。即使是像中秋节这样的传统节日,由于子女大多在外,老年人仍会选择户外活动或工作,以度过寂寞的时光。

我们在一家临街的面馆吃晚餐。老板是位老太太,祖籍山东,六十开外。老太太一见我们便热情地让她的小孙女端上一壶茶,问我们的老家可好,老人们的生活可有着落,是否都住上了大洋楼?老太太银发如雪,动作娴熟,表情优雅。她一边煮着面,一边介绍她的孙女,说女仔十六了,念完中学要考内地的大学，大学毕业让她留在内地工作，说还是内地好。

从面馆出来，月色渐浓，巷子里分不清是月光还是灯光，在古老的青石板上铺成一缕淡淡的白，如雾如霜。街上没有一个吆喝的商贩，不少商铺标着"30% OFF"的字样，进店听不到讨价还价的争吵。长长的巷子，行人三三两两，各自走着各自的路，各自回着各自的家。

我们回到住处时已是晚上八时许。在酒店的长廊，有"三支香"之称的青衣山可尽收眼底。青衣山是海上的山，三座山峰由低到高南北纵横交错，占了青衣岛的大半江山。青衣山三面环海，景色迷人，若在山上可看到维多利亚港，看到整个荃湾许多标志性的建筑。

妻子拉开向海的窗，一帘月色扑面而来。立在窗前能清晰地看到葵青码头，看到码头上的货船，看到货船的人影沐浴在满月的光里兀自飘动，看到海面上点点明灭的灯火及游弋的商船。窗前的一轮月在青衣山上晃悠，在码头嬉戏，在大片静谧的海域流连，与东方明珠的每一寸土地做着追逐亲吻的游戏。

香港，离家一百多年，就像一个历尽沧桑、一路狂奔的游子，此刻牵着祖国母亲的衣角，疲惫地躺在母亲充满温情的怀里，享受着月华的沐浴与抚摸。

在明月的夜里，我想起同样是海滨城市的三亚。

三亚有处"月亮做的酒店"，所有房间都是玻璃海景房，都有露天的泳池。酒店楼前立着一轮大大的圆月石雕，一层层的水景池绕酒店一周，没入脚踝的活水沿石阶而下，随波流转，瀑布似的一直延到海边。酒店的顶层是一个被水覆盖且没有护栏的超大游泳池，像嵌在水晶里的湖泊，洁净透明，秋风拂来荡起层层的涟漪。若是在夜里，若是有灯光，整个酒店便是透明的城堡；若是有月色，整个酒店便是藏月楼：前后左右，天上地下，屋里屋外，床前窗台，脚边手边，每一处都仿佛藏着一轮明月。

我住过那家酒店，却无缘见到月色。然而这份遗憾在青衣港得到了意想不到的补偿。

青衣的中秋，夜凉如水，总有声声汽笛在我耳畔浅吟轻唱，如同东方明珠的呼吸。

我与妻窝在被子里，倚在窗台前，借着月光，泡好一盏茶，聊着第一次踏上这块神奇土地，第一次亲近这座传奇都市，第一次在这里度中秋的感悟。聊得最多的还是忙碌在月光下的香港老人。于是，梦里总浮现光着脚丫在洁白如练的禾场上追赶月亮的影像，而背后追赶我的是我的母亲。

我想若干年后，我与妻也一定会珍藏青衣岛、青衣港、青衣山、青衣巷的每一缕月色，如同故乡的明月一样，珍藏着许许多多如我一般的游子的美好童年——无论我们将怎样迅速地老去。

纸上天堂

一

华特迪士尼公司近年曾出品一部励志电影，叫《卡推女王》。影片以非洲东部不发达国家乌干达为背景，讲述了卡推贫困地区一名卖玉米的女孩菲欧娜，在学习国际象棋过程中天赋异禀，一路逆袭，问鼎大师的感人故事。

镜头所猎之处，儿童失学、贫民失居、饥饿困扰、疾病横生，法度松弛、积贫积弱，一草一木，一物一景，处处摧心。而身处逆境的居民们面对严酷的生活，却表现出乐观坚韧的一面。因为，他们有信仰。

片中有位坐着飞机去参加国际象棋比赛的儿童，他眨着一双朦胧的黑眼睛十分好奇地问教练："教练，我们是到天堂了吗？"教练望了望孩子，答："不，天堂还要更高些。"

原来在那个国度，上至将死长者，下至童蒙少年，都有着一种最原始最朴素的信仰，那就是——"天堂"。这是一种没有边界的信仰，它的信众几乎覆盖了全人类，伴随着人类成长进化的各个时期。

人们对美好生活的向往，求而不得的欲望，都在天堂。天堂不仅存在于人们宏大的四维想象空间中，更承载于用思维搭建的文字城堡里。

《卡推女王》里有个感人的情节，女主角菲欧娜的母亲为了支持她夜读，当掉了嫁衣,换来少许燃油。菲欧娜趴在地板上,人书合一,如痴如醉。那盏将熄的油灯固执地将漆黑的夜划开一缕白,菲欧娜的一侧是半闭着眼的母亲,镜头下半明半暗的嘴角挂着浅浅的笑,那笑靥一定是甜的。那情景总让我想起二十世纪七八十年代的中国乡村,想起墙上糊着旧报纸的老屋,想起老屋的夜,想起夜色包裹着的煤油灯,想起满屋黑白照似的灯影,想起灯影里,那一声叮咛,那一声叹息。

"男儿欲遂平生志,五经勤向窗前读。"北宋帝王赵恒的这首劝学诗曾激励过九百年前的皇亲贵胄、世家子弟,自然也激励过怀揣"才子佳人""读书做官"梦想的一代代寒门学子。

我们这代人,一辈子为生计折腰,能坐下来读书的时光多半在旅途。在火车、汽车上读书,常为人扰为事搅,为一站一站来来往往的喧嚣嘈杂所恼。因此,若要一路坦途,一路风轻云淡,各自安稳,当然要坐飞机,在云端、天上读书。

我曾有段时间,因工作关系常飞广州—长春这条线。六千多里路,三四个小时的航程,没有Wi-Fi,没有互联网。关上电脑手机,不聊微信,不刷朋友圈,不发视频,不玩网游。时间仿佛是静止的,我们仿佛是地球上唯一一批幸存者。

云,蓝的、白的、红的,一片片,一层层,一缕缕;静的、动的,似动非动的,碎了一地,泼了一海。它似梦幻,似霓裳,是少女腰肢,是香浓的奶昔,悬在窗前,游离挑逗,伸手可握,张唇可食。若是有阳光或者月色,那场景就是一部星际迷途的科幻小说。

躲在靠舷窗的位置,系好安全带,向空姐讨一杯泡好的安溪铁观音或者武夷山大红袍。这时候,不能没有文本,不能没有故事。

座位后就有报刊,或者书。当然自己也会顺手捎带上一本久置未读的书。把书搁在小桌板上,手指撩开书页,眼神浸在墨香里,变暖变软变柔,在那一汪柔波里滋长出千万双手千万双唇，在文字的森林里逐字逐句地拥抱、抚摸、亲吻、咀嚼。于是，心灵开始背叛目光，骚动起来，在波涛汹涌的诗海里耕耘、挣扎、跌倒，溃不成军。

宋代陈与义在《襄邑道中》中说："卧看满天云不动，不知云与我俱东。"若把机舱比扁舟，行云流水间，大抵也是这样的情景。

机舱是一座天然的图书馆，没有约定，无须提醒，大多数旅客手上都有一本书，或者正打算取一本书。若是碰巧没带书，一声"邻家小姐姐""隔壁兄弟"，好书便会到手。在云端读书，身在红尘外，心系红尘中。窗里窗外，书里书外，天上人间。

客舱里埋首阅读的书虫谁喊了一嗓子——"小姐姐，续茶。"结果笑翻了一舱人。飞机抵达目的地，脚结结实实地踩在了人间，而耳朵里犹冒着仙气，嗡嗡作响。灵魂更似留在云上，留在书里，留在字里行间，万水千山。

在云上读书，读过《温一壶月光下酒》，读过《芳华》，读过《天才在左，疯子在右》，读过《消失的地平线》，读过《百年孤独》，读过不少平日想读未读的好书，读过比半辈子加起来还多的书。读到天昏地暗，不倦不休。

在云上读书，视野阔，境界高、游思远。思绪在浩瀚深邃的长天落种，理想在文字里长成参天大树。

二

在云上读书，是一境界，是一种拨开云雾见青天的豁达与愉悦，是一种"扶摇直上九万里"的豪迈与放纵。毕竟，能抛开俗事把飞机当"飞的"，经常在云上读书的人并不多；能把机舱变成图书馆更是十分浪漫的事。这总让我想起二十一世纪初在某论坛疯传的一篇小文里的一句话："我奋斗了十八年，才能和你坐在一起喝咖啡。"那份苦楚，那份悲情，不是"富二代""官二代""煤二代"能够理解的。

前些年,我回故乡碰巧村里正在建文化站、图书室,而捐建者却是我的高中同学老卫。

老卫是一个不折不扣天不靠地不佑的"穷二代",其貌不扬,还有点口吃。高二时父亲病逝,老卫便辍了学。老卫辍学后,种过地,放过牛,帮人看过果园子。此后,便开始在县城摆书摊,开小图书店,颇有收益,没两年便娶妻生女。

当我们以为他这辈子就这样安定下来的时候,他离了婚,揣着赚来的部分钱,踏上了"北漂"的火车。

老卫先是在京城一家出版社做业务员,干了几年,看到图书交易市场能来钱,便一头扎了进去。二十世纪90年代末到二十一世纪初,励志类的鸡汤文学、传记类文学流行,碰巧被他抓住了一两套好书,大赚了一笔。赚了钱,他立马在北京的三环边上买了一套房,成立了一家文化传媒公司,穿起了西装,打起了领带,抽起了雪茄,俨然一位书市"大咖",奔走于各大图书市场投机钻营,淘书、签书、卖书。不少同学都说,老卫功利心太盛,怕是今后要吃亏。

几年后,由于物联网蓬勃发展,人们的阅读习惯转向移动端,电子书成为主流,传统书市开始衰落,好几年没有老卫的讯息。

去年回乡,高中同学聚会,有人提起老卫,说他现在真安分了。老卫卖了北京三环边上的那套房子,用这笔钱在四环买了一套三百平方米的复式房,改建成音乐图书馆。楼上楼下堆到天花板的都是书,有纸质的,也有电子读本。图书馆实行会员打卡制,每天打卡免会费。不仅如此,馆里还有咖啡,有香茶,管够。

馆里大多数的书,都是通过募捐得来的。据说是他抱着一大摞"收藏证书"跑作协、跑作家联谊会忽悠回来的。

不过，那家图书馆最终热闹起来还是靠老卫的第二任老婆的智慧。卫太太是大学教师，教声乐的。她在图书馆旁租了一间教室教孩子们声乐、才艺，孩子的父母便进图书馆读书，各自安好。

老卫听从卫太太的建议，不断办起"读书会""品诗会""创作笔会"，还免费为"草根作者"开办新书上市会，免费为写作爱好者制作电子书并负责在线推广。卫太太还帮他请来大学教授开讲"王阳明""曾国藩"。图书馆后来又办起"中老年出国旅游外语班""中老年书法绘画班"……很受当地居民欢迎。

老卫将那家音乐图书馆命名为"天堂图书馆"。

我忽然记起老卫当年念高中时常说的一句话："有书读，真好！"

三

父亲不是读书人，父亲嗜酒。他信"酒中自有神仙境"。可若是有书读，他能暂时忘酒。

初小未念完的父亲对读书有着一种别样的情愫。他一辈子在泥土里求生，劳碌耕种，鲜有余暇。若能闲下来，不在田边，便在枕边，手中必有一伴，即是书。

三十年前，父亲因酒殒命，却留下了一柜子的书。我读着他留下的书，翻越万水千山，走进一座座文字砌成的高等学府，最终成人成才成家。这未尝不是一种救赎与因果。

二十年后，同样嗜酒的岳父，与父亲患上了同样的重疾。我们千里归家，悲痛欲绝。踏进家门的那刻，但见岳父手捧一书，神闲气定。

岳父是与共和国一起出生成长的，他是中华人民共和国成立后首批小学毕业生，却能认识相当多的汉字，读懂大多数的书。这不能不说是他爱读书的缘故。

　　岳父从小没了爹，是吃着千家饭长大的。地里的玉米棒子，便是他最可口食粮。活下来的岳父16岁那年参了军。三年两立一等功。本想人生迎来转机，可家里一封"母亲病危"的电报，让他提干留部队的梦想成空，人生又回到了原点。在很长一段时间里，与岳父最亲近的便只有书。

　　岳父入院不久，我们在医院门口的石板上开了个家庭会议，动员他接受手术。从未住过医院的岳父一声不吭，仿佛做手术与他无关。接下来几天，焦躁不安的岳父一个人暴走，走遍了周边大街小巷。他是在犹豫，在琢磨，若是动了手术，还能活多久？若是手术失败呢？

　　为了给岳父解闷，我用平板电脑拷了岳父平日爱看的抗日剧，岳父只是象征性地看上一眼。为了给岳父增加营养，妻从大小药店、超市买来钙片、补品，岳父头也没抬。望着挂着生理盐水躺在病床上一天天精神萎靡的岳父，瞅着包裹在衣衫下骨瘦如柴的岳父，妻流下了作为儿女悲伤的泪水。

　　为了给压抑的空间增添点生气，妻又买来几盆水养植物放在岳父床前，岳父眉毛扬了扬。幼年跟着岳父生活过的儿子，灵机一动，从报刊亭里买来《开国大典》《十大司令员》《世界军事》等一摞书，父亲一把接过，笑了。

　　岳父虽然学会了用微信，学会了用手机上网，却仍保持着传统的纸上阅读的习惯，他觉得那是一种健康、舒适的阅读方式——"不以物喜，不以己悲"，可以自由理解，凭空想象，兴奋了就画上两笔，倦了就放下。

　　几天后，岳父接受了决定他生死的一次大手术。与他一同进手术室的一位"同病相怜"的病友，没能走出重症病房，而岳父却凭着强烈的求生欲望扛了过来。看着视频里戴着氧气罩，插满各种管子的岳父像一个军人一样胜利地挥手，我们一家人流下了悲喜交加的泪水。

　　岳父拔下氧气罩，转入普通病房，双手能动的那刻便不安分起来。一只手在枕边与床垫下摸索。瞅着捂着伤口部位挣扎着想坐起来看书的岳父，皱着眉心收紧，脸涨得通红的岳父，瞅着抓着书不肯放手的岳父，妻好生心疼。

也许阅读能让岳父转移注意力，减轻手术带来的痛苦；又或许岳父觉得，儿娶女嫁，子孙满堂，剩下的日子是自己的，自己的日子在书里面。书里面有梦，有悔，有痛，有泪，有笑，有千军万马，有快意恩仇，有求而不得的人间天堂。即便自己终要离去，像当年许多离去的战友一样，那也是一种在天堂的重逢。

所幸手术后的几年间，岳父活着，奇迹般地活着。尽管依旧吃得不多，依旧很瘦，但床前书一摞，手上书一页，精神饱满，笑口常开。

书中自有药千味，味味披肝沥胆，固本培元。

三

对于大多数生活在底层的小人物而言，奋斗是对遗憾的救赎。从某种意义上讲，人生就是一个圆上行走的过程，转个圈回来，初心未改。一如纸上天堂，芳华从未老去。

我想起前阿根廷国家图书馆馆长、著名诗人博尔赫斯，想起他在《天赋之诗》里说的一句话："I have always imagined that Paradise will be a kind of library"，大意是："如果有天堂，那里应该是图书馆的模样。"

终身生活、工作在图书馆的博尔赫斯，从图书馆中参悟宇宙、感受世界、思考人类发展的终极意义，以至于他把图书馆称作"宇宙"，当作"天堂"。

对于"发愤识遍天下字，立志读尽人间书"的求知者而言，若真有天堂，但愿天堂是图书馆的样子。魂魄所系，书香一缕，皓月长存。

苍山暮雪

一

秋冬季节的变换对海拔千米以上的鄂西大山区而言，仿佛一夜之间。一夜之间，北风吹雁，黄云压城。通往深山的每一条路都贴了封山告示，所有城里城外的车辆都不愿再往深山里前进一步。

因为"雪兆"。

"要下大雪了，还去吗？"

妻在没有炉火与暖气的屋子里踱步，冻得瑟瑟发抖，嘟囔着问我。昨天还闹着要进山吃柴火鸡的儿子此刻一声不吭地窝在厚棉被里，大眼珠子瞅着窗外。患病的岳父穿着高筒子棉靴，披着厚棉袄，做着进山的准备。

"你怎么还念着你老姑，你都自身难保！"一向不多话的岳母阻拦。

岳父从小没了岳父，在姑奶奶家啃着玉米长大，在那种积弱积贫的环境里建立起来的患难情谊非一般亲戚能比。况且姑奶奶听闻岳父与自己患着类似的绝症，与姑爷多次下山来探望，还带来不少治病的山药、土方，一连陪了岳父好些天。

岳父一生最受不了的是"欠人情"，可他偏偏欠了她一生都还不清的人情。

"去，一定得去。今天是你姑奶奶85岁生辰。明年，明年怕是过不了了……"

岳父哑着嗓子说。

二

姑奶奶是岳父的姑姑,去年冬天便检查出疑似重疾。山里人每家都供奉着祖先,漫山遍野都是陵墓,似乎与往生者同住一域,能受神灵庇护。不过,由于大山区无污染无公害无昏天黑地,山里百岁老人不在少数,老人们对生死看得比城里人淡。姑奶奶听说是食管重症,便不愿再入院治疗,只让医生在食道做了个支架,对付一日三餐,居然挺过了秋。

姑奶奶家住在箫家堡,那是一处离县城数十里的大山坳。山里有保存完好的原始森林带。山腰上种着一丘丘玉米,一片片的葡萄树。野生的猕猴桃野蛮生长着,路边,山旮旯,挂在枝上,伸手可及。置身其中,总让人想起英国詹姆斯·希尔顿的(James Hilton)畅销小说《消失的地平线》,想起发生在香格里拉的传奇。

十点,餐毕,风减,整装,进山。

前往箫家堡要绕过县城,翻过三座大山,横渡一个大峡谷,穿过三条黑暗的隧洞……在这种恶劣的天气,没有足够的体力与毅力是不行的。

妻与儿子都穿了羽绒服,换了登山雨鞋,头和手包裹得严严实实。岳父找了根拐杖,独自走在前面。我背着水与干粮殿后。风在耳边吹,整座山林似乎都在呜咽。

我们一家三口是春节前从南方省城回乡的,儿子十岁,我们回乡不过几次。

患病前,岳父回忆:四十年前,这座山城只有一条街,两条依山傍溪搭建的巷弄,加上政府五套班子,不到八百户居民。岳父还记得当年就是从这条光荣街走出去的,戴着大红花走到市里走到省里,走去新疆边境军营。

三十年前，岳父记得：城里只有一家烤烟厂，有一个无人看守的车站。当年，一雨满城涝，耗子鸡鸭满街跑，扛着猪蹄卖大枣，病人越看越多，医生越来越少。如今城里通了动车，通了高速公路，村村通了水泥路、公交车。城里有了一条民族风情街，有了高架桥。数十家大中型农牧渔加工产业公司落户，证券公司挂牌营业。小城扩容，政府搬迁，商业楼盘林立，大型医院投建；的士满街跑，农民当了阔大佬，小车进了山旮旯。世道变了。

"要吃羊肉串么？"过去在城里遇到雨雪天气，妻总会问在新疆当过兵的岳父。

"来两串，再加了花椒油！"岳父会这样回应。

这次，岳父却沉默着，眼皮都没抬一下。

三

从出城到翻越了两座大山，岳父一直沉默着。

自从岳父患病便戒了烟酒，这就好比被缴了枪的战士，失去信仰的将军，抽空了血液的魂灵，一身硬气的岳父身子骨垮了下来，面黄肌瘦，羸弱不堪。

这些年，女儿进了城，媳妇进了门，转眼自己当了爷，孙子上了学。城郊变成了闹市，机器代替了手工。似乎再没有乡邻再请岳父去做泥瓦工了，可那打地基、砌墙、做灶的本事咋就没用了呢？带富了众多村民的岳父反倒失业了。

岳父每天习惯早起，背上灰桶与泥刀，却只能在村寨与小县城里转悠。仿佛执勤的士兵，仿佛路遥小说《平凡的世界》里的孙志平，仿佛二十世纪80年代的揽工汉。

岳父似乎并不缺钱，至少温饱不成问题。女儿帮助做了保险，有了退休金；政府给退伍军人发放生活补贴；儿子帮他做了农村合作医疗。每月一千多元的退休金，足够老两口生活了。可岳父走到哪，心里都空落落的。闲得慌，闷得慌，出门想回家，回家想出门。就像倪萍在电视广告里讲的，"等孩子长大了，我就享福了；等孩子成了家，我就享福了；等有了孙子，我就享福了……"

盼来盼去，福来了，人老了。可岳父并没觉得享到了什么福。他从未想到，人老了，所谓的"享福"会是这个样子。在他心里，"活着有事忙，就是最大的福。"

人一旦没了念想，便会拿人出气，便会拿烟酒撒气，拿身体怄气，身体又怎么会不出问题呢？

我想起妻在岳父手术前的劝导，"爸，你要活着，好好活下去，我们又买了一套复式楼，等着您来砌墙泥地呢……"

岳父嘴角有了一丝笑意，两天后做了手术。

原来对一个农民而言，"干活儿"才是活下去的动力。

想到岳父，我心里有种彻骨的凉。岳父年轻时在地里种庄稼，忙过春忙过秋，后来土地被征收，无地可种，便成了专业的泥瓦匠。他以为只要活着，一生总有忙不完的事，总有太多缺了自己别人干不了的事。可到头来，事确有忙不完的时候，可已经不需要他去忙了。岳父最终成了多余的人，可岳父不过60岁。

60岁的岳父翻过了两座山，在铁索桥处停了下来。时间是下午两点。雪开始落下来，成点成片成蝶，大朵大朵地落在高高低低的松林上，落在黄叶堆积的山道上，落在横贯两座千米大山的铁索上，落在岳父那顶破旧的雷锋帽上，落在他敞开的军大衣上，也落在我与妻粗重的呼吸里。

"要不要休息一会儿，孩子走不动了！"走不惯山路的我精疲力竭。我看看妻，妻看看不远处的岳父。岳父兀自掸着头顶的落雪。

"爷爷，等等我！"儿子扯起嗓子喊，回音没在雪中。

"不行，山路窄、坡陡，路湿滑，天黑前必须穿过最后一个大溶洞……"熟悉路况的妻说。

风仍在鸣咽，雪渐渐掩埋蜿蜒峭陡的山路，远近的村寨在苍茫的山峦间隐约难辨，迷离缥缈。我们上了索桥，边吃东西边赶路。岳父拒绝进食，持续做化疗使他原本瘦弱的身体更加单薄，对食物基本没有胃口。

"爸，往肚子塞点东西吧？"

"不用！迅儿冷不？你们要护着他。"

岳父头也不回地叮嘱。他最疼的就是这个大外孙，或许因了那一声"爷爷"。

索桥由左右各三条手臂粗的铁索构成，深嵌在双侧岩壁上，桥面新镶的木板，雪薄薄地覆盖了一层，走在上面摇摇晃晃，仿佛随时会掉入桥下深不见底的峡谷怒涛中。

桥对面是一条黑漆的溶洞，长约两公里，彼时有手执电筒的老乡经过，他告诉我们隧洞再往前没路了。前段时间连日暴雨，山体滑坡，山道被封。

"怎么办？"

"不用怕，这山跟我熟。"岳父低语。

我们在雪地里走了五个多小时，时间已近午后四点，若不能在五点半天黑前翻过这座大山，穿过最后一个大溶洞，我们将面临山区的盲夜，那么迷路将不可避免。

所谓"盲"便是"手机无信号，通信盲；山区磁场乱，导航盲；山都一个样，视觉盲"。换句话说，在深山盲区，我们只有一个多小时的脱困时间，而风雪没有减弱的迹象。

妻取出绳索，让我们绑在腰间，各自相连，走成一条线，循着树多的地方摸索前行。

零下六七摄氏度的气温，数小时的雪中行走，让我们的手全长了冻疮，全是树枝划破的血痕。儿子嘴唇冻得发紫,鞋子渗进泥水,牙打着寒战,鼻息里满是雪的味道。妻开始后悔带着儿子来,后悔听岳父的话进山。

五点十分,我们终于登上山顶。眼前雪山相连,莽莽苍苍,山下根本没有大溶洞。我们迷路了。

"不是说,洞前有个竖着的大石碑的吗?"

"没入雪里了。"

"都怪这雪,怪这鬼天气。"

四

在我们犹豫不决的时候,天黑了下来。而我们头顶的电源能量耗尽,只剩两支小电筒。

"爸,如果找不到大溶洞怎么办?"我心里有种不祥之感。

"不急,这山上有个小寺庙,大不了去那儿蹲一宿!"妻说。

"等天黑定,寺里会掌灯,哪怕灯火零星,也能找到目标——大溶洞,大溶洞就在寺庙后山下。"岳父说。

于是,我们朝着有光亮的地方走,可几次都没找对方向,又折了回来。一来二去耗费了不少体力。

岳父想骂娘,张开嘴却改成了:"别怕!方向没错!"

岳父用力抖抖鞋上堆起来的雪,忽然脚底一滑,一脚踩空,滑下山坡。跟在岳父身后的我随之下坠,手一伸抱定一棵松树,稳住脚。妻与儿子随之摔在我的背上。

"爸……爸……"

"爷……爷……"

没有回音,只听见石落山崖的一声闷响。崖下是水坝,黑漆漆不见底。

"爸掉到崖下去了？……"妻带着哭腔喊。

"不会的，响声不对。我下去找。"

"爸的绳子怎么会松？"妻一把拉起一截绳子吼道。

"不知道呀！会不会……"

"不管会不会！我们必须找到爸。"

我沿着岳父掉下去的方向前后找了五百米多远，没有任何发现。这时，一道沉闷的鼓声从不远处传来。

"寺庙在我们背后，我们去找师傅们来帮忙。"

等我们与僧人举着马灯折返，忽然发现山坡下亮起一长串火把。

"哎——哎——救人呀……"我与妻子一同喊。没有回应。我们再喊，并且高举着马灯摇晃。

"哥，哥，是你们吗？"对方应道。

"表叔他们来了！"妻兴奋地说。

"从那大溶洞方向来的。"

五

岳父找到了，就在山腰一处玉米地里。那是寺庙师傅开的荒地，也是他儿时玩耍过的地方。只见一大堆支起的秫秸秆上积着厚厚的雪，岳父卧在雪堆里，头与腿脚都受了伤，晕了过去。血迹染红了白雪，在灯火的映射下，像一团燃烧的火焰。

半个钟头的光景，立在半山的一处寨子亮起一盏灯，灯很亮，很暖。一位63岁的患了绝症的老汉躺在他儿时睡过的炕上，炕边生着两盆炉火，炉火很旺。炉边守着一位85岁患病的老太太。

老太太凝视着炕上的老汉，像是看着自己的孩子，像五十年前还是孩子的老汉患病时一样。老太太吹着一碗滚烫的姜汤，嘴角沟壑纵横。

六

"爷爷怎么还没醒？"儿子把我与妻拉到一旁问。

"你说呢？"妻摸摸儿子冰冷的头，想着心事。而我仍在琢磨着岳父是如何掉下山崖去的。我依稀看见岳父紧闭的眼缝里有一道泪缓缓地渗出眼睑，闪着淡淡的光。

窗外的雪，仍在纷纷扬扬地落下，像一个童话，一个梦境。

"好好活下去……"

我想起姑奶奶常讲的那句话，想起《消失的地平线》里的那些百岁老人，想起那些复活的奇迹。

菩萨少女时

一

"瓜子脸、梨花头,法式侧尾小刘海……"铁定不是我们中的一个。

二月初,一段微视频在我们拥有 168 位成员的"乘风破浪群"走红了。这段视频仅仅有 28 秒:福利院内,银发大军排着长队,一位戴着少女菩萨笑脸面具的女孩,像发糖果一样,在给老人们发放防疫口罩,并讲解着使用方法。

或许是因镜头里这位女孩有着姣好的身材,有着足够出彩的新闻点,转发到朋友圈后关注、点赞、评论的人越来越多。

我们这个群是一所高中校友群,结构比较复杂。成员中大小老板三十多位,专家级人员十多位,体制内公务员十多位,剩下的是"第三世界"人群。

公务员大部分活跃在市、县或乡镇机关,朝八晚五做公仆;老板们则漂在全国各地,住海滨别墅的,开轿车跑豪车的,聘保姆的,请私厨的,请"御医"的,五花八门;"第三世界"人群没有所谓的正式工作,他们中有的坐在家里开网店或者做自由撰稿人,有的进外资公司、中资工厂打工赚钱,过小日子。大多数人薪水不高不低,生活不好不坏,睡得不迟也不晚……

可二十多年前,所有人都只有一个身份,那就是福建一所海滨城市中学的学生。如今，彼此仿佛隔了一片海洋，工作、生活少有交集，如果不是突发的一场"新冠"疫情。

疫情来的时候，"乘风破浪群"里除了有公差的人外，几乎都在家刷手机。"毛爷爷"多的囤足食物；"毛爷爷"少的，排队领食品。大家每天谈的便是"何时解除管制"，好出大门逛大街，海吃海喝海玩。每天朋友圈、抖音平台晒着桌上一日三餐、十八道风味；晒着阳台上"愤怒的小鸟"与孤独地打着盹儿的老人。

三月的一天，又有一段小视频着陆在"乘风破浪群"里。

主角是位年轻的女孩。她走在乡间的小路上，正把从乡村筹集来的大白菜一篮子一篮子装上车。马路两侧，蜂蝶起舞，阳光明媚，油菜花正在静静地开放。

镜头忽然又切换到一个离城中心较偏远的居民小区。女孩带着一位村干部从小货车上下来，在小区门前将大白菜一颗颗摆放整齐，恳请物业发给居民们。动作那么轻柔，神情那么专注，声音那么悦耳。

群视频里，看不清她整个面容。她穿着蓝色上衣，戴着一顶草帽，一副大口罩，只露出一对黑漆漆的眼睛。

"那眼神好熟悉呀，眸子美得像一潭春水。"

"那小区可是疫情重灾区，新闻报道都点名了，她怎么不怕呢？"

"她是谁？到底是谁？怎么像二月间戴面具的姑娘？"

"面具少女？帆形髻、大海衫，你瞧，不太像呀！"

"记得不，当年有位喜欢表演变脸的学妹？面具做得可漂亮了。"

"想起来了，是有一位。可她早就跟她父母移民国外了。"

"不，有人看她进了一户农家？她应该是一位志愿者。"

二

一个月后，乘风破浪群又炸开锅了。语音加文字轮番轰炸。

原来，群里又有人转发了一段微视频。主题是"送行"：群众送一批医护人员赴京，据说是参加中国医疗队前往非洲援助抗击"新冠"病毒。接着，画面一转，背景是一片海，海边是一间间方格子隔离房，像武汉建的那种方舱医院。偌大的舱房内有位戴着护目镜与口罩、身着白衣天使服的女孩，正领着一群肤色深黑的老人与小孩唱歌、跳舞、健身。

"她跳的是健美操吧？嗓音真美，典型的萝莉音，像鹿乃。"

"你是说那位有着'萌系歌手'美名的日籍女孩？她可是从不爆照的。"

"对，非常神秘，像'初音未来'一样。"

"鹿乃的声音不知是否是合成的？也不知人世间是否真有其存在？"

"听说鹿乃在中国开演唱会时，行程严格保密，参加见面会的粉丝仍没看清鹿乃本尊真容，因为离得太远……"

"她会不会是中国人？而且应该有四十多岁了吧？当初她开唱时听说是少女，十多年过后，不可能还是'氧气少女'、小萌妹。"

"可你们讲的这些与视频里的小姐姐有啥关系呢？"

"你们只听声音，不看人设与场景？"

"她看上去很有活力，很青春，可她行事专业且成熟。跳完操，她仔细检查隔离区每位非裔居民的身体，细心地为接受治疗的老人诊断并带上脱落的口罩，坚持照顾一位因疫情失去亲人的非洲小女孩。"

"我觉得她像《牡丹亭》里描述的杜丽娘一样美丽可爱、温柔聪明。"

"杜丽娘？姐太有想象力了。柳梦梅在梅花观中捡到杜丽娘的自画像时，觉得她好似观音，又像嫦娥，都不是凡人，等于啥也没说。"

"哈哈，她那灵动的步态、娴静的神态，活像《西厢记》里知书达礼、机智聪慧的崔莺莺。"

"张生初见她时，惊讶得不行，说是遇见了菩萨。"

"又是一尊活在书里的活菩萨？"

"你们说得太离谱了，你们没瞧见她穿着白大褂，戴着白帽子？她明明只是一名小护士。"

"对，非常善良、勇敢的小战士。要知道，她在非洲工作的每一天，每一分钟，每一个动作都冒着被病毒感染的风险，都有可能像许多外国感染者一样失去生命。然而这位女孩，她代表了当今中国千千万万的奋战在防疫一线的白衣天使。"

"她好像不是本省人？"

三

三个月后，"乘风破浪群"里又惊现一段微视频。不，应该说是一篇"推文"，一段视频直播。

"推文"讲的是某县武警战士与当地群众一起抗洪救灾的英雄事迹。视频则是群主推荐的，大多数成员都点开观看了。

视频的开端，镜头便有些摇晃。大雨连天、山体滑坡、道路受阻、农田被淹、小桥坍塌……到处一片汪洋。接下来的镜头呈现的是一群求救人群，他们站在房屋顶上，等着前来救援的冲锋舟……

群里议论开了。

"那里好像是我们老家，是我们那里的村子？怎么淹成这样？"

"不，像是我老公的安徽老家，巢湖附近的村庄……"

"看，有一处大堤缺了口，洪水冲向村庄，冲向公路。直升机吊着巨石来堵。哎呀不好,没落到地儿,怕是要滚进洪水里。人呢?人去哪儿了……"

"别急,你看战士们都在水里了,手拉手筑成了人墙。后面还跟着运沙包的群众。"

"往山腰看,那里有很多村民出不去,被山上滚落下来的巨石堵住了。"

"天哪!谁能救救他们?"

眼见山体滑坡,泥石流越来越多,越来越急,再出不去,村子很有可能会被"包饺子"。

"书记家的挖土机来了,书记来了!"视频里有群众齐声叫喊。

但见一台高大威猛的"大力士"挖土机,冒着被滚滚泥石流砸中的风险,轰隆隆地开来了。可巨石好像卡在泥石流里动弹不得。一面是大山,一面是悬崖。如果硬挖出一条通道,则巨石可能顺着山道往下滚,而挖土机可能躲避不及,驾驶员或有性命之忧。

暴雨、泥石流、受惊受难的人群!挖土机举起巨铲毫不犹豫地伸向被泥石流困住的巨石,往下挖,再挖,再挖……巨石动了一下。

"推——推呀!快往下推!快!"驾驶舱里的人大声喊。

"动了,动了!"

巨石像猛兽一样直奔挖土机——"轰"的一声巨响,砸弯了挖土机的大力臂,滚下了山崖。而挖土机眼见就要侧翻倒地,可就在落地的刹那,正好被山上滚落的泥石流给顶住了。

得救的人们纷纷呼喊——"书记,书记……"

"书记"头戴安全帽,从翻倒的驾驶舱里艰难地爬了出来。

"书记受伤了,头在流血……"人们抱起救命恩人,迅速撤离危险区。

奔跑过程中,"书记"的安全帽脱落了,一头修长的黑发飘扬起来。

"书记是个女娃娃?……"

群里有人打出一行字。视频像是回答大家的疑问一样,给了书记一个特写镜头。

那是一张十分年轻且清秀的脸庞，尽管只有半张脸，却美得让人心动。

"她是谁？听声音她一定不是当地人？她是谁？"

"在村里挂职的书记吧？"

"她可能是响应政府脱贫攻坚政策，下乡扶贫的大学生。"

"这么勇敢，豁出命来救人，这世上怎么还有这种人？"

"我认识她！"

"那你说说，她到底是谁？"

"是去年师大毕业，申请下放到贫困地区支教的小学老师。她姓林。"

"姐怎么知道？"

"她是我女儿……"

"乘风破浪群"全体沉默，而后被洪水般的"点赞"表情所淹没。

"原来，'菩萨'一直就在我们群里！"

"不，她是我们中的一个……"

忘情牛肉面

我与妻相识那年，我们同在福州工业集中区打工。那时福州月平均工资不过 480 元，我们俩除掉社保、医保、工会费、宿舍水费、电费、卫生管理费外，一月剩下的钱加起来不够买一张去北京的机票。家在农村，少不了要接济，想要存钱便只能挤生活费。于是每月的生活费一降再降，从 450 元调到 400 元再到 300 元。一天 10 元钱能吃什么？唯有"快餐"。

吃快餐也不轻松。一份快餐两三元：一荤两素或两荤一素，一碗米饭。餐具大都是不锈钢制，如校园的餐盘。荤菜一小格一元钱，素菜一小格五毛钱，米饭一格（相当于二两）五毛钱，对于体力劳动者而言自然是不够的。

所谓荤菜便是动物的内脏，总之城里人不吃的全拿来招呼我们。素菜便是空心菜、地瓜叶、莴笋叶、南瓜、黄瓜等。每到饭点，浩浩荡荡的打工仔、打工妹涌向街边、胡同，攻占工厂、宿舍周边每一处能果腹的快餐店。只要手中有餐盘，只要餐盘的食物冒着热气，那么，不管坐着还是站着，都是一种幸福与满足。而戴着工作帽，挂着厂牌，穿着花花绿绿厂服的女员工便是一道道风景线。在"老板，我先；老板，我先"的争抢声中，我们埋首餐盘，手抚口袋，大快朵颐，不知明天在哪里。

在工厂打工基本没有星期天。偶得闲暇，我与妻便一起逛街逛超市。最惬意的时光便是，找一家相对干净卫生的店，安安静静地坐下来，从从容容地吃上一碗牛肉拉面。

西洪路便是一个好去处，那里不仅有金牛山公园，有超市，还有"化隆牛肉拉面馆"。

面馆临街，有高大的榕树立于馆侧，枝繁叶茂，遮风挡雨。榕树的根须如拉长的筋面，又似牵扯不断的情缘，水幕似的挂着。落地玻璃窗举着"本店清真，外餐莫入"八个黑体大字，民族风情一下子弥漫过来。店内窗明几净，红木长方桌排对排倚着墙，玻璃镶的桌面上摆着"维他奶"饮料瓶，桌下围着几个小方凳。墙上一边张贴着马家化隆拉面的制作工艺流程，一边晒着秀色可餐的食材图谱。入店三分饱，何况回族女店主头巾长裙，男店主白帽长衫，温言细语，客客气气。而且一碗牛肉拉面仅需五六元钱，很是经济实惠。

妻喜欢吃春饼，我喜欢吃馍馍，点完菜便静候着不言语。当一碗热气腾腾的牛肉拉面上桌，清清的汤，白白的面，红红的牛肉，绿绿的鲜蔬……那麦香的味道，那带着中药味的气息，那滚烫的情谊，那丝丝缕缕贴心贴肺的温暖，便从眼里舌尖鼻腔胃海腾起，驱散你在异乡经历的所有不快。

来自乡村的我们带着浓浓的乡音，那是我们的身份标签。漂在南方，无亲无故无依无靠。我们行走在哪里，仿佛都是城市的边缘。口袋里常常余钱不多，食不果腹，饥寒交迫。我们担心失业，担心生病，担心被人误解……担心太多的我们不时会有些神经质，常常会争吵。争吵有时仅仅是选坐公交还是选坐的士。分离聚合成了我们生活的主旋律。可是，每当身处异乡的我们坐在异乡人开办的拉面馆，一种回家的感觉便油然而生。

店主来自拉面之乡——青海化隆。听说我们爱吃面，便给我们讲拉面的故事。讲"一清、二白、三红、四绿"，也讲大宽、二宽、荞麦楞、二柱、韭叶、三棱、一窝丝；讲黄河边的化隆，讲化隆边的黄河；讲蓝天绿水，天水相连，候鸟归雁；讲青海，讲寺庙，讲信仰，讲落日荒原，大漠孤烟。

长长的拉面，仿佛化成一条截不断的黄河水，化成一条长长的高速路，东到大海，西到"海西"，翻越万水千山。似乎没有拉面越不过的坎儿，没有拉面到不了的远方，没有拉面拉扯不起的情谊。

　　起初，我们面对一碗用牦牛肉、牛油、牛骨熬的汤，面对一碗加了三十多种天然佐料的面，我们不敢动筷，担心筋劲十足的拉面，会发出"吸溜吸溜""扑哧扑哧""吧唧吧唧"不雅声，引来他人的嘲笑。可来过几次后，我们发现一些干部模样的食客同样大大方方地搅拌着面，吃得火急火燎、大汗淋漓且旁若无人；再瞅瞅周边体体面面的当地人于低头与抬头间，将一根根长长的面条一吸入喉，那份酣畅淋漓，那样心满意足；再听听满屋"呼噜呼噜"声过后大碗朝天、拱手作别的笑声，我们便释然了。

　　化隆拉面"清而不腻，柔中有骨"的个性，让身处农村包围城市时期的我们，窥见了一缕生活的光亮，滋长了一抹向阳而生的勇气。那"绵软顺滑，缠缠绵绵"的味道，让不懂爱情的我们明心见性，情感弥坚；而那略带点中草药气息的性味，则在我们心里扎了根。

　　十多年后，我们不仅成了别墅区的主人，还在改革开放的桥头堡广州创下一份不错的事业，生活开始转了风向，人生已然泾渭分明。天南海北的出差，海角天涯的游历是常态。但每到一处，饥肠辘辘时，有意无意间，都会搜寻一处熟悉的角落，搜寻一处离我们最近的"化隆拉面馆"。我们搜寻它时，就像搜寻一位失散的情侣。

　　化隆牛肉拉面，牛肉保健，牛骨补钙，成为油腻中年的首选，成为人们逃离酒桌、逃避胡吃海喝的去处。据说全国万家拉面馆中，五成以上老板来自青海省化隆回族自治县。就连上了中学的儿子还常常纠正他的同学——关于"化隆拉面"与其他拉面的区别。他的记忆里留着化隆拉面中那股迷人的中药味儿。

　　有很长一段时间，我租住在暨南大学旁，因为那儿有家化隆人开的牛肉拉面馆。据面馆老板讲,十年前,他响应当地政府"走出去"的号召,率先来到改革开放的最前沿——广州开疆辟土。这些年化隆拉面馆在广州打响了品牌,连续开了好些家店,大部分店主在广州买房买车,成了新广州市民。富起来的化隆人常回家过"古尔邦节""开斋节",开展扶贫行动。谈起家乡的巨变,他们充满自豪。

工作之余,下班之后,我喜欢坐等一碗面。尤其爱看老店主在白案前给后生们传授祖传秘技:一位白须银发爱戴圆顶小帽、爱吃瓜子爱喝茶的长者,双手相握或十指相扣,一按一揉,一捏一搓,一前一后,一起一落,一拉一扯,一断一连,一抛一接,一声脆响……那场景不亚于看一场武术表演,不亚于赏一次"非遗"国粹的现场直播。

那里是大学生们聚会的天堂。对于来自五湖四海的学子而言,冬来一碗牛肉拉面,驱寒保暖;夏来一碗牛羊肉拉面,益肾通肠。兴致高时,必来"红烧牛肉拉面";情绪不高时,叫上一碗拉面加蛋。若是同窗落座,先叫一碗干炒牛肉拉面,再加一盘手抓饭;若嫌分量不够,捧出一海碗"大盘鸡",外加三四瓶"维他奶"。一边刷微信、抖音,一边吃拉面;或者一边啃书本、晒萌照,一边等大盘鸡,那是学子们课余生活的新常态。

对于校园里并不牢靠的爱情,除了"撒泼"删微信,抛弹湿滑的泪水,其实还有一种复原的办法,那便是一同走进拉面馆。或许对坐着,窘一会儿,也不过一会儿吧,一碗拉面落桌,原本横眉冷对的状态,原本藕断丝连的情感便会随着夹过来的一块牛肉片,捞起来的一丝筋劲面,捧过来的一碗牛肉汤,加入碗里的一勺醋或一个煎鸡蛋,又热乎乎地紧紧贴在了一起。

新入学的学子们,无论是来自亚洲的,还是非洲的,他们在校园报完到,放下行李,在广州享用的第一顿饭大抵会选在拉面店。而告别校园的最后一餐"散伙饭"大抵也会约在那儿。起初还是腼腼腆腆的少男少女,转眼间长成参天大树;起初的形单影只,如今已背影成双。经历了多少泪水多少故事,都值得回味与咀嚼。不管是点头之交，还是发誓要做一辈子兄弟的过命之交，一桌拉面，一席情话，一场告别，那道不尽的离情，压抑已久的别绪，便像窝在汤里的丝丝缕缕的面，随着不停地搅动，色香味缓缓地浮上来，收获满满当当的慰藉。

那里是起点，也是终点，是赢得人生第一个赛点后回来怀旧庆贺的"名人堂"；是初入社会便被人、货、场撞得伤痕累累的学子回来疗伤的"老地方"——"老板给我来碗忘情牛肉面，不放眼泪不放痛放忘情汤……老板给我来碗忘情牛肉面，喝下回忆吞下寂寞泪好咸，眼泪滑过脸颊流进耳朵里，我要忘掉回忆里的伤……"

当这支歌穿过层层严防死守的网，撞破铠甲满身铁石心肠的墙，奔出象牙塔，滑过名利场，流转到寻常巷陌，在你耳海澎湃而起，请不要误会——那不只是关于吃货岁月爱恨情仇的祭奠，更是对甜蜜青春最美的咀嚼，对励志人生最好的讴歌。

化不开的浓浓乡愁似面，忆不尽的淡淡清欢似汤。

老板，来碗"忘情牛肉面"。

断尾狗

生在乡村的人们都不会忘记村庄里的特殊居民——狗，它们三五成群地在黄土路上奔跑，在田野间巡逻。它们护佑着农田、村落、家园，对于故乡，它们比人类还要热爱。

曾经，在回家必经的路口，在消暑解乏的老槐树下，在失居多年的老屋门前，就有那么一位忠实的朋友，它与留守的老人一起等在那儿，等着你回家。对于家，它们比人类还要忠实。

父亲养过不少狗，都是土狗。在人与动物同居的村庄里，彼此有着特殊的情感。即使是恶狗，对于村里人而言也未必有那么可恶，只要主人家一个眼神，一个手势，狗便低眉顺眼，膝前承欢。父亲坚信他没养过一只恶狗，即便是曾在半夜里咬死过几只黄鼠狼、咬伤过不速之客的那两只，它们对于善类也常常是以礼相待的。至于它们后来的相继走失，其中蹊跷谁都清楚。

第三只迈进我们家大门的狗叫欢欢。它是父亲那年冬天从舅舅家用棉袄包裹着抱回来的。来时刚满月，漆黑的眸子半闭着，花色的毛发婴儿肌肤似的顺滑。父亲用嘴里的蛋黄喂它，用米汤养它，用软骨头招待它，看得跟宝似的。

长大后的欢欢十分黏父亲。父亲去犁地，欢欢会尾随到田野里、庄稼地里，监督大黄牛劳作。它会用嘴衔回父亲被风吹落的草帽，走丢的鞋，以及掉在田埂上的牛鞭。它奔跑的速度，跳跃的姿势，高扬的尾巴，显得十分威武，父亲瞅着欢喜。

父亲不打牛。他扬起的牛鞭只是虚张声势，连欢欢都懂得。可父亲却用牛鞭打过欢欢。

城里农业机器大举进村的那年，乡里风传"疯狗病"，父亲事先得知"灭狗"消息，回家便急忙带欢欢去邻县亲友家避祸，父亲是夜半出的门，五六里地半小时的脚程，父亲与欢欢走了两个多钟头。到了亲友家，父亲撇下欢欢扭头就走。走到一段路，父亲忽然发现身后跟着的欢欢，脸迅速黑沉下来，扬起牛鞭。欢欢围着父亲打转转，死皮赖脸地不肯离开。父亲生气地抽打欢欢屁股，欢欢负气离去。

父亲回来几晚都睡不踏实。走出黑夜的村庄回荡着凄厉的狗吠声，此起彼伏。父亲知道行动开始了。父亲庆幸欢欢能保全下来。

狗吠寂静下来的次日清晨，父亲像往常一样打开后院门，清理耕作的农具。他忽然发现一只花色的长毛狗从地沟里挣扎着爬了出来，一瘸一拐地爬到院子里，扑通一声跪在父亲面前。它的鼻腔与嘴角满布血污，尾巴也断了半截——"欢欢？欢欢！"父亲叫唤着，扬起鞭子作势要打它。奄奄一息的欢欢耷拉着耳朵，跪在那里没有躲闪，眼里噙着泪。欢欢朝父亲汪汪地叫着，嗓音嘶哑，声息越来越弱。不一会儿，头缓缓地低了下去，低了下去，向着死亡的方向。最后，欢欢倒在了父亲怀里。

欢欢，是只雄性狗，刚满三岁。

它可能到死也不明白，它的世界里发生了什么，人的世界里又发生了什么，主人为何将它遗弃。它回来似乎想要一个答案。而它回家的遭遇似乎验证了它的猜想，可是已经晚了。它拖着残损的躯体潜回，或许只为再看主人一眼，用最后的一跪了却这一世它欠下父亲的恩情。

欢欢眼里没有委曲，只有不舍。狐死首丘——要死，也要死在自己的村庄，死在日日玩耍憩息的土地上,死在那被称为家的瓜果飘香的院落里。这是欢欢用死亡的代价换取的唯一选择。

此后,村庄里断狗吠很久。再后来,村庄与父亲一起老去,狗不踏足村庄很久很久了。再再后来,许许多多的狗们都相约在城里的阳台安了家。它们拥有了一个共同的新昵称,叫"宝贝"。

故乡原风景

一

　　山里云是打青草丛里爬起来的。青草抱着村庄，山里云抱着青草。它把青草搂得太紧，青草感到有些生疼，有些喘不过气来。于是青草便矮下身子把山里云举起来，举到叶尖上，山里云开心地摇晃着青草柔软的身体，青草摇晃着小河，摇晃着村庄。趁摇晃的村庄开始发晕时山里云窜上树梢，跃上半山腰转个圈，然后扶摇直上，悬挂在蓝色的苍穹上。

　　田野里生长着绿色的欲望，早起的山妹子扎着乌黑的辫子，背着竹篮，在地里采摘棉花，也采摘半天云，她将它们一缕缕地摘入篮中，像宽大的衣袖收纳清风一样。

　　采棉花的山妹子头上裹着雪白的头巾，那头巾像云彩般雪白，能把阳光拧成一滴滴汗珠。汗珠是山里云欢喜的眼泪，从山里妹的前额滑过，歇在她长长的睫毛上，接着掉进了雪白的棉花堆里。

　　背着棉花般的云朵，背着云朵一样的棉花，山里妹是欢喜的。她的笑靥如盛开的山里云，有些白有些红，有些淡有些浓。她有时也会情不自禁地哼几句山歌，或者从乡村夜戏班子里听来的昆剧台词。唱错时，自己便捂住嘴笑。离她七八里远的地方是村办的学堂。她曾隔窗偷窥过，城里来的女老师声音很美，笑容很美，孩子们的书声很响亮。她没上过学，也不知道书本上说的是不是孩子们朝天唱的，她觉得孩子们背的书包，就像她背的竹篮，那些包书的纸皮雪白雪白。因此她想，雪白的书里夹着的应该是一朵朵结结实实的山里云吧。

山里云系着的远山，就像流亡的炊烟系着男人的一缕魂魄。男人们耕云种月，流血流汗，千百年来守护着自己的村庄，自己的女人，自己的日子。而大山正被日子一天天掏空，填进人们永远吃不饱的胃里，就像一天天掏空自己身体的男人们一样。男人们不管走哪里，会嘿嘿地笑。兜里装着田园，心里装着山里妹，梦里装着满满当当的山里云。

二

山里云宠爱的故乡有过许多的小桥：独木桥、铁索桥、石拱桥……它们都曾鲜活地活在时光的河流里。而出村的那座桥是离乡背井的人所有乡愁的起点。

起初的桥是石木搭建的，桥面是木，支撑木桥的桥墩是扎根在泥水里的石头。被河水、沙与日子磨得光溜溜的石柱像赤着胳膊挑山的汉子，硬生生地托起人们往来的脚程。杨柳扎着堆护着河堤，护着桥。它们伸长了手臂与桥相互拥抱，接回一个个回村的孩子，也送走一个个离村的老人。他们许多人的一生，都在过桥。他们一生的长度不过是从桥头到桥尾的距离。不同的是，人们有时是哭着过桥，有时是笑着过桥，有时是被抱过桥，或者背过桥，然而到了最后，村庄的人们都会被抬过桥。因此，村里人若要出远门，远在远方的亲人总会在电话那端习惯地问一句——"走了？过桥了没？"

故乡的春夏，杨柳会生长成一道道符，如烟如雾地张贴在桥头桥尾。在庄户人思维里，它们就像飘动在西域朝经路上的经幡。杨柳通常将大部分的身体埋进河面，阻挡着有些兴奋过头的河水没过桥面；而冬夏时则瘦成一条条手臂，一根根手指，随时挽扶住路过湿滑桥面的行人。

烟柳桥是村庄历史的书写者与参与者，在老人们语焉不详的故事里承担着重要的角色。它不是反面的妖，也不是正面的神。它是故事的原点，或者终点。它是红娘桥、婚姻桥、状元桥、官运桥。它知祸福，知前程。村里出去的人长成大人物后回村必谈烟柳桥，必修烟柳桥，就像说自己的父母，修自家的门楣与屋檐。

对于许多活在异乡的游子而言，故乡的地理标签便是这座烟柳桥。过了烟柳桥便是进了村，到了家。

我的大表叔便是戴着尖顶的草帽，拄着木棍，赤着脚，背着口粮，蹚过洪水犯横的烟柳桥，走进乡政府，走上县水利局领导岗位的。在汛期，大表叔背过他娘，背过许多的人。他是背着村庄走过烟柳桥的。

如今这烟柳桥成了功勋桥、网红桥。桥头盖了个亭子，亭里装着整部村庄的历史。一条条关于烟柳桥的短视频在"抖音""微视频"里欢快地活着，把一缕乡愁牵扯得狭窄且悠长。

三

悠长的村庄长出坚实的臂弯，有些贪心地想环抱一大片芦苇荡——那汪水泽比村庄和田野还要辽阔。泽里水草丰茂，候鸟云集。水面倒映着百草与野花，也倒映着高高瘦瘦渴望举起蓝天的芦苇。芦苇把水泽当作时间的影子，浓墨重彩地将村庄的四季围困在水泽里。几丛香蒲露出浑圆且顾长的脑袋，它们对自己的影子好奇并产生紧张，常在一声鸟鸣的地方冒冒失失地闪了腰。

芦苇荡有充足的养分滋养鱼虾，也滋养破落户与流浪汉。在这里，人与动物是共居的，不分彼此。芦苇荡的深处有几艘破渔船，那里是流浪汉的家。

夏日，流浪汉帮村里人插秧、犁地或者收割庄稼，换取粮食，夜晚便寄宿在船上。船顶环形的小窗里，有星星溜进来，零零碎碎的光点在流浪汉身体上游走，像一个个孤独的灵魂寻找着藏身之所。若是有雨，便是一场来自天国的音乐会。雨会彻夜不眠地将曲调尽量演奏得热烈些，煽情些，确保将上天催泪与虐心的旨意抵达到每个生灵的魂魄里。若是不小心掉进水波里，芦苇丛里，那便是乱弹的琵琶；若是敲打在船头与篷顶，那便是走调的经文。躺在船上的人，潜在水里的鱼，藏在芦苇里的生灵无论欢不欢喜，都得一声不吭地接着，接着这来自天国的问候。

芦苇荡里最温馨的时刻是月夜，那会是一场生物界的联欢晚会。水鸟们表演着金鸡独立，鱼类表演着花样游泳，岸上几只水鸭不甘寂寞地想要一展歌喉，伸长的脖子被一阵毫无征兆的狂风一股脑儿倾倒在了水边；蛙族一下子噤了声，甘心当个观众。它们担心惹恼排在剧末的蛇类。而流浪汉会把事先装好田螺尸体的竹篓置于流水处、浅滩上或者水草丛里，等待这场联欢晚会散场，等待着吃夜宵的食客上门。

当清白的早晨催着云雾来打扫会场时，芦苇荡一片安详，守夜的月色正悄悄地退场。促狭而胆怯的红日早已等在船头，眼睛红肿，不情不愿。而乌龟与水鸟正忙着分割船头的地盘，扭扭捏捏的小水鸭被动物们派来敲流浪汉的门。流浪汉一睁眼，红日便惊慌失措地躲闪，拖着零碎的尾巴东躲西藏，一路后退，退出船头，退到滩头，退到与流浪汉黄昏邂逅的地里头。

芦苇是这芦苇荡里的美人，临水而立，风姿绰约。它招风惹雨，也浣花接月。它穿着青黄的羽翼，指引农历的更新，它神一般地守护着的不仅仅是水泽里的生物，村庄的风水，更有村庄深埋在泽底的秘密。

四

秘密潜水的阳光在河滩上滑倒,在玉米地醒来的时候,它发现了比它还要早到的庄户人。

玉米成熟的时候,骄傲得连自己都看不见,更不会看见哺育它的庄户人。庄户人给它清着排水沟,施着有机肥,杀着入侵的害虫,理着死亡的叶片,让倚着玉米梗生长的玉米子更加健康饱满。玉米一直以为它生来就是向阳的,它的眼里只有太阳的光辉。

玉米不知道,它们蜗居的大棒子是一个高悬的轨道舱。母亲养它是为了用它来喂饱猪。等玉米梗老了的时候,玉米棒会被母亲掰下回收,一溜烟地串起,倒挂在屋檐下。没了玉米梗的支撑,玉米的世界是失重且颠倒的,它清楚地看到自己的归宿原来是向下的。它不仅看清楚了自己的兄弟,也看清了自己。悬在墙上、梁上日子是难熬的,脱水的玉米正一步步挪向天国,但它还能看见日月的余晖,纷乱的脚印与倾斜的影子。而一旦猪圈里的猪一声叫唤,玉米就会心烦意乱、胆战心惊。它总觉得那叫唤声是向着它。

玉米梗则是"明白人"。它懂得,它的生存是为了玉米,它积攒的所有能量,只是为了让玉米更健壮更肥硕。等吸干它养分的玉米一柱擎天,它知道它挨不过秋。

秋阳是位刽子手,它整天在玉米地里游荡,榨取泥土的汁液及玉米梗的能量,直到它掏空玉米梗,直到玉米梗面容枯槁,摇摇欲坠。玉米梗知道它最后的价值,便是被抱进柴房,为主人家某天迎宾的一顿饭食鞠躬尽瘁,在一场没有掌声的焰火中,灰飞烟灭、魂飞魄散。

玉米梗后来想,它是幸福的。它自泥土而生,享受过泥土的浸润,享受过雨露阳光,在玉米没有出生之前,它还享受过星空下风的伴舞,它至今还记得风的舞姿与星空的颜色。此外，它还享受过主人精心的呵护。为了让成年的玉米梗怀上孕，主人绞尽脑汁，鞍前马后。

玉米梗任性的时候，会成群结队地在风里呼喊，它们摇晃着臃肿的身体，想让天地万物知道，它们曾经也是一位母亲，一位伟大的母亲。它们的生存与死亡，不只是一个微不足道的符号，一行叫"玉米梗"的字符。无论最终它们是否被村庄遗忘，被文字遗忘。

五

遗忘是村庄的一种常态，就像青瓦墙遗忘的一个年代。

故乡的青瓦覆盖着土墙，圈着一个院子，圈着一户人家，也圈着一个生态园。一堵堵青瓦墙像极了一个个微信朋友圈，人、货、场在这里晾晒、交互、发酵，让生活的味道得以延续。

墙是泥土与稻草砌成的墙，瓦是泥土烧制的瓦，两米不到的身高，经过时光的揉搓，它们在安眠过的土地上重逢，以军列的姿势迎接新生。青瓦一片片向上或向下，弓着身子，弯成一段段屋檐，为它的母体泥墙遮风挡雨。

瓦上阳光，瓦上青苔，瓦上霜，瓦上雪在这里聚集、碰撞，表达着它们的喜怒哀乐，也表达它们的存在与虚无。青瓦护着母体，承受着日子的撕扯。无论是冰冷还是滚烫，青瓦都能承受，青瓦知道，它与墙要永远站立，一同扛起村庄的历史。

历史是一株株有个性的庄稼，它招来的风云雷电都是艺术家，它们合力将青瓦墙刻绘成一道道纵横交错的皱纹，接着便挖出一条条沟壑相连的河流。泥墙裸露的肌体千疮百孔，凹下去的小洞如缺失玻尿酸与胶原蛋白后塌陷的脸，能藏风纳雨，能吹奏悦耳的歌曲，能隐藏记忆深处的口哨。尾随风雨而来的还有蜜蜂、蜻蜓与短尾鸟。它们一来便渴望成为永久居民。它们都知道，青瓦背上雷电交加，青瓦背下风和日丽；墙外冰天雪地，墙内温暖如春。这些破落户们会一直住在瓦下，一直住到城破墙倒，风沙满天。

当然，青瓦墙是不能倒的。母亲早早地在墙脚种下了水竹，水竹以强大的生殖能力护着墙体，不到两年便包围了大半个庭院。父亲则会对倾斜的墙体进行修复，一层泥又一层泥，一层稻草又一层稻草，在立秋的日子，将青瓦墙里里外外护得结结实实，像在精心塑造一件艺术品。

青瓦墙，是父母们爱情的结晶。他们一个在墙外，一个在墙里，用农具与庄稼交流，把矮矮的泥墙砌成高高的院落，然后在院落里筑巢，生日育女。

等到孩子一个接着一个在风雨不侵的院落里长大，等到他们的身体像庄稼一样拔节长高，高到能看到墙外世界，高到有力气手执镰刀与斧头凿开那堵护佑生命的墙，任性地走出去，走进风雨。父母们不会阻拦，也无力阻拦。

月光爬过青烟笼罩的白墙，爬上斑斑水竹，跌进在空空的庭落。曾经的筑墙人，曾经立在庭院端着大大的瓷碗咀嚼月光的主人，在孩子们青烟一般逃离村庄之后，也会像青烟一般迅速消逝，仿佛从未来过。

六

来过我故乡的人们，或许会记得村庄的一位朋友。

它总是悄然而来，在清晨或黄昏，在月下或雨夜。日子那么薄，一滴露珠都会撞破一片树叶的美梦，村庄的老人不会亏待它，它只是一只弱小的饥饿的庭前雀。

每当一缕孤独的炊烟从孤独的屋顶悠悠升起，鸟雀便不请自来。填饱肚子的它们会跳到老人背上、胸前、膝下，听老人闲话，陪老人聊天。孤独那么深，一缕炊烟、一只雀无法解答。如果碰巧能遇上一只流浪狗，那么时光便不会显得过于冰凉。

在村庄，每一幢孤立着的老屋里都住着一位孤独老人。老人孤独久了，也会在空旷的田野里散步，就像城里人在逛公园一样。只不过，泥土那么亲，庄稼那么安静，他们无意吵到它们。陪同的有鸟雀，一只或者两只，如果算上那只流浪的狗，那么他们便是家人"叁"或者家人"四"。它们不会欺侮不懂还手的庄稼，它们知道轮回的庄稼养活了村庄与生灵，它们也知道老人的心事其实也不在庄稼上。它们跟着老人，一前一后，在田埂上，坡岭下，在每一个高高隆起的坟茔前。它们知道，老人是在寻找"回去"的路，"归去"的地方，安葬灵魂的墓穴。

村庄就是一个等你来等你走的地方。就像一季庄稼，种下了，收割了。你来，报几声鸟鸣；你走，唤几声狗吠。老人知道，自己的时光就是一只烂熟的柿子，随时会跌落尘泥。所以，他们得谋划着。这是他们留在村庄里独自要做的最后一件事，哪怕他们已儿女成群。

秋阳在庭院醉酒时，老人们会跟着打盹，而鸟雀便淘气地用尖尖的喙清理老人唇上的米粒或者奶油，梳理老人有些凌乱的白发。末了，便在结满茅草、艾蒿与青苔的庭前慢悠悠地巡逻、消食。

有时它们与他们都会对一片从天而降的霜花着迷，在空地上，在枯草上，在窗玻璃上，它们或他们都在寻找着通天的路径，即便最终泥土才是归宿。人们不知道，他们与它们，或者他们的他们与它们的它们，在若干年之后，都将成为故乡的原风景，存在于游子流泪的文字、图画与乐声中，就像宗次郎的笛音一样。

第三章／圆上行走

济州的雪

一

2015年的雪季，我在济州。

济州是一座火山岛。旅游业、加工业是其经济支柱。很难想象在这片纵横不过四十公里的火山绿洲里竟栖息着六十万居民，其中有常年留岛经商的中国人、日本人，有定居在此的东南亚人，而更多往来的人是这座海岛流动的风景。

这座小城很安静。飞机安静地落地，人们安静地过海关，安静地等公交，安静地过马路，安静地购物……安静得犹如一座空城。如果没有外乡人，济州似乎会更安静，安静得犹如冬眠一样。

除了几条环岛马路，几座新修的免税店、医院等高楼，岛上多是古旧的房子。电线杆靠着巷陌伸展，千丝万缕地穿过高高低低的落了叶的梧桐树，钻入一个个静静的庭院。如果没有白墙或者小店店招上的韩文提示，你会误以为行走在日本高仓健时代电影里的某个沿海小镇。静静的马路上偶尔有一辆小皮卡经过，缓慢地在亮着红绿灯的人行道前停下来。无须沟通与交流，人没过，车不动。

巷道里有一些零星的便利店，一如国内小区门前的那种。店主人几乎是清一色的老太太或者中年妇女，好脾气地静候着，无论你买还是不买，都微笑点头，欠身行礼。即便是在主街，在餐厅、零售商店也大多如此。他们用英文或中文沟通似乎都不太合适，于是见了只好静静地点头。通常窨着的时候多，问的时候少。我常常心生疑惑，这座城里的年轻人都去了哪儿？

济州与国内有一小时时差。慢下来的时光加上当地朝九晚五再加双休的作息模式，让这座城显得更为安静与悠闲。

我每天从酒店徒步前往所在医院上班，都会路过一个个渐渐老去的巷陌，灰色的天空，灰色的墙，灰色的街，灰色的风，与灰色的柏油路相接，与窄巷弄相接，冰冷地纠缠在一起，窃窃低语。仿佛随时会下雪。我从巷弄里玻璃围成的便利店买了几片面包出来，九点钟的光景，走出四五公里，走过居民区，竟未遇见一个人。

二

济州是一座对很多国家和地区（包括中国）的公民实行落地签的开放性旅游城市。本以为没有严格的签证制度，游客素质会参差不齐，城市的形象会大为受损，结果却不然。

在济州逛街是一件让人省心的事。除了免税店，在哪儿逛都不觉得拥挤。济州就好像是为招待游客而生，一年四季，季节分明。这些年，尽管韩国政府从未停止"去汉化"的脚步，但在临街的小超市、餐馆、酒店、景区，经营者还是十分人性化地留有汉字提示标签，方便庞大的华语族群购物。这便是政治与经济的区别。

卖场里除了一些本地生产的面膜、化妆品及舶来的营养奶粉，其他货品并不比国内丰富或实惠。所以买与不买，完全随性。

在街上乘出租那是老人们的选择，起步价比国内要贵得多，不到十公里路可能要花掉百元大钞,而且车开得并不比公交车快。

最惬意的选择还是在街上慢慢走,欣赏一下本地的美女,再或者瞅瞅经过你身边的帅气"欧巴",是一种很健康的享受。

听当地人讲,小城里的年轻人大多去了首尔或者中国工作,都忙着赚钱,忙着在各地辗转、狂奔。岛内自然活力有些不足,连开出租车、公交车的师傅都是中老年人。

我住在济州新冠酒店(New Crown),距离机场仅几公里车程,离乐天免税店也不远。

冬天的海风有些生猛,但每到一家商店或者小卖场均有暖气或空调。而免税店里的员工大多是中国朝鲜族女性或者赴韩读书的学生娃,连只对外国人开放的博彩业雇用的员工也大多是来自中国内地的女性。她们不仅形象好,韩语、英语也相当流利,让你无法确定她们的国别。

在饭馆就餐,我们常去的是一家当地人开的"脊骨汤"店,主营牛架骨炖粉条。进门便是一壶过滤后的自来水,凉凉的;接着,便是十几个佐料盘,外加一小碟辣白菜,呼啦啦一股脑儿全上桌,那排场足以让你为之侧目。店内没有椅子,食客便一律盘腿或跪坐在有地热的木地板上吃。如果遇见婴儿哭闹,年轻的妈妈便会一把揽入怀,并腾出一只手来遮挡,尽量让孩子的声音减弱,不给周围的人添麻烦。

一天,天将落雪,朋友带我们一行去一家韩国本地餐馆吃烤肉,类似沈阳西塔韩国街"枣玛露"连锁店。店面约莫五六百平方米。我们坐下来不久,便有当地人从寒冷的屋外鱼贯而入,老老少少脱衣脱靴,整理衣冠,席地而坐。等热气腾腾的炭火火苗从烤炉里冒上来,等一条条五花肉剪成片落了锅吱吱作响,等一杯杯烧酒摆上桌飘香起来,长者便会一欠身,客气地说:"我要开动了,我要开动了……"那种仪式感,那般古老而又熟悉,让人唏嘘。

而店内尽管"猫冬"的人多,食客多,但除了烤肉的声音,碰杯的声音,整个饭局相当安静。那种时光如止水般安详的感觉，总让我想起安眠在历史里的汉城；想起汉唐，想起高丽国；想起众多中韩古装片里主角们的生活场景；想起中韩曾经文化相近、文脉相亲的古老岁月。

三

冬季到济州，最惬意的事便是去看雪。

我们到济州的第十天便迎来了一场瑞雪。零下四五°C的天气裹着潮湿的海水，迎面袭击你的时候，就像抹了冰盐的风刀打磨着肌肤，生生地疼。这风仿佛在为雪的到来营造氛围。

晌午时分，我们一行人驱车前往汉拿山。雪从天而降，从灰色的苍穹轻盈地落下，拥抱千年枯木，追逐盘山古道。

北纬32度的汉拿山意寓"能拿下银河的高山"，近两千米的海拔藏着1800多种植物。因为下雪，我们没有遇见浪漫的樱桃花，也无缘与美好的金达莱重逢，更不用说那泛起金色波浪的紫芒花和寒兰、珠朋、松耳草、天香草……山路两侧农庄处处，是收割后的田野，一片荒芜，众神安眠的山林，充满生命的虚无。

车内两位小朋友欢闹着，被窗外兀自飞舞的白雪迷住了。雪迎着风，拍打着玻璃，追赶着车轮，表达着来自汉拿山的问候。孩子的父母来自中国南方，雪对他们而言，本就是一种神奇。而对于我们这些外来者而言，汉拿山的雪似乎让人更多了一层亲密与敬畏。

十万年前，这里还是一座活火山岛，没人见证生命从死亡中凝聚、诞生；更没有人见证溪水潺潺的瀑布，以及绿荫深处的第一声鸟鸣。而在此之前，如果没有雪，没有雪花，似乎众神也不复存在。

将要抵达山腰时，雪变得疯狂起来，牵着手，结成伴，很快将群山拥入怀中。我们的车前车后各有一台铲雪车,殷勤地为我们导航、开路、护驾。

行至半山中文区,远远瞧见一群警察做着封山的准备,扩音器里不断用中文和韩文提醒游客:"当心雪崩,禁止上山!"我们放弃了登顶。在一块立着"汉拿山"三个大汉字的山碑前,我们一行停了下来。

开车门,迎瑞雪,云锦一般的雪铺在脚下,让人不忍践踏。雪地上,一群乌鸦扑闪着漆黑的翅膀奔袭而来,跳到我们的背上、腰间、手心,讨要御寒的食物,吓坏了两名孩童。

当这群乌鸦掏光我的口袋时,我忽然想起雪中的沈阳故宫,想起努尔哈赤与神鸦的传奇故事,以及徐福受始皇帝命东渡济州求仙问道采药西归浦的传说。斗转星移,朝代更替,济州与汉拿山历经一千三百多年的打磨,早已归入韩国版图。想那白江边上,高句丽、新罗、百济曾三足鼎立,个中恩怨情仇,兴衰荣辱,谁又说得清。

"汉拿山",这座刻有三个大红汉字的石碑矗立雪中,庄严而深沉。它曾被无数的中国人、韩国人及一切懂或不懂它含义的人抚摸过,环抱过,定格过。那一双双眼、一根根手指在触及它时,心海泛起的应是敬畏与爱吧。它是韩国汉化历史的象征,更是中韩文化融合、汉学在韩传承千年的例证,无论后人如何遮掩,终将无法被磨灭。

仰望,汉拿山像位多情少女披着洁白的云朵。落叶的乔木、灌木远远近近,像极了黑色的精灵,在皑皑白雪的威压下,支撑不住硕大的身体,败下阵来。而枯木、雪山、行人,黑白相间,行迹点点,更像一幅水墨画。

不远处,被雪拥抱的山庄半隐在崖边,众多的私家车泊在崖前雪地上。应是前来度假的旅客,因了这雪而滞留在山庄里。庄内玻璃窗渗出橘黄的光,映照在洁白的屋顶,像极了富丽的宫殿。此刻,暮色四合,一部韩版《千山暮雪》剧或许正在上演。

听驻地医院的领导讲,山顶上有火山湖,名"白鹿潭",周围有360多个小火山环绕，甚是壮观。人踩在火山石上，就如同一双脚踩在历史教科书上，有着强烈的穿越感。

汉拿山的雪，承载着历史的印记，厚重而又洁白，白得带着仙气，白得不染尘泥，白得足以容纳大韩女子无限的坚韧与柔情，白得像一场生命的修行。

"何须名苑看春风，一路山花不负侬。"尽管是在瑞雪纷纷的冬天，在冰天雪地的午后，我鼻息里却满是春天的味道。我仿佛与汉拿山相遇在春日，在某个金达莱花开满弯弯山道的下午。

梦里凤凰

一、无边之城

大部分"驴友"决定去凤凰古城,或许缘于具有人性光辉的美丽少女"翠翠",缘于小说《边城》,缘于伟大作家沈从文。

沈从文在小说《边城》中描述:由四川过湖南去,靠东有一条官路。这官路将近湘西边境到了一个地方名为"茶峒"的小山城时,有一小溪,溪边有座白色小塔,塔下住了一户单独的人家。这人家只一个老人,一个女孩子,一只黄狗——这就是"翠翠"的家。

有关解读《边城》的书比较多,意见比较集中的是——"翠翠"确实不在凤凰,真正的"边城"也不在凤凰,而在一个位于湖南、贵州、重庆三地交界的湘西小镇——"茶峒"。

"茶峒"?这个边区小镇被包裹在广阔的心理边界里长达百年,艺术的真实再次战胜了物理的真实。沈从文先生一支移花接木的生花妙笔,让自己放大了的故乡,让一个个偏远的深山小镇从此传奇流香,引得千千万万文青秀士、达官富贾纷至沓来,奔走在文化朝圣的路上。

五月初的凤凰春光明媚。大巴一路向西,四五个小时的车程。路之后是路,山之后是山。在山与路漫长的对话中,芳草与丛林沉默寡言,在每一片可以歇脚的角落集结，结成黄绿色的城堡，结成一幅没有边界的油画。凤凰就藏在这幅画的尽头。

车窗外是山谷、莽原、石壁，是原始森林与竹海。马路上，不时能遇见悠闲地吸着杆子烟的老汉，砍竹子或种玉米的妇女，以及捡松菌、拾蘑菇的儿童……大山像一座座迷宫，一点点地展露它未知的神秘。

莫言曾说："平原上的树多横长，深山的树多高直，戈壁滩上长的是骆驼草，太白山顶上的树只有一人高。"人们很难相信，一处深山密林、穷乡僻壤的"三不管"地带，一处古代历史文本中的"五溪苗蛮之地"，如何孕育与滋养了一系列的风云人物——如清末维新变法的实权派人物、凤凰母亲河的开江功臣、湖南巡抚陈宝箴，如中华民国第四位内阁总理熊希龄，再如中国第一张生肖邮票创作者、中国画院院士、文坛怪杰黄永玉，以及著名作家沈从文……仅四大人物的人文厚度，就足以让人拍案惊奇。

凤凰古城，一道一江一墙，是你躲不过的存在。道，是青石板铺成的人行道；江，是一条宽不过百米的沱江；墙，是一排抵挡兵灾匪患的土石墙。行在道上，倚在墙上，泛舟江上，可以窥见百年历史的陈迹，可以阅尽土司、土军阀统治的年代，小山城大人物们的沧桑蜕变。

湘西凤凰，到底有什么？高山、峡谷、险滩、绝壁、飞瀑、丛林、田园、村落？奇、秀、幽、峻？或许其他地方有的它都有；或许，其他地方没有的，它也有。在天如镜，山如黛，树如烟，草如茵，春风沉醉春情萌动的春季，去哪儿都是一段梦幻之旅。从这个意义上讲，物理"边城"到底在哪儿，似乎并不重要。重要的是，在沈从文先生的心中，它塑造的"凤凰"与"边城"，已然是两个相交又重合地放大了的文化概念，是他精神世界澎湃而出的艺术原乡，心灵净土。

地理上的凤凰，概括地讲：一座青山抱古城，一条沱江绕城郭，一路青石铺成街，一排小楼吊水立，一道古墙浸风雨……

从文化意义来说，凤凰是湘西文脉之源。《道德经》云：道生一，一生二，二生三，三生万物，而由凤凰衍生出来的哲学意义早已超出"边城"万物。

凤凰，它是一座真正的"无边之城"。

二、梦幻之水

每座让人难忘的小城，仿佛都有一条母亲河。

五月，沿着一条沱江走进小城，与中华文脉的重要一支"凤凰古城"相遇。瓜香、果香、花香、人香、水香，香气宜人。我们落脚的地方在沱江畔的吊脚楼上。脚底是霓虹灯拥挤着梦幻着的江水，将土匪、土匪烟、土枪、土司、土著、吊脚楼、苗家女，过去的与现在的传奇融合在了一起。一江清流暖一方日月，一排绣楼引一船山歌；楼浸在水中，云堆在江面，船飘在歌里，人行在雾海，雾住在梦境。

沱江是凤凰的眼。没有沱江，凤凰便没有眼，便失去了灵性，便只是凤凰。沱江承武水之脉，接乌巢河之灵气，发于禾库都沙之南山峡谷。它从西至东横贯凤凰，像一条护城河，又像一条柔情的臂弯，将两岸的凤凰城及山里山外抱在了一起。它灌溉的不仅仅是庄稼，更有苗家儿女们的歌喉。它或许还是位天才调琴师，它将每一位喝着它乳汁长大的苗家儿女的嗓音调得珠圆玉润，清音绕梁。你立在彩虹桥、门楼或黄永玉艺术展览馆等处，那甜得让人心醉的山歌会捕获你浮躁不安的心。如果你稍不留神，或许就会因某位唱山歌的苗家女，以及苗家女唱的山歌而心潮暗涌，心生羁绊，物我两忘。

沱江在春夏进入汛期。从吊脚楼的大排窗伸出手臂便可揽江入怀。"月下飞天镜，云生结海楼。"悬在山外的沱水奔涌而来，冲破上游激流险滩的阻挡，一路吞云吐雾，偎红倚翠，穿虹桥，过万寿宫、万名塔、夺翠楼，把整个凤凰古城搂得紧紧的。那份热烈，连多情的草木都难以抵挡。

而一旦进入枯水季,一排没入江水的石墩便会探出头来,碧水清流,风情万种。苗家姑娘们便可坐在石墩上沐足捣衣,或者背一篓菜,挎一篮瓜果,伸展着手臂,踮着脚尖,涉水嬉戏,轻歌曼舞,且行且止。她们的身后青山如黛,她们的身侧霞光万道,她们的脚下江水潺潺,她们的舌底山歌成串。那情景是充满梦幻的,就像那沱江畔曾上演的《梦幻沱江》大型情景剧。你坐在黑漆漆的夜场里,河畔江风习习,渔火点点,在波光里明灭;场内交错的光影如鬼魅般闪烁,听不懂的苗乐追赶着灯光,追赶着旧时光,在耳侧飘移。苗疆"赶尸"与"中蛊"等灵异志怪故事,演不够,说不破,一拨拨粉墨登场。手执马鞭的女子,身着苗服,银饰垂面,步态轻盈,或徐或疾,乍俯乍仰,在舞台,在身侧。光点击打在姑娘的头顶、胸前、眼尾、眉梢,银光点点,波光粼粼,宛在水之湄,媚惑你的神经,让你灵魂出窍,神游太虚。如果你觉得意犹未尽,那么接下来的河畔外滩,由苗家艺人(古称巫师)表演的"爬刀梯""踩火犁""火海吞火球"及疯狂的苗疆篝火晚会便是一曲收魂记。

凤凰,最美不过"梦幻之水"。

三、灵雨之都

来凤凰的人都会说起《边城》,凤凰的每家店铺,每个人物似乎都有"边城魂"。

导游一路上讲着凤凰的民俗规矩,讲着游客与凤凰发生的故事,讲得最多的是凤凰的"酒吧一条街"。这条激情四射的酒吧街便泊在沱江边。那里大红灯笼高悬,摇滚乐声高亢,仿佛每一间酒吧都按捺不住,每一扇窗都醉眼蒙眬,每一支被出走的灯光追逐的歌声都摇摇晃晃,举棋不定。那醉意十足的音符破门而出,倾泻而入,醉倒了一江平静的春水。沱江边,酒醉的流浪歌手抱着一把吉他彻夜吟唱。看灯光在风里摇曳，听摇滚在灯光里飞扬，你会迷失自己。你会觉得自己身在灯红酒绿的夜上海，或者洋味十足的珠江畔，而你已不是白日沉迷于文艺熏陶中不能自拔的你。

如果你路过酒吧入口处，你会发现靠江立着一块木制的铭文牌。木牌上用行书体刻着收录在《湘行散记》里的沈从文致张兆和的一段情话——"我行过许多地方的桥，看过许多次数的云，喝过许多种类的酒，却只爱过一个正当最好年龄的人。"或许是这段经典的爱情表白，这段情书里的"酒"字互文见意与点化加持，让"洋酒吧"文艺附体，横生浓浓的人文情意，绵绵的情爱气息，以及无敌的人格魅力。

打开凤凰，打开《边城》同名大型实景剧，你不仅能发现《边城》塑造了"翠翠"，塑造了一个美的精灵化身，一个"天人合一"的苗族文化女神，你还会发现，女神牵出一个"茶峒"，捧出一个"凤凰"，道出一个纯粹的湘西，造出一个瑰丽温馨的理想世界，一个世外桃源级的社会生态。你更会发现，翠翠就是"凤凰"，是真善美的化身，是令人难以抵挡的仙女级的美好存在。在古城，在城楼，在沱江，在你转身的每个街角，你都有可能遇上"翠翠"，遇上一个闪耀着人性光辉的苗家女孩。她就徘徊在那里，萦绕在你心中。

来凤凰的游客很多，山南海北四面八方的都有。有的是"拼团客"，有的是"发烧友"，有的是"羊毛党"，有的是"独行侠"；有的是"文游"，有的是"壮游"，有的是"盲游""信天游"。他们给凤凰带来了前所未有的生机，也带来了发酵的荷尔蒙。彩虹桥上，城墙楼下，故居门前，游船渡口，三三两两，背影成双。

有些人赏着黄永玉的书画，说着"叔叔"沈从文；有些人听着翠翠的故事，问着熊希龄的政绩；有些人摇着啤酒杯海阔天空，抚今追昔。仿佛每一夜都有来自山外山的红男绿女焚香说书，煮酒论道，快意恩仇。当然，话题的中心，仍是从中华文脉、凤凰文眼出发，总体而言是悦情悦性的。至于传说中的"布坑设陷"与"欺生杀客"的不文明不和谐事件肯定有，但只是非主流，只是潜在宁静夜色中的一角。

深读凤凰，这个封闭的小城早已走出古朴原始的标签，它和西方文明的超现实在这里碰撞胶着，形成两股势均力敌的力量。

凤凰不是烟雨江南，也不是七彩丽江。"冰清玉洁雪山云朵""天雨流芳古乐书香""风铃鱼翔石桥水巷""花楼恋歌轻舟碧波"……歌曲中描绘的这些景点，凤凰似乎都能找到。但凤凰究竟是什么？或许是一个坐下喝茶、品酒、说书、听故事的地方；是一个躺下听虫语、蛙鸣、玉楼轻歌的地方；是一个伏案写诗，抬手作画，立身冥想，泊舟垂钓的地方；又或许凤凰只是一个藏在大山深处原乡文明的背影，一个自史书中脱落下来的人性图腾。

在那里，时光喜欢与你的脚步一起停靠，停在你与它相识的时候。无论你选择何种姿势与它交汇与重合，个中定有文明与非文明的诘问，有物质与非物质遗产的反刍；定有恨不相逢的惊喜，以及艳遇乍现的波澜。

凤凰，一座沐浴爱与美的"灵雨之都"。

四、醒梦之旅

早上从凤凰城的晨梦中醒来，临街的商铺纷纷开门纳客。智能天体仪器店、手工艺品专卖店、食品土特产店、苗银饰品加工店、苗族服饰租赁店等游客云集。街上有苗女挑着担子摆着铺子，冰糖葫芦、串串烧、烤羊肉香味盈鼻，满是欢喜。一首孙露演唱的《小小新娘花》从街角一家非洲手鼓乐器店内溜出来，在清凉的风里摇摇摆摆，在游人的行走间飘飘荡荡。"风儿吹来了童年的一幅画，你陪着我在那过家家，竹林是我们的家，竹叶是你送我的花，抬头见你笑得那么的无瑕……"柔软绵密的歌声，清丽纯净的音符，像是这凤凰浅吟低唱的清新晨曲，又像情人昨夜未尽情话的缱绻表达，给小家碧玉的凤凰城蒙上了一层人文与梦幻的色彩。

"愿你三冬暖，愿你春不寒；愿你天黑有灯，下雨有伞；愿你一路上，有良人相伴。"对许多驴友来说，一生只来一次凤凰，而对凤凰城里的居民而言，小城是他们一辈子的坚守，游客是他们所有生计的来源。他们或许不会在意"凤凰"给驴友们留下了什么，然而，驴友们从"边城"从"凤凰"带走了什么，或许决定着这座小城文脉的兴衰。

凤凰，一个下辖13个镇4个乡，人口40多万的小城，历经千年栉风沐雨的滋养，成长为一个造梦、追梦、圆梦的无边之城，开启湘西性灵圣地的巨大能量场，让曾经出生或安眠在这片土地上的历史人物，以及人物故事满血复活，不免让人唏嘘。

如果你曾在美好的年华入城，在"赶秋节"或"边边场"正盛的时节入城，又抑或你曾把自己的灵魂丢在那儿，那么恭喜你，可能你会一辈子如在梦境，就像沈从文与张兆和的爱情；如果你遇到边城时，已过无梦的盛年，那么也恭喜你，重温了一段"以梦为马"的岁月，就像维新变法时期独树一帜的陈宝箴，以及组建"第一流人才内阁"却任期不满半年的中华民国总理熊希龄。

梦里凤凰，为梦而生，因梦呈祥。

大宋的雨

一

北宋兴盛时期，大约280万平方千米的国土上生活着1.3亿人口，据说GDP占到全球总量的65%。仅北宋第四帝宋仁宗年间就诞生了"三苏"、王安石、欧阳修等文学大家，其中任何一位至今都能名动文坛，占领长短句最高位。若加上秦观、李清照、辛弃疾、陆游、文天祥，那么，词国江山几乎可以尽收囊中。

如果还不够，再掂掂大宋的书画。由宋徽宗赵佶领衔的丹青大宋名家辈出。从《芙蓉锦鸡图》（赵佶）到《清明上河图》（张择端），从《踏歌图》（马远）到《五马图》（李公麟）；再从《溪山行旅图》（范宽）到《太白行吟图》（梁楷）。若算上"苏、黄、米、蔡"四大书家宗师，大宋的文艺帝国便有了屹立世界功业不朽的理由。

大汉、大宋与大明的冬季，据说是人类历史上气温最为寒冷的时期，从北方少数民群频繁南侵便可见端倪。恶劣的严寒天气让北方民族的生存变得艰难起来，边境地区的掠夺与骚扰便难以止息。

然而，在大宋王朝华衣美服、光鲜富庶的梦幻江山里，每个季节都不轻松，阴云密布，风雨飘摇，似乎才是这个时期的主旋律。

大宋享国三百一十九年，历任皇帝们不是忙着订和约，便是忙着送岁币；百姓不是忙着避难，就是忙着告别。仿佛自大宋开国皇帝赵匡胤发动窃取后周政权的"陈桥驿兵变"开始，兵祸便成了这个皇朝的报应。仅北宋一朝一百六十七年，战火就燃烧了一百三十多年。战事频仍，兵荒马乱，有时一年数场战事。就连北宋最后两位皇帝宋徽宗和宋钦宗也沦为大金国的俘虏，客死异乡。二帝三千妃嫔悉数被掳，充入大金后宫，堪称封建王朝史上空前绝后的耻辱。

北宋亡国之日，便是南宋开国之时。在应天府（河南商丘）匆忙登基的南宋开国皇帝宋高宗赵构，听闻金兵铁蹄追到，怀揣玉玺仓皇出逃，东躲西藏，吓得丢盔弃甲。让人没想到的是，饱受金军羞辱的赵构为苟且偷安，竟抛下家仇国恨，重用奸佞，转身把屠刀举向阻挡金兵南侵的爱国将领岳飞等人，可谓无耻到了前无古人后无来者的地步。

钱穆在其《国史大纲》中写道：宋代对外之积弱不振，宋室内部之积贫难疗。柏杨在《中国人史纲》中评大宋帝国的立国精神："抱残守缺，苟且偷安。"

"理学盛，国运衰""有文治，无武功"……这些都是宋王朝生存状态的真实标签。或许这些标签与其鼎盛的物质文明有些格格不入。整个王朝的贵族们都活在南渡北望，且战且败，且败且退的困局中。头顶的乌云早已积聚成漫天的腥风血雨，将整个王朝密密地包裹。

二

北宋元祐四年（1089年），西湖草深水涸，葑田过半。这是苏轼第二次来杭做知州时看到的情景。1090年，苏轼上书朝廷要求疏浚西湖，抢救人文环境。搞笑的是，苏轼没讨到朝廷的任何资助，却收获了100道僧人"度牒"。苏"市长"长叹之余，只能巧施妙计，采用以工代赈的方法募集来20多万民工，除净葑草，开湖挖泥，筑起"苏公堤"。

此后，一场场及时雨落在西湖，成就了一座城池，一座人间天堂，也成就了后来的陪都临安。

离临安八百里的合肥，是大宋在江南的另一块偷安地。那里有条包河。河畔建有一个小小的书院，曾是一个少年郎读书的地方。包河最初也不过是一条小河，一个小沙洲。常受风雨侵袭的小沙洲上有个"香花墩"。那片水域，雨水充盈，蒲苇昌茂，鱼凫上下，长桥径渡，竹树荫翳。

谁料在包河畔读书的一位少年郎，竟然吸取天地之灵气，成长为北宋王朝龙图阁直学士、开封府尹、枢密副使。

这位少年郎的名字就是传说中的"包孝肃公包拯"，他先后效力于北宋真宗与仁宗两朝，最后与妻子、子嗣安眠在了包河畔。千百年后，"香花墩"成为包河公园景区，演变成一个象征意义极大的"包孝肃公祠"，一个官员必拜万民敬仰的"忠孝"道场，一个能与"逍遥津""明教寺"比肩的合肥三大古迹。

生于斯长于斯归于斯。"包孝肃公祠"巨大的陵区丛林环绕，芳草萋萋，零星的建筑经明清两代地方官的修葺与扩建，至今可见旧时轮廓。这里的古建筑栉比鳞次，生机盎然。园内亭台小院，回廊曲栏，浮龙木刻、古井廉泉，雅中藏幽，肃静庄严。"包孝肃公祠"还原了包拯从普通读书人到杰出政治家、改革家的励志历程，还原了"黑包公"白面书生的真相。

"包孝肃公祠"地下层墓藏区内停着漆黑的灵柩，展区安放着几支毛笔、几个古砚台及零星的生活用具，见证了这位两袖清风、铁面无私的"包青天"清正伟岸的一生。

每到合肥必拜包公祠，每拜包公祠必遇雨。大雨带着荷香，带着光阴潮湿的回声将一代名臣、一个王朝悄悄地唤醒。

雨落在包公祠，是一场"甲子雨"，兆天时，知人事，清明人间。

三

大宋，一个潮湿的朝代，一个阴雨连绵的朝代。

《宋史·河渠志》记载：宋太祖开宝四年（公元971年）十一月，河决澶渊，泛数州。官守不时上言，通判、司封郎中姚恕弃市，知州杜审肇坐免。五年五月，河大决濮阳，又决阳武。诏发诸州兵及丁夫凡五万人，遣颍州团练使曹翰护其役。六月，澶、濮等数州，霖雨荐降，洪河为患。

宋太宗太平兴国二年（977年）秋七月，河决孟州之温县、郑州之荥泽、澶州之顿丘，皆发缘河诸州丁夫塞之。七年，河大涨，蹙清河，凌郓州，城将陷，塞其门，急奏以闻……九年春，滑州复言房村河决……乃发卒五万，以侍衞步军都指挥使田重进领其役。

宋仁真嘉祐元年（1056年）四月壬子朔，塞商胡北流，入六塔河，不能容，是夕复决，溺兵夫、漂刍藁不可胜计。命三司盐铁判官沈立往行视，而修河官皆谪。宦者刘恢奏："六塔之役，水死者数千万人……"

宋神宗熙宁十年（1077年）四月，河决曹村，泛于梁山泊，溢于南清河，汇于城下，毁坏良田三十万顷，洪水的浪都快高过徐州这种大城市的城墙，还差点把当时的"市长"大人苏轼给冲走。

同年七月，河复溢卫州王供及汲县上下埽、怀州黄沁、滑州韩村；乙丑，遂大决于澶州曹村，澶渊北流断绝，河道南徙，东汇于梁山、张泽泺……凡灌郡县四十五，而濮、齐、郓、徐尤甚，坏田逾三十万顷。

大宋王朝时期，屡见大寒大雨，洪涝灾害伴随国运急转直下，它就像一场传染病，让北面雄踞草原，强占五都，侵吞大宋领土的金国也深受其害。

金世宗时期，被称为"小尧舜"的完颜雍（本名完颜乌禄）开创了"大定盛世"（大定年号从1161年10月至1189年）的繁荣鼎盛局面。不过这位金国第五帝在位二十九年，洪涝灾难依旧不断。《金史·河渠志》有相关记载：

"大定八年六月，河决李固渡，水溃曹州城。"

"十一年，河决王村，南京孟、卫州界多被其害。"

"十七年秋七月，大雨，河决白沟。"

"二十年，河决卫州及廷津京东埽，弥漫至于归德府。"

"二十六年八月，河决卫州堤，坏其城。至二十八年，水息。"

"二十九年五月，河溢于曹州小堤之北。"

黄河的溃堤，仿佛是对大金皇帝南侵行为的反噬，让享受宋王朝巨额岁币供养的金帝苦不堪言。他曾组织数百万民工治理黄河，这对于当时人口不超过千万的金朝而言无疑是倾国之力（据《金史·食货志》记载，公元1183年，金朝女真人最多400多万人）。巨大的水患犹如洪水猛兽不仅侵害民众，还消耗国库，动摇国体，加上"猛安谋克"（千夫长百夫长）制度的衰落，漠北蒙古游牧民族的兴起，不堪重负的金国国运江河日下。

雨落在黄河，是一场滂沱雨，倾覆了大金、北宋两个王朝。

四

大宋，在雨水浸泡中成长的王朝。大宋的文人墨客自然也行走在风雨里。君不见，不少关于"雨"的俚语大多出自大宋。

比如，"一拆雨"，系北宋俗语，谓"得雨"。南宋陈造诗《房陵》之三云："谁谓朝来一拆雨，欢声已觉沸通衢。"

再如，"一犁雨"。出自北宋名臣苏舜钦诗《田家词》："山边夜半一犁雨，田父高歌待收获"。

此外，还有"状元雨"，典故出自南宋诗人汪应辰。当时汪为郡帅赵鼎幕僚。岁小旱，汪祈雨名山，果降雨。赵鼎以汪应辰绍兴初举进士第一，于是谓之"状元雨"。

"一声声,一更更,窗外芭蕉窗里灯。此时无限情。梦难成,恨难平,不道愁人不喜听。空阶滴到明。"

这首《长相思·雨》系北宋词人万俟咏所作,词中雨,一声声,一更更,并非宋朝文人的自艾自怨,无病呻吟。

南宋名臣范成大有《梅雨》一诗云:"潇潇十日雨,稳送祝融归。燕子经年梦,梧桐昨暮非。一凉恩到骨,四壁事多违。衮衮繁华地,西风吹客衣。"

也许一连下了十天雨并非虚数。范成大这首诗作于政和八年(公元1118年),诗人当时闲居京师等候除官,心情十分抑郁,所以借对雨的吟咏,抒发官场失意的哀愁。

雨落在笔端,是一场忧国忧民的"状元雨",催生了词国神话。

五

大宋并不只是陈寅恪所称道的"文星昌耀,盛世文华",也不尽是驸马都尉王诜私家花园里的《西园雅集》,一班"忧乐天下"的士大夫描绘的大宋朝堂,其实早已雨雪霏霏。

北宋经历了宋仁宗宽仁治世42年,进贡给辽国的岁币也增加到白银30万两,绢30万匹。而一朝名臣,鲜有活动得滋润的。范仲淹四次被贬,罢官,主推的庆历新政仅仅16个月便夭折;熙宁二年(公元1069),宋神宗赵顼任用王安石为参知政事,主持变法改革。推行变法新政的王安石两次被罢相,临终前手抚病榻,仰首长叹,郁郁而终;对新政持不同见解的苏轼无数次被贬、流放,后"乌台诗案"被贴上"反革命"标签,差点丧命;编撰《资治通鉴》的司马光,怀揣政治抱负,却无法立足于朝堂,虽然等到北宋元丰八年(公元1085)宋神宗去世才拜相,发令尽废新法,可次年便紧随着变法失败的王安石与世长辞。

元祐党人与元丰党人，围绕变法新政的兴废从1085年正式开战，一直内斗了几十年，成百上千的名臣受到牵连与迫害，可直到金兵铁蹄破城北宋亡国，纷争依旧未止。

还是《大宋提刑官》里的主题曲《满江红·狂风沙》唱得好："千古悠悠，有多少冤魂嗟叹。空怅惘，人寰无限！丛生哀怨。泣血蝇虫笑苍天，孤帆叠影锁白练。残月升，骤起冽冽风，尽吹散！

"滂沱雨，无底涧。涉激流，登彼岸。奋力拨云间，消得雾患。社稷安抚臣子心，长驱鬼魅不休战。看斜阳，照大地阡陌，从头转。"

雨落在朝野，是一场三更雨，惊醒了王公贵胄，打湿了整个宋朝。

远在远方的风

一

秋日,在广州飞往北方的航班上,我遇见了一位五十多岁的大姐。她头套U形枕,在座位边瞅我,她说想靠舷窗眯一会儿,能否换个座。见她表情疲惫,我不太情愿地挪了窝。

两小时后,她醒了。先是道谢,接着解释道,"昨天清晨就从堪培拉机场起飞了,飞了十四个小时,中途还转了场,语言又不通,好不容易赶上国内这班机,累得不行!"

我问她去那边干啥,她理了理有些蓬松的头发说,她与老伴都是下岗工人,儿子却很争气,考上了留澳博士,娶了当地的洋媳妇,留在了那边。年初,洋媳妇怀孕保胎,儿子便央她去照料,这一待就是半年。如果不是担心留在东北的老伴,可能还要再待一阵子。

谈到澳大利亚,我的大脑迅速被互联网与朋友圈一条条、一段段、一篇篇有关"上层建筑"与"经济基础"的各种恩怨情仇的信息塞满,而她却修炼得风雨不侵。

她说:"澳大利亚的老百姓非常实在,像他们的宗主国英国一样,甚至较之更为远离政治,更为善待自己,更为享受生活。在澳大利亚,似乎什么东西都贵，可对我来说，最金贵的就是——空气！那边基本没有环境污染，空气质量非常好，让你感到每天最惬意的事，就是呼吸。"

"在澳大利亚，一件衣服常常能穿两三天，脱下洗时，你会发现衣领、衣袖并不显脏。洁净透明的天空，云朵显得很低，仿佛伸手即可触摸。巷子、院落、青草地上，常见光着脚丫子满地跑的孩子，家长们并不责罚。因为被绿色层层覆盖的地表释放着大自然清新的香味，那是一种原生态的味道，一种你可以触摸与亲近的味道，就像你家里的地板一样。"

大姐说话较慢，仿佛在说一个梦境。我能想象，半年关在有地热且密不透风的房子里，半年固守在烟火气息浓郁的北方城市，曾经被雾霾困扰的她内心的渴求。更能理解她在一个完全陌生的国度，陌生的语境，陌生的家里发生了什么。

她说，最留恋的便是堪培拉的风。倚在莫朗格洛河边，立在海边，行走在宽阔的街角，或者低头吃冰淇淋，耳畔、发梢掠过的便是呼呼的风。从宽广无垠的南太平洋吹来的蓝色的风，从空旷神秘的南极大陆吹来的浴雪的风，没有鱼腥味，没有咸涩味，只有淡淡的香。如同滤过的雨水，洗过的苍穹，融过的积雪，拂过脸庞，袭入鼻腔，吻上唇角。掬一棒，吸一口，有种星际穿越之感。

我问她，你从堪培拉带回了什么？她说，啥也没带，啥也带不走，就像当地的风一样。她担心她的孩子以后为了孩子，会走得更远。一如当初她把自己的孩子送到远方一样。

我知道她说的那种远，不仅仅是地域上的远；而她所留恋的风，也并非寻常意义上的风。

二

朋友半夜从开普敦发来信息,说他作为企业家代表去迎接赴南非访问的国家领导人了,他为祖国的强大,为旅非华侨的身份感到骄傲。

开普敦是南非的首府,比北京时间晚六小时。他忙完一天躺在有月光的床上,兴奋得无法入睡。而我被一缕晨光惊醒,为了新一天的生计,愁得无法再入睡。

朋友在开普敦生活了十多年,先后在当地与约翰内斯堡、德班开办了几家小型超市,生意一直不错。这座城被"开普医生"宠爱,空气清新纯净,肤色黑白分明。

朋友是第二代华人,对他而言,能说中国话的朋友,能写华文的人就是他的故乡。

他祖籍福建,祖上原本是做黄金珠宝生意的,父辈在南非置业安家,娶妻皆为华人,语言文化习俗倒还相通。我翻看了他的朋友圈,每条都是国内的相关信息:有从同乡朋友圈转的,网上摘的,也有自己写的。为他点赞朋友也不少,包括能看懂华文的非裔人。

我好奇地问他:"你们生活在万里之遥的异国他乡,与来自世界各地的朋友做生意,你们生活圈那么大,怎么没被同化呢?"

朋友在微信里发了个笑脸表情。等了好久,他才打出一行字——"我们白天交流工作,说的是英语,写的是英语,只有同乡聚会,只有回到家里,打开微信,进了朋友圈,才能痛快地说写母语,才能深切地感受到自己是华人。"

朋友在南非有个不大的华人圈,他们把爱好文字的同乡拉了个群,组建了一个华语文学平台,一起分享华语创作心得。我看了几则,大多是写中国古典名著、国学史籍的读书心得,以及思亲怀乡的习作,他们中少有人在国内学过汉语言文学,足见那份执着与坚持。

看了朋友背着孩子在大西洋海岸玩耍的图片,我便问起在非华人子女的状况。

"不少华人子女长大了,选择去欧美留学,有的娶了白人媳妇,有的嫁了洋老外。这是没法阻止的事。"

"血脉可能会变,但文脉不能断。只要从小骨子里种下华语的根,五千年中华文化沉淀下来的价值观、道德观就不会有大的偏移。"

朋友说,他们华人现在迫切地把华语教育放在首位,极力鼓励子女上当地的孔子学院,以此来影响孩子,让孩子保住一颗"中国心"。

南非作为"金砖四国"之一,作为"海上丝绸之路"的站点,正在一路向好。我在朋友圈中看到朋友一家人庆祝国庆节的视频:栅栏围着的庭院开满鲜花,院墙上插满五星红旗,草坪上摆着中式庆祝宴。被异域的太阳晒黑的皮肤,被他乡的海风吹皱的笑容,一声整齐的"祖国,你好",承载了太多的沧桑。

中午十二点,朋友说,天要亮了,他要起床上班,给我留了言。

留言内容是这样的:要入夏了,欢迎来开普敦。来踩踩被蔚蓝色海洋浸泡的沙滩,来爬爬被祥云覆盖的"桌布山",来吃吃即买即食的原生态鲜果,来吹吹"风的王国"里"开普医生"馈赠的清风……

看着朋友的文字,我忽然想起1977年在美国上演的一部科幻片《大西洋底来的人》。剧中一个神秘的元旦晚上,一股海底巨浪把一个奇异的生物"麦克·哈里斯"送到了人类圈,于是他成了地球上唯一干净、善良的人。

我的朋友与他的华人圈朋友,都渴望做这样一个有来处的人,一个纯净的生意人。而他们所凭借的方式是中华文明,如同洗涤人们心灵的"开普医生"一样。否则,他们最终都会变成无根的风。

三

尧是加籍华人,她工作在上海。我记得她说过,她回国来寻根。

我去看望她的时候,她有些神志不清,自草原回来后,她在床上躺了七天。我一进她的卧室,她就仰头对我说,让我挤她的奶喝。

愣了半天才明白,她从草原带回一批有奶嘴的羊奶瓶,奶是原生态的。我瞅了瞅一身羊奶味且虚弱不堪的她,直摇头。

她是一名心理咨询医生,对远方的风景有执着的信仰,如同她的洁癖。她的床不能穿着外裤坐,地板不能穿着鞋踩,喝的水杯必须用清洗液洗七遍,连上厕所小解,也要用掉一沓纸……

可是,我在她房间里发现:地板上泥土斑驳,鞋子里黄沙堆积,换下的风衣折皱纵横,立在床头柜上的单反镜头还裂了……我想,草原一行,尧被折腾得够惨的。

尧是那年九月中旬只身前往呼伦贝尔草原的。她计划以海拉尔为中心,包车北上白鹿岛,再沿着俄蒙边境额尔古纳河流域,行至阿尔山原始森林。七天,七天走完大"8"字地图,再去拜访心中的圣地"科尔沁"。

可是,尧一到呼伦贝尔地界就什么都忘了,在那里足足耗了十五天。

秋天的呼伦贝尔美得像幅油画。金色的阳光与山林、黄色的野草与沙地、绿色的野花与沼泽、白色的云朵与羊群、蓝色的天空与河流……整个草原由东向西分别被大森林、大湿地、大草原主宰与切割。森林神秘莫测,草原野花一片。湿地丰富的植被,层层渐变,由浅而深,像上帝打翻的调色板,五彩斑斓,百翠流金。

尧是个不婚族,三十岁童心依旧。她说她天生是个无根的"风尘女子",与那片洁净的土地前世有缘。

尧爬上额尔古纳的山包看日落，她可以两个小时不挪眼。蜿蜒曲折的额尔古纳河像一条蓝腰带，将草原紧紧环抱。在那片蒙古族的发祥地，草原广袤苍茫，落日雄浑苍凉，一条母亲河把"呈上"与"贡献"的含义演绎得淋漓尽致。

尧看着硕大的红日一点点、一点点地下沉，一马平川的草原刹那间变成一个无边无际的大染缸，变成一个红色星球。马尾、羊头、牧羊人都是流动的画笔，描摹着秋天的童话世界。直到尧成为草原落日里的一幅剪影，渐渐地，被红色的海洋吞没。

草原的秋夜，呼呼的风，生生的凉。为看草原的夜色，为避风，尧把帐篷扎在山包下。她将洁白的毛毡都搬出来，铺在草地上，用毛毯裹着身子，只露一双黑漆漆的眼睛。天空灰寂，晚云低垂，繁星仿佛镶在长生天胸脯上会发光的纽扣，彼此很近，近得仿佛能听见彼此的呼吸。

整夜，耳畔只有古朴苍劲的风，吹尽黄沙，吹净草原，吹近千年的岁月，吹老马背民族沧桑的容颜。

一轮红日重新统治草原的时候，长风渐远，明净天外。尧庆幸自己没有感冒发烧，她立即把自己扔进帐篷里，盖上厚毛毯，等体温一点点升上来。她不想错过去恩和小镇的最佳时间，她知道与俄罗斯仅一水之隔的恩和在召唤她；那整排的木刻楞房子、木栅栏围住的院子在召唤她；还有会莳花的俄罗斯族姑娘在召唤她。

尧没有去风吹落叶沙沙响的白桦林，也没有去风景迷人的阿尔山，她在室韦与黑山头逗留了太久。等她想起圆梦之旅的最后一站——大玉儿的故乡科尔沁草原时，已到了国庆节。

当她抵达的时候，她的眼前一片荒芜。被牧民收割后的草场上，堆着一卷子一卷子的大草垛。没有蓝蓝的天，白白的云，没有白云覆盖着的洁白羊群，没有"一代皇后"大玉儿的歌声。连日的雨裹着长长的秋风，摧毁了草原上勃勃的生机。满目积水与沼泽，满目泥沙与瘦马。远处，从封闭的牧场里传来古老的马头琴声，像直下的长风，嘶哑低回。她在呼伦贝尔积攒的所有美好记忆荡然无存。

尧怆然走出大玉儿的故居"孝庄园"，想着草原的盛与草原的衰，想起海子的诗《九月》："目击众神死亡的草原野花一片，远在远方的风比远方更远；我的琴声呜咽，泪水全无；我把远方的远归还草原……"她心里又仿佛听到了旦增尼玛那悲怆悠扬的歌声——"远方只有在死亡中凝聚野花一片，明月如镜高悬草原映照千年岁月，我的琴声呜咽，我的泪水全无，只身打马过草原……"

尧在我心里一直是个无比干净的女人，她的世界太过透明，和她坚守的洁癖一样。我们之间的关系一如顾城的诗——"你，一会儿看云，一会儿看我；我觉得，你看云时很近，看我时很远……" 所以，我们始终没有交集。八年间一直如此。

八年后，无根的尧像风一样飘回了加拿大。她的微信里再未出现远方的图片与视频。而我已远在离她万里之遥的远方，甚至更远。

月满弦

一

早上醒来,拉萨已在窗外候着,淡定得像位先知。

这个注定被朝拜与歌颂的小城有些安静,积木般抱着团的小楼门窗半闭,一条条被风洗过的街道像一部科幻电影的片头,空旷且辽远。零星上路的小车有些唐突,似远道而来的客人,在不设防的路口窘着。从屋檐上失足的露珠窝在胡杨树叶上,被明晃晃的阳光吓得惊慌失措,却在一声晨钟中落定微笑。居室是片干涸的湖,酒店的空调口不断冒着氧气泡,支持一只鱼的呼吸。

如果不是这座城市生长着胃,时间便会这样停下来,停在你来或者走的时候。西藏的黎明来得早,早早推开一家小店,桌上便有一碗青稞面,一份土豆,一条酸萝卜或者一碗酥油茶与几盘牛肉饼等着。一句简单的"扎西德勒"便是最好的礼遇。

"胡天八月即风雪",那天是八月十五中秋节,拉萨,晴。虽说西藏当地不过中秋节,但月圆之日是吉祥日,西藏的许多宗教节日和赛马节都会选在月圆日开锣。酒店的女服务员旺姆说:"我们有自己的团圆日,就是藏历的十二月二十九日。这里的老人们一般不兴过中秋节。不过,我们年轻人比较喜欢,也喜欢七夕、情人节。"

近些年，因援藏项目增多，生活在拉萨的汉、苗等族居民也随之增多，不少新藏民也更加了解并喜欢上了中秋佳节。走亲访友，沏茶叙旧。品饼、赏花、赏月、听曲的场所渐渐多了起来。尽管淘宝、京东等一些电商平台的店主声称物流不到西藏、新疆地区，但高铁源源不断送来的商品足够这个世界屋脊上的城市享用。我们住的酒店里，汉人开的小店里，各式各样的月饼都上了架，有陕西西安产的，也有四川成都产的，包装都比较精致、时尚。这两个邻近藏区的城市对拉萨现代居民的影响比较大。因为高反，这些跋山涉水而来的月饼包装袋被气压涨得满满的——满满的都是节日吉祥的味道与来自同胞兄弟的祝福。

住在全世界离天最近的地方，人与天之间少了介质，少了遮挡，可谓万物有灵，彼此坦诚相见。"物我""生我""情我""德我"与"本我"，在这里相互包容，不再冲突。许多花在这片土地上相识、相知、归隐、消亡，许多人来这里叩问、悔过、修行，寻找丢失的自己，丢失的幸福，最后把自己也交给这片洁净且厚重的土地。

有人说中秋来拉萨，住在"圣地天堂"那种屋顶似穹庐的房子里会梦见天堂。事实上，住在拉萨哪个角落都一样。大慈、大悲，是这座城市的初始符号；简单、简洁、简朴，是这座城市的传统美德。在藏民看来，每一滴露珠都是雪域高原的亲人，每一缕阳光都亲近等身大拜的修行者。

拉萨本意就是"佛地"。眼前位于八角街的大昭寺，据说是拉萨城的源头（囊廓），是转经的出发地，是供奉着释迦牟尼十二岁等身像的古刹，是真正的佛地。八月十五月圆日是礼佛的大日子，不远万里前来佛地的人络绎不绝。人们在寺庙门口磕着长头，唱着经文，转着经筒，增进着自己的修为。而"驴友"与俗人们则只想沾一沾方外世界的仙灵瑞气。远处的布达拉宫印在图画里，轮廓消瘦，隐隐约约；眼帘下的"公主柳"（据说为文成公主所栽种）林木苍翠，如烟似雾，充满着神秘色彩。一远一近，一殿一寺，仿佛都在叙说埋葬在时光里的曾经鲜活的故事。

从大昭市出来，夕阳涂抹在高高的红墙上，血色的图腾连接着通天的路径，连通了五伦关系中最柔软的部分，也连通了一段段回不去的旧时光。

我仿佛看见青衣短衫的母亲，背着一篓猪草打田间小径归来，她的身后是低矮的土屋，以及屋檐下盼她回家做晚饭的孩子。那是三四十年前江汉平原一个普通村庄的普通中秋节。我们只希望餐桌上有一块月饼，或者一盘回锅肉，那便是幸福的。而三十年后，我在最富裕的沿海城市住着瞰江看海的房子，网购着一日三餐，却找不到一份可以让我幸福的工作，找不到一个可以让我幸福的理由。

不惧金刚怒目，只怕菩萨低眉。梵音净土，我想起出寺前僧人的寄语——"人生若是圆满的，为什么你还要苦苦地去追寻？！"

二

从大昭市出发，前往文成公主剧场不到十公里路。仰望着立在云端的"文成公主"，仰望着这座海拔3750多米的非遗博物馆，仿佛在仰望一部庄严辉煌的史诗。她站立在史书里太久，把唐风宋雨尝尽，把西域雄关望尽。她的视线早已模糊，看不清生在长安城的唐柳，长在西行路上的胡杨。她凝望的姿势或许是盼着我来，盼着一切来自东土的消息。哪怕皇历已尘封一千三百多个寒暑，哪怕故地、故居、故乡人早已活成了教科书，她依旧站成一幅画，等着我来。

我赤足行走，脚下是凝固的历史，结满疼痛的伤。每一个刻在脚底的印记都是叩问，都是传承。我像一位自长安打马而来的行者，素衣、长襟、峨冠，徐徐而行。向上，向上是巍巍的山峦，是大唐安眠在西域的铁甲卫士，化壁千仞，静默无言。它们瞅着我，不用眼，用穿越人间天上的风声，用月光一寸寸游移的清辉。我把沉淀在身体内千年之久的虔诚,释放在一条条青石拼接的路阶上。

周遭安详。倚山而建的风情小栈开始燃起灯火,一盏盏,像是一场历经千年却永不落幕的婚宴。灯火点亮了将人间风尘与景仰穿戴在身的文成公主,也点亮了羞答答埋伏在东山的一轮月。余晖相映,隔着拉萨河,你可望见卧在西北方向玛布日山上的布达拉宫。那是一座拥有13层主楼、999间房间且红、白相间的伟大建筑。白玛草(汉语意思叫红柳)砌的墙,黄金铜盖的顶,庄严祥和,简约奢华。这座为文成公主入藏修建的宫殿已静立千年,历尽浩劫。此刻,它在主人的眼眸里缓缓醒来,把人间通往香巴拉的通道缓缓打开。它燃起的烛火熄灭了黑夜,也熄灭了物我世界中人们的迷茫。

那夜,星空为幕,山川为景,气势恢宏的和亲传奇情景剧《文成公主》在这里开演。人间天上的光阴密钥开始重启,历史开始反刍,文成公主与松赞干布从史书上走来,在清浅的月光下窃窃私语。宏大的大唐国乐奏响,这国乐从长安大明宫一直穿越到吐蕃王朝。宫里宫外,盛装华服的官员,威武雄壮的仪仗队,呜呜轰鸣的超长超大超级生猛的铜钦大法号喇叭,以及粉墨登场的三千佳丽,历史中的帝王、王子、公主、大臣、民众等一系列人物与事件复活……史籍被浓缩的文字开始无限地伸展,变得血肉丰满,棱角分明。人、牛、车、马、经幡、号角、风铃、雪域,在虚拟与现场中较量,还原真实。一轮红月亮自奔巴日山的山顶探出头,与另一轮悬在文成公主进藏旅途的红月亮重逢。偌大的广场,风霜雪雨,日月星辰,如真如幻,把历史早已断裂的章节一缕缕拾起拼接,一点点复原呈现,分不出是在戏里,还是在戏外。

曾经,雪山托起的明月,星辰与目光相守,赤裸的山体与湛蓝的苍穹辉映,人间显得通透。没有一棵树来自故土,乡愁无处生根。只有溶溶的月,将圆满与平安的消息传递。那么多的月圆夜,文成公主是否依旧是汉家女子的模样,是否会在布达拉宫的住所煮茶、赏月、饮酒、品花、登高、思亲、怀远、做梦、断舍离……

公元 641 年正月十五，文成公主从长安出发，西行 3000 多公里，据说于公元 643 年藏历四月十五抵达拉萨。从月圆之日出发，抵达月圆之夜，历经两个中秋，二十多次月缺月圆。而此后入藏 40 年，保边关太平四十载，个中冷暖与辛酸谁又能知？

70 年后，她的国度，她的长安城有位孙女辈的和亲公主——"金城公主"又沿着她的足迹，负命而来，延续她的命运，她的梦想。如果她活着，会作何感想？

如果她活着，见证吐蕃王朝的倾覆，见证随后六个多世纪的战难，见证千年巨变，见证中华民族的伟大复兴——江山一统，汉藏一家，两月相照，两手互援，一带一路，共享繁华。她终其一生追求的平安梦想，无须再用古老的和亲仪式来延续；她曾走过的六千里离乡路，如今仅需一个时辰，一个航班，一次飞行……如果她活着，又当如何？

"在那东山顶上，升起白白的月亮，年轻姑娘的面容，出现在我的心上……"仓央嘉措的情歌仿佛在耳边流淌，最美藏音央金兰泽从结古镇出发，牵着纯净的五马旗，牵着"仁增旺姆"，牵着"玛吉阿米"，牵着"仓央嘉措"，牵着一路诗行，自雪域高原的四面八方走来。在这个宣讲"四大皆空，六根清净、因果轮回"的佛境，在这个最信奉缘，管爱情叫"慈悲"的有情人间，演绎出令人过耳不忘的浪漫传奇，就像那首藏歌《我的轮回因为你》。

《楞严经》里说："自未得度先度人者菩萨发心；自觉已圆能觉他者如来应世。"月圆之夜，古今互圆，物我两忘。月色下，万千个文成公主与千万个有情人打东土而来，丈量着和平与安康的距离，一路行走一路唱着藏歌。胡杨树下，驿馆栈前，亭台阁顶，马背车上，扁舟渡口……一江月，一眼云，一行人，一叶秋。我像一名朝圣者，手捧经书，默诵佛号，傍一寺明月，与历史重合。

三

月圆夜，我在圣地拉萨。

月亮照我如照一口深井，故乡于我似一朵莲。故乡的老屋是一座寺庙。母亲端着一盘泥，父亲满手是泥，他们一遍遍把泥糊在墙上。他们前年糊墙时，墙面没有那么光滑，颜色也没有那么白。那年中秋，他们泥着墙泥着灶也泥着他们自己。他们边泥边轻轻说笑。月亮照他们如照一株庄稼，一尊佛。影子从黑到白，且越来越白。最后，他们走进了画卷里，走进了明月里。他们的目光也被悬挂在了天上。

月满弦，满弦的月，能照见古人，照进历史，却照不见流年深埋的父母亲人。他们在故乡的原风景里修行。他们不知道，曾照在他们身上的满月也照在千里之外，照在那个佛光万丈的"拉萨"。他们与拉萨最后都变成了满月，度别人，不度自己。

眉尖苍穹

一、云在屋檐下

"心灵的天堂，身体的地狱。"

许多去过西藏的人都这么说。不只因为醉氧，不只因为疲惫，而是因为被云朵洗过的心灵太过洁白与空旷，空旷的心灵在繁芜的都市无处安放。

面对这片人类最后的秘境，惶恐、惊异、后怕接踵而至。等身大拜的朝圣僧者，一路风尘的背包客，此刻似一块等了千万年的陨石，一张悬在九天的"唐卡"，一缕庙堂思归的沉香，等待向这片世间最深最柔软的红尘坠落。

从西藏东大门——林芝米林机场出闸，踩在三千米海拔的土地上，来不及调整呼吸，雅鲁藏布江温润潮湿的气流便一下子捕获了你。机场横卧在雅鲁藏布江狭长而弯曲的河谷，如婀娜多姿的美人，在水草丰茂的河湾浅滩偎红倚翠，纳云接雾，引南来北往的行者投怀送抱。

极目处，群山巍峨，近在眉尖。哈达一样的云朵起初矜持地躲闪着，在山脚飘移，在头顶盘旋，在腰间环绕。接着便羞怯地围绕过来，为远道而来的你宽衣、濯足、洁面、沐身……而像云朵一样洁净的哈达与姑娘等在出口。弯腰、低眉、合掌，用虔诚的微笑接纳这云国佛境里浓浓的情意。

林芝是入藏的门户，许多行者从这里开始爱上西藏。海拔的巨大落差，催生了"西藏江南"，催生了拉萨河。起伏的地貌，梯田似的生态，遍地野花，清浅小草，低矮青稞，怪异飞鸟，珍稀松茸，构筑成一座座天国植物园，一座座绿色生态城堡。而悬在远方杰马央宗冰川之上（5500多米海拔）的西藏母亲河"雅江"便是这植物王国的主宰。它像一条迎春纳福的哈达，由西向东挽起四千里藏南。把"圣城"日喀则、"日光城"拉萨、"英雄城"江孜，"工业城"林芝，"山南重镇"泽当拴在了一起；把荒漠、戈壁、草原、森林、田野串在了一起，串成一颗颗通灵的天珠缠丝玛瑙。一同串起的还有远比脚程更长的藏地历史，比河流更强健的大藏脉搏。

六月的林芝，菜花未落，青稞微黄。V6越野车载着一群"驴友"在雅江河谷穿行，在世界最深的峡谷流连，在比日神山下膜拜，在羞女峰下打望，在江心百年沙丘外冥想。

山重水阔的雅江林芝境，那么多微风把天空吹得又轻又薄，裸露的山脉推开空寂的旷野，悠闲的黑猪与低头的藏羊，一步步挪向老旧的村庄。在庄稼地矮下来的屋顶，驮着矮胖的残阳。摇晃的小胡杨爬上高高的土墩，在小小的村部旁支起一面小红旗，它像村落的子午线一样，标记着一个藏区的白天与黑夜。在雅江失足又冻醒的星星冒冒失失地裹挟着被江水吻得发白的云，它们像一对走失的魂魄，藏进烟火熏烤过的屋檐。

这一刻，天地间都不说话，省略了寒暄与拥抱。石墙托举着一只鸟，举到斜阳能看见的地方，像尊镀着金身的佛，远远地度着坐在时光里的老人。不知去向的视线转动着经筒，把浩瀚的宇宙一圈圈催眠，而一个接一个跌倒的旧日子，死而复生。

二、人在天穹上

西藏有三座山，一是雪山，如卓木拉日雪山；一是青山，如喜马拉雅山；一是空山，如念青唐古拉山，大多是裸露的石头，像极了了无牵挂的修行者。其中，地处喜马拉雅山脉、念青唐古拉山脉和横断山脉交会处的南迦波瓦峰（海拔7782米）被称为"西藏众山之父"；纳木那尼峰则被藏民称为"圣母之山"。若说一座山——念青唐古拉山将西藏分成了藏北与藏南；那么一条江——雅鲁藏布江，则将西藏隔成了前藏、后藏。

在西藏，无论从哪个方向行走，拉萨都是终点。蜿蜒颠簸的老川藏公路成了历史。悬在河流、天空之上的林拉高速双向四车道且免费，有雅江一路同行，有领首低眉的雪山守护，戈壁牧场湿地湖泊森林迎奉，水碧天蓝云闲草青林茂花艳，仪态万千。工布江达县至八一镇，古刹甘丹寺傍山而立，巍峨雄壮；嘎定沟奇峰异石，古树参天；太昭古城香火鼎盛，巴嘎雪湿地云树相接，倒影成画；黑颈鹤交颈撒欢、凌波微步。你行走的每一步都是重新遇见，都是天空之境的原风景。而你成了图画中的某一处落红或一挫一拍一拉一揉的某个笔锋划过的线点。

车在天路追赶纯净的阳光，耳边萦绕着一曲曲动人的情歌——《在那东山顶上》《洁白的仙鹤》《那一年》及《天湖纳木错》《藏香》《我的轮回因为你》，眼里是通透无边的天界。灵魂如同行走在历史的长廊里，行走在四维虚拟的时空中。西行的朝圣之旅仿佛变得更加庄严起来，神圣起来。

离拉萨越近，雅江溪流越多，溪水畔流转的经筒也越多。不远处，一座座风力发电装置"大风车"与云朵站在一起，像悬卧眉宇间的转经筒，又像转山的僧侣，翻山越岭，披星戴月，徐徐而行。公路的连接处，广东、福建、山东、浙江等沿海省份援建的现代化工厂、科研基地从山坳冒出，从零星到密集。

车窗外，日暖风和。从江南飞来的蜜蜂无惧高反，驮着一朵朵云彩，不紧不慢地辗转在宁静的菜花地，山坡上，马路边。劳作不辍的它们不放过一寸可以预见的收成。而我们的路过，对它们而言，不过是偶遇的一颗流星，划过天际且已悄无声息地远去。

三、信在落香里

在西藏，阳光是充满香气的，它落在哪儿，哪儿便有了禅的意味。掬一捧水，香在煨暖的碧波里荡漾；吸一口气，香在鼻息里转悠；读一本经书，香在字里行间游移。香落在野，香落在户，香落在莲，香落在眼，香落在肩，香落在手，香落无声，满满的都是光阴燃烧的味道。

光阴里也有花香。西藏到处都是归隐的野花。翠雀花、狗娃花、密花、毛果草、雪灵芝、尼泊尔黄堇、藏黄芩、高原杜鹃，可谓佳丽三千，野花王国。那些无所事事不爱结果的花与习惯同星空飞鸟絮语的树比肩，在清风明月里打捞着星辰与雨滴。它们的一生或许只为打听一朵花、一棵树、一声燕语或者一缕月光的下落。为了一次本就无法确定的相见与重逢，它们可以放下生，也可以放下死亡。

在野花的王国里，最美不过格桑梅朵，最美莫过波斯菊。

波斯菊耐寒，八枚花瓣如莲，花色艳丽多彩，清香似葵花。它生长在寺庙的雨阶前，盛开在亭台的围栏下，活跃在任何一处有阳光的空地上，你抬头或低头，总能见到它三五成群开在一起。而路人垒起的石塔旁，在圣湖畔停车坪前，在乱石缝里，有祈福的行者，便有它的身影。红的像佛墙，紫的像僧衣，粉的似莲花，白的似僧帽，在风里轻摇，把一个冰雪包裹了千年的土地捂暖，把土地上沐着佛光生长的人心捂热，向着春天的方向，向着香巴拉的世界。在西藏，你遇见的每一朵盛开的格桑花，都是一尊佛，一个禅意横生的境。它似乎总能带给人们吉祥的讯息，幸福的讯息，美好的讯息。一如藏民们越来越好的生活。

西藏有许多奇珍异宝，如天珠缠丝玛瑙。有人说，它是古生物化石，喜马拉雅山的螺化石；有人说，它是沉积在地下神灵的眼睛；也有人说，天珠来自天外，是太空掉落的陨石。黑色的缠丝玛瑙被喻为"赞巴拉"之眼，是财富的象征。珠中乳白色形如眸的缠丝玛瑙，则意为"爱神之眼"。总之，它的来历谁也说不清。说不清的事物，藏族民众便将其归为天意。从这种角度而言，《西藏野花》一书收录的315种野花，自然承载着太多的天意，太多的生死轮回，值得人们驻步、凝目、低眉。

走在拉萨的街头，古柳抽芽，林木黄绿交织，花圃处处，鸟语花香。慢慢生长的绿叶举着慢慢落下的花瓣，被风吹撒在路上，像满空的灵雨。喜爱花的人们，会把其中的一枝或者一粒种子请回家中，供在佛前；或者种在院落，养在窗台。无论你在还是不在，一束花香对于爱，都是一种接引。就像落在古树头顶上的一抹阳光，燃在古刹里的一缕藏香，搁在禅房里的一盏清茶。

在西藏，阳光的香气、花香、藏香、茶香是修行者日日的食粮。在每一个空寂的夜里，温一壶酥油茶，燃一炷藏香，读一卷经书，赏一片落花，于无声之境里推开一扇天堂的小窗，看繁星成海，看明月生香，梦似的挂起，挂在眉尖心上。

四、爱在经幡间

亚洲有三座朝圣之城——麦加（穆罕默德的出生地）、麦地那与耶路撒冷。耶路撒冷有"哭墙""圆顶清真寺""圣墓教堂""雅法老城"等众多人类文明的历史古迹，是犹太教、基督教、伊斯兰教的主要发源地。因此以"耶路撒冷"为国都的以色列被称为"上帝的应许之地"。如果从这种角度而言，西藏，也可说是佛祖的应许之地。

"一座高原，一个西藏，一个边疆。八百山水，八百经幡，八百梵唱。三千喇嘛，三千哈达，三千姑娘……"

这是网传的段子，自然也是真实的写照。像"云南十八怪"一样，西藏也有许多"怪"：和尚独臂露在外，姑娘多把口罩戴，大马路上把佛拜，吃饭常常没青菜，两张铁皮烧水开，门窗都有黑眼袋，一枚木筒万人爱，酥油要按块来卖……说的是过去贫困的西藏，说的也是正在走向富裕的西藏。无论贫穷与富裕，人们仍旧保持着简单而古朴的生活方式。不少当地的藏族民众随遇而安，随喜随缘。

在西藏，无论从事农耕、渔牧，还是经商、创业，都不是为了利己，而是为了利他。不少有信仰的藏民赚了钱，除了生活所需外，大都会拿来做慈善或者礼佛。

据说，每年的释迦牟尼诞辰日或者宗教重大庆典日，按照习俗，藏族民众们都会捐钱捐物，争先恐后，表达心意。比如，布达拉宫的"红墙"，便是民众与民间艺人一同完成的。藏民们先将红色的草类植物"白玛草（一种柳枝）"秋晒去梢、剥皮，再以牛皮绳扎成一捆；尔后整成堆，染以赭红；最后由创造师将"白玛草"砌压成风景中的"白玛草墙"。

此外，每年获悉有关布达拉宫白宫修葺的消息，藏民们都会早早准备好牛奶、鸡蛋清、石灰等配料，排着队入宫。人们将奶制品泼洒在白墙上，也把爱心与虔诚凝固在了白墙上，宫墙因此历久弥新，光鲜亮丽。

长久以来，参禅、礼佛成为藏族民众生活的重要组成部分。生活在信仰里的人们有大爱。在西藏翻山越岭过桥，都能见到红、黄、绿、蓝、白五色风马旗，上面印有身驮三宝的骏马、六字箴言、经文、图像等。

风马旗是经幡的一种，用棉布、麻纱、丝绸等材料制成。藏区经幡有三大种类。一种是五色方布一块接一块缝在长绳上，悬挂在人烟稀少的高山山头之间；另一种是一条狭长布条，颜色有纯白或红，印有文字，布条缝接在一根粗长的经杆上，插立庭院或寺庙广场；最后一种是五块五色星火无字幡条和一块单色镶边的主幡方块布（印有经文、图案），分别系挂在树枝上或民居楼顶。

其中，五彩经幡最为美丽。蓝幡似天空，白幡似白云，红幡似火焰，黄幡似土地，绿幡似江河。经幡彩虹似的挂起，像天堂的颜色。它与置放在江河溪流急转处的转经筒一起成为信仰的标签。风动幡动，水动筒转，犹颂一遍又一遍的经文。

人们信仰有多诚，那么经幡便有多长。在八百里山水的西藏，每一片土地都是爱的拼接，都是信仰深耕的沃野。仓央嘉措说："转山转水转佛塔，只为途中与你相见。"不管一步一叩首，还是一步一莲花，经幡都是一种爱的表达，无论净、律、密、教、禅；无论是一世观还是三世观，挂在幡上，悬在眉上，化在掌心的都是慈悲。

"八百河山，八百经幡，八百梵唱"，那是怎样的一片死生契阔的心灵牧场，怎样的一种天地融合的人间大爱！那爱是姑娘五彩的麻花辫，是悬在胸前的一串长长的念珠，是浮游在老人指间放不下的转经筒。是纳木错的花季、彩虹、仙鹤；是班公湖的斑头雁、落日与彩霞。那爱立在眉尖，拨云观海，俯首看山。俯仰之间，每一步的奔跑都是爱的投递，每一声的呐喊，都是爱的回应。

还是传说中的仓央嘉措与他传说中的诗歌爱得深沉——"那一刻，我升起风马，不为祈福，只为守候你的到来……"

这便是拉萨，这便是西藏，这便是飘扬在经幡里、停靠在眉尖上的那片雪色苍穹。

第四章 / 纸落繁花

紫云英的花季

一

去年母亲节,我们一家三口逛玫瑰金街。新上架的夏装,像一场暴风雪,一路攻城拔寨,让无数女性的双眼、双足双双陷落。

妻在一家品牌店逗留了两个多小时,因为一件二百八十元的公主裙,妻子穿了脱,脱了穿,在试衣镜前问了我八次。

"你说,这件裙子,我穿得出去吗?会不会太土太青涩了,嗯?"

"妈妈,你十六七岁的时候穿,应该特别美。现在瞧上去有些土,衣襟上还绣着一团紫色的云,也不知道是几个意思。"

十二岁的儿子想去吃隔壁店里的冰淇淋,不怀好意地火上加油。

"错了,儿子,细细碎碎的小花叫'紫云英',是妈妈故乡最美的花。"

十六七岁?妻子十六七岁时正在上县立女中。穿着旅游鞋、健美裤、一步裙或者公主裙,上身再套件短款小皮袄,或者来个小牛仔。色彩要么是公主白,要么是天空蓝。

十六七岁时的妻子,应该穿着它们,行走在香气日浓的春天。在远远近近的梯田里,花瓣粉紫淡白的紫云英在探头探脑地张望,羞答答地享受着日光浴,它们霸道地将一行行的春草挤向田埂边,赶到马路上。

这时期的妻子，已经不大下地劳作了，她的母亲才是田园的主人。她那长年在外做泥瓦工的父亲只是田园的半个主人。妻所在乡村地少，人少，商业渐兴。妻这代人渐渐变成稻田的观赏者。"学得好，才能嫁得好"是那个时期乡村的流行语。

紫云英绽放的季节，城里被禁锢太久的艺校生们早就坐不住了，他们一嗅到风的软，便开始骚动起来。组团的，结社的，男男女女，三五成群地将踏青、写生的旗子高高举起，打起包裹，背起行囊，急切地想要逃离校园与课堂。

远山在呼唤，旷野在呼唤；金色的海，紫色的湖在呼唤。学校的教授们也乐得清静几天，自然是——"放行！放行！"不放心这些学生的校领导有跟着下乡的。一群矜持的女学生脚一沾地，便迫不及待地解放自己，先是踢掉鞋子、袜子，接着便光着脚丫追着鸡鸭满地飞。男学生们则骑在被狗尾草占领的田埂上撒着欢，宣示着主权，或招呼着女同学同去菜花地……

一阵惊叹，一阵骚动，一阵肆无忌惮的抱怨与表白。那表白仿佛《诗经》或者电影里编排好的台词，在姑娘们的眉间心上开满了花。只是早被甜言蜜语开垦过无数遍的大地看穿了，它木然地挺起胸膛，任春耕的号子在身体里游走。

最后让大家安静下来的是身子微微高过田埂的紫云英。它们一丘连着一丘，一片接着一片，在阳光的抚摸下伸着懒腰，不施粉黛的脸泛着被阳光亲吻后的淡淡红晕，淡淡的香在潮湿的空气里流淌。

画架次第在田埂边支了起来。这些被宠爱浸泡大的女学生们卷起裤管，或蹲或卧，露出一段雪白的肌肤。她们左手托着调色盘，右手搋着胸口，嘴唇上咬着一截画笔，一眉含笑，一眉含愁；眼眸中清波流转，与画上、眼底、心间的紫云英交织、密语、蜕变、重生。结着蔓，打着苞，迎着日头的紫云英，便从地里，从女学生的胸口脱颖而出，跳到了画板上。此刻，女学生们微蹙着的眉峰舒展开来。

若是在开满紫云英的田野里，正好有劳作的农民弯着腰，犁着地，开着沟，排着水；或者他们正与土地交流着生命孕育的密码，那么这幅画便有了灵气，有了醉人的气息。这幅画最后是成为水彩还是油画，是写意还是工笔，全凭各人的性子，全凭或浓或淡地在她们鼻息涌动着的紫云英的香气。

紫云英会在故乡开很久，写生的学子们只是过客。她们只是在紫云英最好的年华相互遇见，消磨一段时光。她们终究会穿着一双不染尘泥的鞋，奔向城市的一头与另一头，最后消失在远去的地铁里。不过她们中有位带着紫云英香气的女子成了我后来的妻子，陪我度过了许多个没有紫云英的春天。我们家阳台上至今仍种着一盆植物：一团团相互依偎的绿茎，挨挨挤挤地开着紫色小花，它们兀自固守着一方净土，一个生活的洼地。

二

今年母亲节要来的时候，我收到了三姐从老家寄来的土特产，还有一株葡萄藤。

三姐是两个孩子的母亲，去年刚刚升级做了外婆。她的前半生都给了泥土，在泥土里种庄稼，种果树，也种花，种希望与幸福。

三姐一直坚信，幸福是用肩臂挑来的，幸福是用镰刀收割来的。三姐一个人种了三十多亩水田与旱地，养了三头水牛、五百只鸡。她的田园里，曾种着大片大片的紫云英，一到春天，牛要亲吻草场，鸡要仰天高歌，而紫云英则跨过弯曲而粗壮的田埂，追着一坡接着一坡的油菜花，绕过一丛高过一丛的麦浪，拥着一寸软过一寸的春草领地。晨起时，睡眼蒙眬的紫云英像一团紫色的雾，萦绕着村庄。午后，草菇、金针菇在阳光下疯长，连田野的客人燕子与白鸽都拍打着羽翼撒着欢，紫云英则悄悄睁开眼，像星星一样，一点一点地盛开，迎接着从油菜花地里不断转场过来的客人——蝴蝶或者蜜蜂，与之相亲也相戏。傍晚，紫云英作别落霞，饮着清露，枕着一缕东风入眠。

春天，紫云英绽放着芳华，庇护着雨天躲藏进来的泥鳅、鳝鱼、鲫鱼、青蛙，当然还有水蛇。在紫云英潮湿的领地里，它们只是让人烦恼的门客。

三姐的三间瓦屋就建在坡上，太阳高过三姐的屋檐时，三姐便要荷着锄去田里除草，或者给油菜花传粉。几头水牛就在附近，在田埂上啃食着青草，不时打着饱嗝，或仰天唱起赞美诗。三姐养的几条狗则在开满紫云英的田边上嗅着，想一尝春天的味道，又担心被主人责罚。于是窨在那儿，一会儿瞅着主人，一会儿瞅着眼前的花苞——前肢伸展着，却不敢越雷池一步。

二十世纪80年代末，镇上兴建的工厂开始生产各种商品肥。紫云英作为物质匮乏年代的绿色肥料，作为人民公社集体劳动时期的产物，渐渐淡出农村、农业、农民的视线。而三姐没有放弃，她依旧种着紫云英。她从选种、选地到播种、培植整个过程都要亲力亲为，不假于人。

三姐喜读书，更爱花草。她的日记本里记载着诸多关于花草的琐事、趣事。她能准确说出乡村每一棵树的名字，每一种花卉的习性；能种活几十多种花卉，能在乡镇举办的花卉节中夺冠。在三姐的日记中，紫云英就是一个过不去的"梗"。三姐用种绿肥省下的化肥钱，硬是支持着大哥在镇上做起了家电维修生意。

三姐的前半生都奉献给了泥土，落下一身的病。三姐的后半辈子奔跑在城市与乡村之间，奔跑在泥土与工厂之间。春天，她依旧耕作不辍，不舍昼夜。她没有忘记，从少年、盛年到晚年一路陪伴她的紫云英，她固执地认为那是一种朴素的相依与坚守。

好多年过去了，我一直想问守着乡村老宅的三姐是否幸福，是否想过永远地告别泥土。可每到春来，每到油菜花挤进庭院，紫云英开满沃野，春风拂动柳枝，吹弯噙香的炊烟，我便羡慕起三姐来，羡慕她自由自在地活在永无老去的时光里。

前些天，三姐夫在朋友圈晒了一组图片。那是穿着格子衬衫的三姐弯着腰在屋后的菜地给南瓜苗浇水，给黄瓜藤施肥，给西红柿叶除虫的场景。在三姐的身后，我又瞥见一团团紫色云影。那云影紫白相间，裹着香噙着蜜，沉醉了整个村庄。

我想，三姐是幸福的。

三

五十年前的一个春天，某个晴朗的早晨，柔软的阳光舔舐着结满露珠的春草。在一片片开满紫云英的田垄上立着一位妇女：她头戴一顶草帽，手挎一只竹篮，她一边擦拭着脸庞上细密的汗珠，一边捡拾着白白嫩嫩的草菇（那可能是那天她们家最为丰盛的晚餐），在她灰白的衣襟上绣着一朵朵紫云英。

日头化作炭，抹黑了她的肌肤；化作火，烤皱了她的容颜；化作冰，凝固了她的泪水；化作负重，压弯了她的脊梁。在这场人与土地的战争中，她唯一未被掠夺殆尽的是那抹灿烂的笑容。在她深深的笑靥里，先后成长了五名子女。

她是我的母亲，十七岁嫁到我们家，此后一辈子在泥土里求生、挣扎，最后安息在了开满紫云英的泥土里。

我常为母亲感到不值。她不相信村外有山，山外有繁华。她只相信，春播夏种秋收冬藏，只相信每年春天田园里开满紫云英。

母亲一生都爱着紫云英，她陪嫁的衣箱，她的嫁衣，她归去的行装，无一例外地绘着紫云英。我曾从母亲遗物中，见到过一条没有绣完的手帕。那手帕中赫然卧着几株绽放的紫云英，像个怀春的少女。母亲在世时，我曾多次问起，每次她都笑而不答。我想母亲的青春岁月，一定有着与紫云英难解的情结。而那情结恐怕是连外婆、外公,以及我的父亲都无从知晓的。那应该是母亲年少时就编织的一个梦境,那梦境只属于她一个人。

妻子、姐姐、母亲,她们都有过十六七岁,都有过像紫云英一样的花季。谁的芳华不醉人?作为中国不同时代的女性,她们都有过梦想,有过向往,也有过坚守。

尽管母亲早已仙逝,姐姐也做了孩子母亲的母亲,妻子业已迈过最美的芳华,但无论她们生在哪个年代,受过怎样的教育,对幸福的定义有着怎样的理解,但她们的根在中国农村,她们对乡土、对子女、对生活的爱是相似的。她们对命运的抗争从未停止。

她们卑微如野蛮生长的紫云英,见证了中华人民共和国成立后农村土地改革迂回曲折的七十年,见证了中国农村女性从饥饿走向温饱,从温饱走向小康,从小康走向富裕的七十年;见证了女性从无知到有知,从农村走向城市,从城市返回农村的七十年。

"燃烧自己,成全幸福。"这便是她们人生的意义,一如紫云英的花语。

紫云英,《诗经》之《防有鹊巢》篇称之为"苕"。它是一种长在潮湿农田里的水草,一种绿色肥料,或许连被称作为"花"的资格都没有。可在我的故乡,人们都亲切地管它叫"荍籽花"。

狂野的三角梅

买第一套房时，因为是"农村包围城市"的过渡型二手房，因此住房面积不大且选了西头五楼。邻居是位三十多岁的全职太太，她丈夫在南非做生意。我们两套房阳台相连，彼此隔一层轻薄稀疏的防盗网。我们看房时碰过面，女邻居那种看外乡人的眼神，让人很难忘怀。

邻家女带着一个上幼儿园的儿子。每到周末，儿歌便一串串粉墨登场，先是《拔萝卜》，然后是《熊出没》《喜洋洋与灰太狼》等动漫主打歌，歌声嘹亮，先声夺人，鱼贯而出，破门而入。接着便是肚皮舞、钢管舞配上摇滚劲爆曲，势不可当，激情飞扬。末了，钢琴版《命运交响曲》压轴，反反复复，来来回回，催情催泪。音乐一停便是摔杯子声——"你爸怎么养了你这么个种……"河东狮吼之后，尾随着放大的哭泣声。

妻说，还让不让人活？难道小区物业就不管管？我想，刚搬进来就告邻居的状怕是以后更难相处，先忍忍吧。况且，谁家没个烦心事呢？妻说，邻居是一个长期没有男人疼爱的女人，心理本来就不太正常，还带着一个不省心的淘气鬼。你瞧吧，这病灶好不了，得看医生。

忍了一段时间后，歌声、琴声、吼叫声不仅没有消停的意思，反而嗓音越来越慷慨激越。妻忍不住抄起晾衣架，狠狠地敲打邻居的阳台。

接下来一段时间，音浪调小了些。妻说，是不是晾衣架起作用了？我说，可能吧。城里人可是讲文明的，怎么会像咱这乡下人呢。妻说，未必。

妻果真料事如神。没几日我们下班回家，便发现隔壁阳台多了样东西——大花盆。那是两大盆带刺的三角梅，深紫与火红的花束像女主人的情绪一样矛盾地统一在一起。枝繁叶茂的三角梅成功地将阳光阻挡在了我们家"国门"之外，我们家"沿海开放地区"成了阳光不到的"第三世界"。再接下来，我们家晒在阳台上的衣物不是坠楼，便是被三角梅刺破了洞。

我与妻是上班族，白天基本不在家，也没有时间养花种草，因此我们家阳台空空如也。而邻居家可就不同了。没多久，一盆盆海棠、月季、茉莉占领阳台，绿萝与爬山虎更是毫不客气地攻占了高地。这些长藤植物有个特点，就是不懂收敛，哪里有空便往哪里钻。没多久，它们僭越了。我们家阳台成了邻居家的大舞台，成了"藩属国"。

绿植虽然是外来入侵者，可毕竟净化了空气。何况来者是客，我劝妻善待它们，让它们暂住在我们的阳台、墙壁。妻见绿植长得可爱，还给它们喷水、扎架、固藤。而"三角梅"长长的枝条像无数双手臂耀武扬威地穿过防盗网，长驱直入，强势入侵我家领空，露出尖刀般的刺，野蛮且傲慢地示威挑衅。不到两个月，山河破碎，群魔乱舞。妻忍无可忍之下挥动大剪刀，几个"咔嚓"，修齐治平，不见天日的阳光一下子获救。

这事没过多久便到了中秋国庆双节，我们出去旅游几天回来，发现阳台"满地黄花堆积，憔悴损"，而且鸟雀云集，群蝇乱飞。原来，邻家女切掉了绿植的命脉。

妻一边打扫战场一边垂泪。一年后，我们卖掉了这套房，也告别了把心藏在暗处的"芳邻"，迁去了一个新小区。

新小区八幢楼，系清一色一梯两户八层高的小洋房。周边学校、酒店、卖场配套齐全。特别是医疗资源，堪称高配。用妻的话说，那是一个文明程度颇高的新兴发达"国度"。唯一美中不足的是阳台，还是背靠背。为搞清邻居是否合拍，妻在购房时先挑邻居再选房。售楼小姐一再拍胸保证，买我们家隔壁的是一对留洋归来的"丁克"夫妻，不吵不闹，妻才放心。

新房与上一套相比，除了面积翻番，还有个压倒性优势——就是阳台面积高达16平方米，妻对此十分满意。新房装修时，妻还几次到对门去摸底，向施工人员打听业主背景。为确保自家空间不受侵犯，我与妻在阳台设计与规划上花了不少精力，特地把阳台做了半封闭式隐形玻璃设计，既采光又通风。我们都想把这套房作为迁徙的最后一站。

为让阳台显示读书人家的人文情怀，妻不仅买了吊兰与太阳花，还买回来一套红木餐具，一个小书架。喝茶、读书，情调油然而生。

装修完三个月，妻便催着定乔迁日。于是元旦节前夕，我们在酒店摆了几大桌，高高兴兴地庆祝了几天。邻家比我们家早装修完却一直没入住，整层楼静悄悄的。妻想，这下可高枕无忧了。

元旦节早晨，我在妻的尖叫声中惊醒。原来，两只猫咪突破了阳台门的防守，闯进卧室占领了妻的枕侧。其中一只有着硕大的头，短短的耳朵，小熊般瞪大眼睛瞅着妻；另一只"吨位"虽不大，眼睛却泛着绿油油的光。两只猫咪毛色一黑一白，乍一看，令人发怵。何况两个小家伙伸长了嘴，正试图唐突妻娇嫩的脸。妻立马翻身下床，拎起拖鞋投入战斗。两只猫咪被妻堵在房间里，上蹿下跳，叫声凄厉，最后跳出窗户翻过阳台灰溜溜逃窜回家。

这事没完。节后的一个早晨，邻家阳台乍现"三角梅"。但见三角形叶片热烈地拥抱着，在风里招摇。三角梅旁立着一位葫芦状的年轻女子，婀娜的背影遮着了身前的半边画架，画框里有张未完成的裸女素描，准确地说应该是自画像。女子一头金发，小山似的挽起；一件深绿蕾丝镶空睡衣包裹不住饱满的臀，将大半肥美的领土放弃了；后背心的拉链仿佛在战场冲锋，攀越一半便滑倒在雪山上，想撤退又不敢，于是进退两难地窘着那儿。一只小花猫趴在主人的肩头，毛茸茸的小尾巴顺顺地垂下来。阳光企图一寸寸入侵她的肌肤，却随着女子手臂与腰身不规则地游移，左冲右突，无处躲藏。

那是一个性感的场景，那是一个失火的花园，那是一个正燃烧着熊熊火焰的山谷，那是一处陷落了也不敢收复的失地。我没敢让妻看到这一幕，我怕她受不了。

后来，我们去三亚秋游，在海天盛宴附近一处海边酒吧，见到了门前开得红红火火的三角梅。花盆里的花硕大无比，一左一右娇俏挺拔。它们丰茂的体态被园艺师精心修剪成了葫芦状，三米多高的"S"形身材左右逢源，得陇望蜀，顺着屋檐攀上屋顶，像一对身着包臀裙的青春美魔女，火辣辣的姿态扼杀眼球，让你不敢仰视。

酒吧是海盗船造型，店内外没有发财树，没有迎宾小姐，没有灯红酒绿，甚至没有侍应生。室内暗淡的灯光下陈列着几艘游艇模型与出海装备。智能机器人为我们端茶倒水，鞍前马后。我们在那儿上完一节游艇出海规范操作培训课，便上楼顶小憩。妻端着一杯热咖啡立在三角梅的枝叶边，说她见到了最霸道最狂野的三角梅。我笑了笑，走上前去，在三角梅"腋下"发现了几乎被遮挡住的店招。

这家酒吧有个很火爆的名字——猎海花。

薰衣草的春天

一

我是在女人香里认识薰衣草的。

江南春早，医院同事相约去嘉兴平湖辖区小镇看桃花。车在烟柳画桥水村山郭里漫游，芳草萋萋，草木繁华，涂绿了眼。一个村庄盲追着一个村庄，它们在春天里奔跑。显然，我们没能跑过春天。我们抵达桃园的时候，十里桃花已然开过，花残叶生，路断人稀，桃林正向春天深处行走。

在镇上就餐时，所幸邂逅一群要去邻村摘草莓的女子。于是，我们决定捎上她们同行。

坐在我身边的女子扎着麻花辫，穿着碧绿色背带裙，手里抓着一件购物袋，面如满月，眉目生春。乡村公路有些颠簸，我与她有一句没一句地搭着讪。她说，她去邻村是想采些蓖麻叶与磨盘草。这是生在农村的"70后""80后"熟悉的两种药植，在庭院，在田园，在二十世纪80年代的故乡，不少村庄都种植过。蓖麻果还能做润滑油，而磨盘草则曾盖满我的脸庞。这使我对眼前的"药植女郎"产生了好奇。

原来她家世代行医，父亲与祖父在镇上、县里都开有中医诊所，她中医专业毕业后便在诊所上班。因为同在医疗行业工作，共同的话题迅速将彼此拉近。没聊多久，她居然头枕着我的肩膀睡着了。一抹香幽幽地入侵我的鼻息，那香既不像香水般浓腻，也不像体香那般似有似无，更不是衣服浆洗过的米汤香味。那香若暴风中树木涂着新泥的气息，又像是雾锁香木的甜淡清幽。那香自然来自她的身体。起初，我以为是她接触中药材的缘故。醒后，我便打趣她："原来做中医大夫还有一样好处，能让身体唛香，连香水钱都省了？"她笑了笑："你说的是衣服香吧？那是薰衣草的味道。我家衣服都用薰衣草浸泡，能驱虫护肤。"

"薰衣草的味道？"

我似乎被带到了北纬43度的"南法香都"普罗旺斯。那里峰林险峻，地势跌宕起伏；那里风劲草狂，山谷翠绿，平原广阔；那里暖风和煦，云朵盛开。那里的古堡苍凉幽密，村落生机勃勃。那里生长着成片成片的薰衣草，被誉为"紫色王国""薰衣草的故乡"。那里也生长最沉静的思念，最甜蜜的惆怅。没完没了的艺术，没完没了的开始与结束在那片神奇的土地上演。

二

从平湖回来，"薰衣草"这个既熟悉又陌生的名字与"薰衣草女孩"便一直困扰着我，使我萌生了去她家乡看看的念头。

女孩叫颖。她家住在安庄。安庄种水稻、麦子等农作物，也种经济作物、药材、花卉。通往她家的村道铺满水泥，两侧是挨挨挤挤的苦楝树。鱼塘、荷塘与草塘三三两两围在路边。田埂拼接的沟渠沿着主干道，偎依着肥沃的土地行走，它们是田园的血脉，滋养着田野。清澈的池水经鱼龟虾莲蟹蛙的清洗，穿过稻田与柔软的青草自在旅行，春能洁面，夏能濯足，秋能入诗，冬能入口，成为田野不可或缺的一景。

五月的安庄，稻子像亭亭玉立的姑娘，半截身子泡在温水里，上半身浴着暖暖春阳，抽着穗，扬着花。稻子与迎着风唱着丰收歌的麦子相邻而居，像对好闺蜜。稻子葱绿肥嫩，挨挨挤挤，藏不住的胸脯，饱满跳跃。而麦子半青半黄，倾听稻田里最后的虫声与蛙鸣，渐渐悟透生死的秘密。它借着多情的风大胆地越过边界拥抱稻子，拥抱并不长久的日子。

颖家的花田便在稻田之后，麦田之侧。几十亩的花草被春阳滋养在泥土里。相比稻麦，它们羞涩很多。高高低低的花田，窄窄的田埂，纵横的沟渠，泾渭分明。一垄一垄的花草正在怒放，紫色的雾缭绕成烟。许多叫不出名字的植物待在自己的领地里，相依相偎，和平相处。若非花田主人，很难分辨。

颖说，茎不高且密集抱团，像满天星般开紫色花的是紫云英；单叶，三角形或卵圆形，花梗是蓝紫色的，花穗上单朵花较大的是一串蓝；叶子像松针、线形或披针形，花梗草绿色，花穗上单朵花较小的是薰衣草。

紫云英是绿肥，我小时在老家见过，可一串蓝与薰衣草的确十分相像，乍看就会"懵圈"。颖脱了鞋，光着脚丫踩着青草走下花田，俯下身闻了闻说，其实挺简单的，识别不了你就动动鼻子。闻香识女人，自然也识花草。薰衣草有香味，味道较浓，而一串蓝的香味较淡，似有似无。

那天，颖穿着一袭白色的裙子，漆黑的长发没入一团紫雾中，明晃晃的光落在她清秀的脸庞，落在她扬起的红唇、翘挺的鼻子上，红润的苹果肌便如草莓般鲜嫩。当她弯下腰亲近钻入怀里的薰衣草时，清风拂动，深紫色的小花波浪似的涌起，层层叠叠。花似海，人似帆，人面花影，奔跑跳跃，如梦如幻，像极了花仙子。

我问，颖，你不怕花田的蛇？她笑了笑说，薰衣草喜干燥，土壤深厚，通气性好的环境，而且花田里有香味，能驱蛇虫。就算有蛇，也大抵不会咬她，因为她属蛇。

接下来，她踩着青草密软的田埂，环花田一周查探，查虫害，查生长状态，查花田水分，查土壤盐碱度。等她忙完，离开花田便立刻将脚丫子伸进沟渠里，而她的一双鞋还搁在对面的田埂上。

在回家的路上，我扑打完她头发上、裙子上的花草叶，又闻到了她身上柔软香甜的味道，既不像茉莉般油腻，也不似夜来香的浓烈，有点像榴梿，却带着薄荷味儿。分不清是颖身体的香、衣裙的香，还是花草残留的香，抑或是弥散在空气中的香。那香你逃不掉躲不过，只要你深深地一呼吸，那恬静的幽香，便让你飘飘然，陶陶然。

三

"幼苗时期的薰衣草，生长温度是在 12～15°C；长出花蕾的温度是 16～18°C；而开花的温度是 20～22°C。若是 26～32°C，薰衣草便要结果了。"

"古罗马人经常使用薰衣草来沐浴熏香，希腊人则将薰衣草用来治疗咳嗽。法国和其他一些西欧国家的厨师还将它用在食品里，用在美容产品里，如'香奈尔5号'。"

这是颖告诉我的。

多年后，我离开了江南，辗转到重庆、成都、广州等地谋生，成了一家机构的管理者。而颖也成了主治医师，成了大医生。她家开的诊所升级成了门诊，升级成了医院。

颖家一直种着花田。其间，颖给我寄过几次薰衣草的种子，我按照她教的方法，种在了阳台的花盆里。由于常常天南海北地出差，花草缺乏照料，薰衣草几度荣枯，几度夭折。

又几年后，口袋渐次丰满的我相中了一处种满薰衣草的楼盘，买下了一套商品房。每天浸泡在薰衣草的香气里，闻着花香入梦，镇气安神，身心愉悦。梦里也会想起颖，想起颖家的花园，想起与颖一起站在一大片花田边，想起花田边那团紫色的雾，以及雾里的白衣仙子。自然，满鼻都是花仙子身体里那淡远温香的味道。

颖发来信息说:"薰衣草要收割了。收割后晒干脱水,它的香味会变得浓烈。如果制成精油,香味会更浓些。"不过,她还是喜欢把它们制成熏香,插进香炉,闻那轻淡柔和的味道。

于是,我想起收割季的薰衣草,想起草垛卷成橡木红酒桶状,晾晒在田野上。三三两两,黄得纯粹,紫得冒烟。它们就这样干净地躺在空气里,舒适地躺着,活色生香的光照将它们涂染成一个梦境。

薰衣草意味着一种含蓄的示爱,一种坚定的承诺,历经磨难而终能携子之手。就像电视剧《薰衣草》所演绎的那样。这挺像我们身边的薰衣草女人。花季时,女人散发着淡淡的香,让人着迷;做了别人媳妇或当了母亲后,打开的身体承载着沉重的生活压力、工作压力,日日增长的脾气就像晒干的薰衣草,开始浓烈起来,谁遇见都会醉倒,或者躲避;等女人成功变成了"男人",并且把男人变成了孩子,女人便成了香料与香水。再等尘埃落定,儿女长大,时光消耗,女人的香会越来越淡,直到变成香台上的一炷烟,淡如轻尘。

四

相对于法国,薰衣草在中国的开花时间一般在四五月底。

在普罗旺斯,在鲜榨果汁、面包、奶酪、水果、酒类与甜点混合的南法国,在塞尚、梵谷、莫内、毕加索、夏卡尔等艺术家深度开采过的花田,薰衣草的春天只有一次。

而在北纬43度的天山南麓与伊犁霍城,也有一个"普罗旺斯"。那里的薰衣草,有两个春天。因为它花形如中国的小麦穗,因为这里属暖温带大陆性气候,春秋两季,日照充足,干旱少雨,最适合薰衣草安营扎寨。于是,上帝给了它第二春。

　　我一直觉得生命中应该有一种植物，它以存在或曾经存在过的形式连接我们的内心，抵达我们被浮躁、傲慢、贪婪抽吸殆尽且几欲干涸的灵魂；再引阳春之水、清风之露、巫峰之云、九尘之泉，抵达我们心房的戈壁，濯尽尘垢，在淡淡的香淡淡的咀嚼中复现人性的春天。像米小的苔花，像薰衣草。

梨花白　杏花红

一

朝花节后，村庄还没有完全醒来，小城更是猫在高高的黄土坡下安眠。乍起的风一阵暖一阵寒，叩不开大大小小深闭的窗，便懒懒散散地倚在三三两两的桃花枝头打起盹儿来，被突如其来绵绵的细雨淋了个透心凉。枝头那抹烟脂红还过于清浅，过于羞涩，隔着厚厚的衣襟，撩拨不动春情，不过是在女人眉梢间画了一道淡淡的柳叶弧。

真正冲破村庄男人们的防守，穿过山冈小哨，占领村庄与小城的，是带着几分醉意脱下女人厚衣襟的红杏。

它先是鼓动春风贴着村道偷袭，一夜之间将大地母亲唤醒，接着，吹着小口哨让千万棵杨柳枝春情萌动地舞蹈起来。最后，一口气蹿上屋顶、阳台，控制制高点，把红红的彩头挂满大小院落。

五分酒意的杏花带着三分挑逗，裹挟着三月的春风，席卷村庄、小城，放纵地揭开羞答答的春帷，把早起女人们的脸蛋儿招惹得红扑扑的。

村庄里的窗，是粉面含春的女人们打开的。一双双柔软白皙的手臂伸展出来，拥抱着春风，拥抱着屋前的一树红杏。她们也学着城里人，用手机拍下来，乐此不疲地发到朋友圈、抖音，勾引着城里的年轻人山一重水一重地赶来，赶花集，赏春色。

庄户人家会热情地在院子里摆上竹制的桌椅，准备好杏花醇、梅子酒、茉莉花茶，开起"农家乐"与棋牌馆。有的人家会在户前支起一两处观景台，撑起一张大花伞或者小帐篷，那意味便浓烈起来。歌声、曲声、嗑瓜子声、欢笑声河流似的穿过整座村庄的心脏，让村庄舒缓的脉搏激情四射地跳动起来。

对村庄来说，来者都是客，可客是要分圈子、分类别、分话题的。

"同事游"聊的都是工作，可谓三句不离本行。对象都是领导与下属，过往与当下。聊的内容都是朋友圈里，微信群里，单位会所，或者闺蜜那里道听途说的趣事。

"同窗游"聊的都是离情别绪、艳史情事，都是"双城记"。如"大象""巨婴"、直男直女、"丧偶式"婚姻、"丧偶式"育孩、红杏出墙，命犯桃花。又如谁出国拿了绿卡，谁赚了外汇，谁开了几家公司，谁儿女上几类高中、高校；或者哪只股亏惨了，哪只基金赚翻了……

"亲情游"聊的都是基因突变、礼尚往来，子女老人。话题离不开各自家庭的核心目标——车子、房子、票子与面子，还有那些亲爱的猫猫狗狗。

而"结伴游"聊的则是你侬我侬，情深意浓。话题离不开网游、艳遇、奇闻、冒险。

她们喝茶便是为了解闷；拍照、录视频便是为了刷微信，填补朋友圈的空虚，吸纳"活粉"；而谈天说地，便是为了讨论出谁更"出彩"，谁更有"范儿"。

若是有人不小心碰到美容话题，那便会装模作样、躲躲闪闪、避重就轻起来。从肤龄、肌龄、骨龄聊到身体（非生理）年龄，一路往下聊到私密话题。若是一不小心从身体形态聊到全身整形，便会如临大敌。掌聊者便杏眼圆睁，察言观色，生怕被谁谁的"梨花枪"刺中，"杏花眼"看穿。毕竟小城里，对整形话题还是比较敏感的。

"浮生长恨欢娱少，肯爱千金轻一笑。"男人们是不会去凑热闹的。他们一般充当摄影师、服务员、驾驶员兼宠物保姆，完成事前达成的"三陪"任务。只要不挨另一半整就行，只要另一半不乱花钱就行。

女人们是有分寸的。这赏花会，如同传统的"结社"，她们会给男人们应有的犒赏。"笨笨鸡""笨笨鸭""笨鸡蛋"等土菜谱，女人们是必点的。至于香椿炒鸡蛋、炒菜苔、炒大头菜、炒白菇、拌香菜等大量无公害绿色食品也都会陆续上桌。若是等到老爷子、老太太驾临，整个食谱便瞬间升级成"爆炒春天"。

无酒不欢。杏花树下，女人们有杏花酿、梅子酒，男人们当然也不会干等着。寻到机会便溜进村舍央求东家，半杯苞谷酒、一碗粮食酒到手，便悄悄地倒进茶杯，瞒着女人们过把瘾。

"杏子梢头香蕾破。淡红褪白胭脂涴。"一个"破"字让人花互照。杏花没有花柄，也没有绿叶陪伴（叶落后长叶），一簇簇挨挨挤挤赤条条地贴着花枝，嫩蕊商量细细地开。你远远看去，村庄仿佛是被杏花搂在怀里。高高低低的杏树欢天喜地伸展着红褐色的枝枝蔓蔓，花萼似火辣勾魂的超短裙托起花瓣。近看，那花瓣圆似梅，白的丝黄的蕊，一如新娘子红艳艳的脸。

杏花浴在金色春光里，无疑是最撩人的。女人们酒至微醺，是不会理男人们的。而擅长搞事情的男人酒劲儿上来，便会顺手采下一两朵杏花来，企图安插在话痨女伴的发髻上。发现端倪的女伴佯装着生气，红着脸，歪着脖子想骂男人——"你是猴子派来搞怪的吧？"可一起身一扭头一张嘴角，偏偏吻上了男人送上来的一枚杏花瓣。那场面自然是热烈的。

二

  无论杏花将村庄装进香炉，还是把村庄泡柔泡软，泡成蜜罐子，村庄里的老人们，或者城里的老先生们，大抵还是安稳着的。让他们迈出官邸、卧房、书房三重门，源源不断地跟上踏青大军，跟上春社节奏，那一定不是因为杏花，而是白透了后村整座山林的梨花。

  "梨花风起正清明，游子寻春半出城。"梨花山、梨花林、梨花树下是老人们的去处。那里相对是清静的。一大圈人，各自寻着乐。一张青石板、几张小方几、几个棋牌摊、纸牌摊；几个枯树桩或者几只"小马扎"，那场景便有了情调。

  对弈的、打麻将的、斗地主的是"混搭团"，有城里人，有庄户人。起初为着上家下家的座次，会相互客套。进入局中，大家便憋足劲，用眼神说话，做到尽量不张嘴，不丢份儿。可等到一口烧酒、几杯热茶下肚，脸上的表情便舒展开来。若叫上一声"老哥"、几声"大姐"，再续上一碗杏花酿，那村里村外、城里城外、梦里梦外的边界便再也分不清了。

  对弈的老人，对棋盘上的输赢是认真的。再围上几位看客，那气氛便紧张而热烈起来。他们的小方几上摆着两碟花生米或者黄豆粒。一边看着局，一边品着茶，一边手伸进零嘴盘子里。对手若是处于颓势，陷入困境，那便是烧上一锅烟的最好时机。一口一口喷出香如薄纱的烟雾来，那一脸的得色足以淹没楚河汉界。

  后村只有几家昏暗的小茶馆，东家自然也是上了些年纪的。他们欢喜有客人来，哪怕是贴上些茶水也是欢喜的。在这春光里，他们不孤单。他们常常不自觉地参与棋局或者遛鸟圈中。尽管说错话，尽管不懂行，尽管被老伙计们笑话，可他们还是欢喜的。

遛鸟圈的老先生们，大多是城里人。他们把鸟笼子挂在枝丫上，观观棋、摸摸鼻、揉揉肩、捶捶腿，筋骨便活络起来。活络起来的他们会回到茶桌品茶。至于老伴们，早就脱离他们，自个儿组了老太太团，单独开了茶位，三五一围，有一搭没一搭地话着家常。

品茶的老先生与老太太聊的话题是不一样的。老先生们聊政治、军事、经济、历史，聊得最多的是健康。老太太们则聊拆迁、房改、退休金；聊旅游、老伴、子孙，当然聊得最多的也是健康。聊到"谁谁送的补品效果不错""谁谁中风昨天进了医院""谁谁生了重病，回老家疗养去了"。

他们和她们聊着聊着，都会聊到生死，聊到"谁谁前天走了""谁谁为自己写好了遗嘱""谁谁为自己选好了墓地"……话题越聊越沉重，越聊越悲伤，越聊越聊不下去。

聊不下去的时候，他们就抬头看看一树的梨花白。当然，无论是对弈的、遛鸟的，还是品茶的，棋输了，牌散了，鸟困了，茶淡了，自然还是要回到这赏花上来。

"惆怅东栏一株雪，人生看得几清明。"这首《东栏梨花》诗写于北宋熙宁十年（公元1077年），作者是历经沧桑变故的苏轼，那年他41岁。柳色青青，也可指梨叶青青，梨花常一边开花一边长叶，可谓一青二白，这正应了村庄村景。

一树梨花胜雪，一头银发似霜。分不清是头上白，还是树上白。老人们也有把白发染黑的，可仍旧掩不住岁月的伤。他们自知来日不多，特别珍惜眼前时光。老伙计们不喜录像，也不留影。他们表面上很淡定，实则不忍感伤岁月的蹉跎。有教过书的，或在文化战线工作过的老者，也会说起诗词，应时应景的。比如，他们喜欢北宋名相晏殊的词《破阵子·春景》——"燕子来时新社，梨花落后清明。池上碧苔三四点，叶底黄鹂一两声。"可对于"燕子来时新社，梨花落后清明"这两句便会有不同意见。《礼记·明堂位》

有官社的记载："是故夏礿、秋尝、冬烝、春社、秋省，而遂在蜡，天子之祭也。""春社"一般在立春后至清明前举行，也叫"新社"。而梨花在南方开的季节最早也要3月底4月初，北方则更晚些。梨花将开，清明已至，怎么能说"梨花落后清明"呢？

晏相的儿子晏几道的词《浣溪沙》道："二月和风到碧城。万条千缕绿相迎。舞烟眠雨过清明……"大意是：柳条在暮春晴烟轻霭中飘舞，在霏霏丝雨中安眠，在梦般温馨环境中度过清明。可见清明不只是一个节气，而有"清澈明朗"之意，可泛指三四月天。

这一话题最后是没有赢家的。老先生们也只是争执一下，不会弄到谁与谁红脸，而且老太太们一参与，这天就聊死了。大家笑笑，再笑笑，到晚餐时也就放下了。

"洛阳梨花落如雪"。梨花真要落的时候，老先生、老太太们是不会来的。他们怕触景生情，特别是已经走了一位相伴的老者。

梨花的花语是"纯真的情感"，也有"离别"之意。爱国诗人陆游咏《梨花》诗云："粉淡香清自一家，未容桃李占年华。常思南郑清明路，醉袖迎风雪一杈。"

清明时节，草熏风暖，梨花似雪。面对一年最好的光景，总让已近暮年的老者欣悦之余患得患失、惴惴不安。一树梨花一杈雪，一场清欢一怀愁。不说，不可说。

三

杏花红，梨花白。杏花在阳春三月的村庄开得最旺。它将落未落时，梨花白。它们交集似乎并不多，但在村庄，这种情形也是有的。

风一来，花会开，蜂蝶自来。赏杏花的年轻人中，也有梨花圈老人们的孩子。若是风和日丽,"串场"便会少些,大抵是各乐各的。若是忽然落下一阵雨,那情形就不同了。有的是儿女找父母,有的是父母奔向儿女。各有各的道理,各有各的算计。

杏花是单生花,一株开一朵。雨落时,杏花如受了荷尔蒙的浸润,柔韧多汁、豪放多情、摇曳多姿。梨花则含烟带露、泪眼婆娑、羞羞怯怯、活色生香,以至于出尘脱俗,惹人疼惜。

梨花白,杏花红。一红一白,堪叹古今情不尽。它们在村庄,一前一后、一朝一夕。前村迎新,后村送老。一张一弛、一迎一送,在这春天相遇,在春社相亲,在清明惜别,不能不说这是人间最美的安排。

清明菊

一

湖北疫情解封前，鄂西山村群山下有一家路边小杂货店，吊脚楼式的两层建筑，店主是一位友好的妇人。店廊下挂满一排经幡，红的绿的白的，在风里飘。山区平地少，墓葬区与住宅区常常毗邻、交叉、迂回，构成大大小小的村落。立在村道上，无论朝哪个方向望，都避不开那坡上坡下高高低低的墓碑。在那里，生与死的边界仿佛只有一碑之隔。

村口李花正雪，桃花正红，玉兰花才刚刚开放。我不知道会不会有人走进她的小店，会不会有人从破了洞的玻璃窗口伸进手去，要包香烟、瓜子或棒棒糖。不经意间一伸手一抬头，便会触及那悬在头顶的摇曳着的经幡。

春社未起，清明未到。不知是店主善意的提醒，还是招揽因疫情而更加清冷的生意。可作为隔在村里两个多月抑郁苦闷的外乡人，那飘扬的经幡让人心里瞧见瘆得慌。

那时候，湖北疫区正处在"放与不放"的艰难抉择期，攻陷整个春节的"新冠"病毒正在域外攻城略地。口罩仍是"爆品"，隔离仍是主旋律，离鄂通道仍迟迟未开，而清明的氛围却开始在乡村浓墨重彩地围绕过来。

挨过寒冬始逢春。从地下土里冒出头的植物们，冒出头来的第一眼，望见的却是一个停摆了的世界。春天，这骚动而又沉重的季节，到底是为热血生命加持，为奔跑驰骋鼓噪，还是为阴阳交流指引，又或者兼而有之？

村外马路边、山坳里、河沟旁，芳草萋萋，繁缕没膝。有三三两两的村民弯腰挖着蒲公英，采着香椿芽。暖洋洋的日头抚摸着他们的后背、额头、脸颊。村民们出门时，总不会忘记捎上一缕经幡，到了坟前墓后，转上几圈，找一处稍壮实且正在发青的老树枝修整修整，然后，为卧在地底的先人挂上一缕后人的怀念。若是碰巧邻碑前供着一两盆黄菊或者白菊，那必是城里人来过。村民们先凝神屏气瞅上一眼，然后恭恭敬敬地一弯腰，便算是问候过了。

黄菊花语是清净、隐逸、无私、吉祥；白菊则代表高尚、高洁、祝福、德行。它们都有悼念与哀思之意。这些洋文化、洋风俗，村民们自然是不解的，但他们懂得尊重。尊重那一大朵一大朵的黄花、白花，尊重那一束束插在清水罐里透着泥土香的"清明菊"。他们知道，插菊的人，奉菊的人在碑前的那一跪，便叩开了亲情的门，叩开了隔离生死的那扇门。

二

飘满村庄的经幡，是三月的问候，四月的祭奠。让过于躁动不安、野蛮生长的庄稼缓下来，静下来；让过于放纵的歌声、吼声、鸣叫声低下来，柔下来；让紧张忙乱的日子歇下来、闲下来；让泥里水里的生活变得清清爽爽，明明白白。

清明是要来了。

那经幡总让我想起佛光普照的西藏，想起那块被上帝之手按下时光键的神奇土地。如果不是近些年蓬勃开建的援藏项目，那片土地或许仍在沉睡，不曾醒来。空旷无垠的原野、光秃秃的山峦、静静流淌的雅江、浅草细沙的盐碱地、系着五彩旗的石拱桥、拖着转经筒行走的小溪、缓慢迁徙的鸟兽、自由来去的牲口、兀自守护星空的胡杨，以及大大小小的寺庙、结满青苔的瞭望台、高高垒起的石块、低矮孤独的小木屋……在众神瞩目的四月高原，是经幡环抱的净土，是野花生长的故乡。八瓣的波斯菊便是那里的主人。

红的、黄的、粉的、白的波斯菊，开在浅草丛中，开在戈壁滩上，开在寺庙前、佛塔下，开在木屋、石堆旁——纯净、热烈、安详。它也开在人们的心头，美好、幸福、快乐、永生。

在藏区，人们似乎并无"清明节"的概念，因为你很难见到一块墓碑。据说，藏民们往生了，会将身体交给大山、神鸟、水鱼或者树洞、地穴。因为生前屠杀过生灵，滋养了肉身，欠下过业债，离世后便将躯体还给生灵，回报生灵。这与受儒家文化影响较大的中原人不同，雁过留声，人过留名，入土为安，树碑立传，是汉文化千年的传承。而在那片土块上，死是一种轮回，一种解脱，一种永生。生与死，仿佛只是睡着与醒来。睡着的眠在地下，醒来的转动着经筒，一双踩在风雨中的鞋便是丈量肉体到佛前距离的尺子。

藏区地广人稀，前藏后藏习俗有所差异，可谓百里不同天。但大多数家庭都设有小佛堂，供奉着佛。对往生亲人的哀思，便在那一串串的经文中，在一条条鼓动的经幡中，在那一轮轮旋转着的经筒中。这如同高原杜鹃、雪莲、狼毒、波斯菊都被叫作"格桑花"一样（人们把藏区叫不出名字的野花统称为格桑花），人们把说不清道不明的"生、老、病、死、怨憎会、爱别离、求不得"（七苦）与"喜、怒、哀、惧、爱、恶、欲"（七情），都融入那一跪一拜间。

在藏区，仿佛一切都是一种符号，都是智慧体。每一座高山都是神山，每一座神山仿佛都是佛的化身，都是一束仰首接春的波斯菊。

波斯菊除了叫"格桑花"，还有一个很佛系的名字叫"八瓣莲"。它自由自在，承载着人们的祈福。它像添加了一串咒语的经文，把每一片泥土护佑。它们野蛮生长，迎接阳光、雨露、欢喜，也迎接死亡。

在林芝或拉萨，很少有人去采摘波斯菊，更少人会把它放到亲人的墓前。因为他们的亲人根本就没有墓。花的荣枯与人的生死，仿佛没有本质的区别。只有那高高飘在山顶的经幡，你远眺或者近仰，福运升腾，都是神般的存在。是幡动，还是心动，谁又说得清。

三

在内陆中原，有"洛阳牡丹，太原菊"的说法。似乎太原才是菊的故乡。可稍做了解发现，国内把"菊花"定为市花的城市便有七八座之多。

提起菊，人们总会给它贴上"秋"的标签，这实是受了大唐诗人元稹"不是花中偏爱菊，此花开尽更无花"的误导。美国文化人类学家鲁思·本尼迪克特在《菊与刀》里坦言："菊花与刀，两者构成了同一幅画。"菊与刀，看似水火不容，实则相依为命。举起刀杀戮、剖腹，放下刀喝茶、赏菊。刀是日本武士道的化身，菊则是日本皇室高贵的象征。菊与刀，不能不说是大和民族个性化的图腾。

其实，菊并不代表肃杀的秋。清明菊之走红，虽然有舶来文化的影响，但使更多人有了寄托与怀想。在供奉祖先的祠堂摆放几盆清明菊，氛围与格调便大不相同。

十多年前，我曾在一堵高墙的门外，见过一坛菊。雪白雪白的花瓣，层层叠叠地相拥，花径支撑不住肥美的花瓣，一大朵一大朵地爬过坛沿，倔强地向上伸展。高洁之态，像父亲不向命运低头的品格，像母亲柔韧坚强的面容。起初，狱警们并不关注它。到了清明节前，狱警发现，劳动回来的服刑人员，无一例外地向花坛行注目礼。为此，监狱长特许，服刑人员在清明节当天可面向菊坛列队三鞠躬，以表达对离世亲人的哀思。

　　高墙内，隔着一群犯下罪孽的人，隔着一群偏离了人间正道的人。可他们对父母亲人的孝义没有完全泯灭。因此，无论他们曾在人生途中滑走多远，他们的心灵深处都会有那么一束菊。那束菊决定着他们跨出高墙后要走的路，要面对的余生。因为有余生，还可以改，可以悔。只要时间还在，只要还有机会。

　　去年清明节，我在闽南乡村遇见了一坡帝王菊。它们开在荒野，开在废弃的铁道旁。十二瓣的小花，窜出杂草横生的篱笆，黄灿灿地沐浴在日光里。像苔花一样，精神抖擞，与世无争，不招摇，不媚俗。可有谁知道，千百年前，它曾长在官宦贵胄的深苑中，供在九五之尊的床榻前。一束菊，说尽千古事。

　　前几日，读三毛散文集《梦里花落知多少》。尽管是重读，尽管事隔二三十年，可依旧如新。三毛生前在写给贾平凹先生的最后一封信里说，她恭恭敬敬地读了贾先生的书二十遍。我想，我读三毛这本书也读了二十遍，"恭恭敬敬地"。每一遍，每一页，每一行都噙满泪水。1979年9月，三毛的西班牙籍丈夫荷西潜水意外身亡之后，她的每部作品仿佛都在纪念爱人，《梦里花落知多少》《送你一匹马》《我的宝贝》《万水千山走遍》等。这些作品中唯有《梦里花落知多少》最让人动容：申请荷西的墓地；用手一寸寸挖掘黄土围栅栏；背沉重的十字架，刻墓志铭；在烈日下一遍遍地涂油漆，一次次回来换荷西坟前的那簇鲜花……

　　三毛是至情至性之人，爱人离去后对她而言日日都似清明，日日窗前都有盆"清明菊"。

　　1月4日是三毛的祭日。二十年过去，又有多少人在清明会想起这位伟大的女性，想起这位把真心真情真爱奉献给了世人的知心朋友。

　　在1月去世的台湾地区的著名作家还有一位。他将佛理修养与人生顿悟化作锦绣文章，清新隽永、细腻美好、字字生香。他就是"心素如简，人淡如菊"的林清玄。

"毫端蕴秀临霜写，口角噙香对月吟。"诗句出自《红楼梦》第三十八回诗会中黛玉"魁夺菊花诗"之压轴句。《咏菊》《问菊》《菊梦》，黛玉连下三题。一菊道尽千古恨，一菊写尽人间情。一场菊花诗会暗喻性格命运，连接生死未来。无怪乎，一代宗师曹雪芹在书中感叹——"人间几度清明"！

"人间几度清明"。岁岁清明，今又清明。多少客居异乡的游子奔跑在寻根问祖的路上，奔跑在返乡返家的途中。他们不会忘记，在通往亲情的路上，在阴阳两隔的碑前，着一袭青衣，手捧一束清明菊。

杜甫诗云："丛菊两开他日泪"。这两开的何止是菊，这中间又有多少泪水与离恨凝结在黄的、白的花蕊中，凝聚在低低的一低眉间。

清明菊，不在诗中，不在酒中，不在茶中，不在画中，它盛开在生者挥之不去的哀思中。

牵牛绕篱淡淡开

一

老家的屋后，有片篱笆围着的菜地，菜地之外便是挨挨挤挤的农田，以及散落在农田中的远远近近的村落。它们在归属问题上争斗了几千年，最终握手言和。

居住在田园里的庄稼，除了水稻、麦子、油菜，还有高粱、玉米与大豆。它们都是村庄生生不息的故人，相互退让，相互祝福，相互送别。而蛰居在村庄里的草木与繁花，则是田园的长者与客人，它们一起把日子涂成绿色或黄色，和谐地统领着村庄的四季。

菜地是庄稼人的王道乐土，管着每户人家的一日三餐。棕绳与水竹编的篱笆是母系王国的边界，一端剑指苍穹，一端根系沃土。鸡鸭牛羊在与篱笆紧张对峙之后，大都会望而却步。只有牵牛花是王国的常客，它有些淘气地绕着篱笆，慢慢悠悠地攀援着，嬉戏着，蓝白红的花骨朵含羞带露，裹着泥土气息，吐着草木体香，开在夏日的晨光里。

篱笆王国的园丁起先是祖母，然后是母亲与姐姐。挂杆的豆角、上架的葫芦、受宠的黄瓜，它们都开花。而牵牛花是戴在王国头顶的花冠，是王国的圣女，为菜园里的居民们早早地招蜂引蝶，迎日纳月。居民们有了拥抱的恋人，有了相思的情郎，人丁兴旺，繁花似锦。

牵牛花是这片王国里最先入住的居民。它深知一介布衣的母亲是一名出色的魔法师与铸造师。它瞅着母亲锄地、松土、开沟、施肥、置渠藏水，一件件普通的劳动工具在母亲手里点石成金。一粒粒种子落入苗圃，一株株幼苗喜迁新居，一节节竹竿顶天立地，一垄垄鲜蔬纵横交错，一行行汗雨落土成金，改天换地。

牵牛花是母亲的陪伴。王国干旱时节，它看着母亲从远处的池塘担来一桶桶水，它看着父亲站在墙外喊母亲名字，给母亲送来早餐或午餐，看着不识字的母亲如何把外婆、祖母教的治国秘籍一遍遍弄懂、改良、翻新，又如何将治国大计毫无保留地传授给我的姐姐们。这个过程是动态的、持久的，也是反复的、温馨的。直到姐姐们有能力协理这片土地，直到她们长大、出嫁，去统领另外一片土地，建立新王国。

我不过是这片王国的看客。我对住在这片土地上的居民感兴趣，尤其是对挂在枝上的，卧在藤下的，红的、白的、黄的果实犯馋。而静静地开着的牵牛花总是以悠闲淡雅的姿态诱你走近，它依偎在篱笆或者安守在某个角落，有些旁若无人，有些茕茕孑立，又有些处乱不惊。

母亲收工时常常给它浇上一瓢水，或者抚摸着它的叶片查查有没有虫侵，或者看看陪伴它的稻草人有没有损毁。风一旦长出翅膀，稻草人便挥动旗子，吓唬那些胆敢从篱笆缝里伸长脖子窥视王国且虎视眈眈的鸡。

在那片国土上，牵牛花大抵是安生的。它喜欢与蜻蜓玩耍，讨论有关红嘴鹦鹉、乌鸦和小麻雀的故事。因为，那些路过的掠夺者们总是不怀好意，它们从农田里饱餐后常常霸道地占据篱笆，在上面打盹，而饥饿时则直勾勾地偷窥绿色王国里那些生得胖墩墩圆滚滚的居民。尤其是当它们识破稻草人的伎俩，会满怀仇恨地采取报复性行动。不过，当报复的快感消退后，内心是极为恐慌的。它们左顾右盼，左摇右摆，上蹿下跳，惴惴不安。而一旦确认园丁出城，行动万无一失后，它们便原形毕露，一跌而下，那样子又是滑稽的，挑三拣四、藏头露尾、虚张声势、战战兢兢。

鸽子、斑鸠对牵牛花还算是敬畏的，从不敢靠近。或许是害怕悬在王国城墙上那些张开着的大喇叭，担心一不留神触及某个开关，从那里发出灭杀它们的刺耳号令。它们明白，惹恼一支王国的"冲锋号"，后果那是相当的严重。它们狼狈不堪的样子，牵牛花见过。

牵牛花喜欢姐姐们，喜欢她们皮肤的颜色，喜欢她们追着蜂蝶奔跑的模样，喜欢她们吹着口哨调戏那些死乞白赖的鸦雀们，喜欢她们边背课本边摘豆角的俏皮样，喜欢她们青春的笑容与身体散发的香味。

姐姐们在这片乐土上待的时间不会太长。她们入境常常拎着小菜篮子，只为采购，或者只为牵牛花。在阴晴不定的日子，她们会哼着流行歌曲，随手采一朵牵牛花戴在发间，上街或者上学。她们并不担心人们评头论足，因为她们的花裙子、白凉鞋与长长的麻花辫会捕捉那些赞叹的眼光，她们自信地一甩头便能堵上那些欲言又止的嘴。

姐夫们一般不会关注这片土地上的繁茂与荣枯，也不会关注绕着篱笆上淡淡开着的牵牛花。他们偶尔帮助姐姐们耕地或收拾藤上架下的瓜果，不过是闲闲地抽完一两支烟，寻个饭点前消磨时光的去处，或者瞅着牵牛花一样美好勤劳的姐姐们，找个搭讪交好的机会。

二

在村庄环绕的高处有一所乡村小学。小学小小的花坛上立着几株松柏。左右各一坛，水泥砌的台，插着一圈篱笆。它们将教师办公室与绿草如茵的操场隔离开来。与教室两侧高大的白杨树相比，它们着实有点瘦弱不堪且装模作样，像极了铁面无情的校长，以及深藏不露却火眼金睛的教导主任。

就在松柏的一角，在篱笆上顽强地生长着几株牵牛花。它是孩童们的花。一个个小喇叭像一张张生动活泼的小嘴儿，展着眉，迎着光，唱着歌。当风张开翅膀时，它们便是校园的主角。它们会淘气地跳到孩童们春夏季的书本里，会有模有样地站在课本的第一页第一行；或者变身美术课上老师教学生写生的模特儿。

我想许多人的孩童时代都深藏着这样一朵牵牛花：被罚站时的那一低头；趴在教室走廊下写作业的那一抬眼；站在高高的凳子上将小红花贴上光荣墙后的那一回眸，或者加入少先队那天举行宣誓仪式时的那一扬眉；又或者是踩着下课铃声奔向操场或卫生间时的那一转身，再或者是下着细雨撑开小伞时的那一迟疑……

牵牛花不会忘记，那位吻过它的叫"花儿"的小姐姐，那位被男老师唤作"婉君"的小阿姨，那位教孩童唱"小小牵牛花呀，开满竹篱笆呀，一朵连一朵呀，吹起小喇叭呀"的学前班小老师。

那位小姐姐便是在花坛下，在月光如水的夜里，被镇里下来的男老师揽入怀抱的。那位小姐姐后来没有嫁给那位男老师，她留在了村里，还教着学前班。只是把临村道的教室新开了道门，门旁开了间不温不火的杂货铺。而乡村小学早已经撤离，校门业已封闭，墙上铁丝网锈迹斑斑，墙内操场杂草丛生。

"篱落牵牛又著花，摘花心在鬓先华。"当年背着小手在课堂唱着《牵牛花》长大的孩童后来上了城里的大学，再后来或许也成了老师，成了一位母亲或者父亲。可无论身在何方，应该都不会忘记那个年代，那个年纪，那份拿腔拿调的天真与童稚味儿。那味儿曾经欢快地流淌在身体里一条叫懵懂的河流里。那里，善良与梦想悄然落种，生根发芽。

三

春种海棠，夏养牵牛。仿佛牵牛花只适宜于夏季，其实不然。牵牛花有个俗名叫"喇叭花"，并且它在日本还有个非常雅的名字叫"朝颜"。日本早在奈良时代便将牵牛花作为药草从中国请入国门，随后，牵牛花在日本落地繁衍，千百年来，形成了独特的"朝颜"与"夕颜"文化。据日本学者们说，牵牛花之所以叫"朝颜"，是因为它叶细花薄，吸水少，等到太阳出来时它的水分就被蒸发了。因此，它在日本被喻为"短暂的爱情与不可奢求的幸福"。它常常与日本国花樱花一起，成为大和民族崇尚的一种精神与文化。

当然，无论它叫牵牛，还是朝颜，它都静悄悄地开，与世无争，恬淡如菊。它是村庄的留守者，是校园的看护者，是城市文明的旁观者，是中华文明千年不朽的观照与见证。

我很多次在国外朋友家的阳台上看到它，在高速公路的绿化带里看到它，只是它很不起眼。它的出现，不过是其他花卉的陪衬，或者一种意外。

"藩篱处处蔓牵牛，薏苡丛深稗穗抽。只道物生常茂遂，一宵风雨又成秋。"日子总是在花草的荣枯里找到生离死别，找到平和安详。

不少人说，牵牛花的花语是朴实的爱情，冷静与虚幻的执守。我更喜欢将牵牛花的象征意义理解为——少年时的一种淘气，青年时的一种勤勉，中年时的一种迎难而上，老年时的一种随遇而安。

牵牛花，不在梅外，便在柳边；不在瓜田，就在李下；不在眉间，便在心上。它的荣辱功过少人提及，但她向阳求生的姿态却装进了你的血脉，陪你一起盛开。

等楝花开落

一

在故乡的池塘边、泥墙外、巷陌处、村道上、田野旁、山坡下，不经意间，你就能发现，你的身边就站着一棵苦楝树。

高高伸展的躯干瘦劲硬朗，暗褐色的树皮包裹着洁白多汁的身体，迎着日头扬起的枝条结满黄绿色的针叶。在针叶护佑着的枝枝丫丫间，挨挨挤挤地开着淡紫色的花。远远看去，素面朝天，毫不起眼。它们常常没入刺槐、泡桐、皂荚、木梓、桑树组建的森林群里，成为被人遗忘的风景。

老家的庭院中有株苦楝树。树身挨着土墙，"披头散发"的树冠、枝繁叶茂。二三十米高的个头，粗壮的腰身，足以让人仰视、敬畏。炎炎夏日，它支起的绿荫能庇护院棚里的牲畜，能为院中高高垒起的草垛遮风挡雨。

五月之初，苦楝开花。花儿碎小，小喇叭口朝天向阳，白色花瓣外透着紫，紫色花苞中裹着白。萼片为白，花蕊为紫，紫白相间，欲迎还拒，像一把把握在姑娘手中的花紫伞，又像裹在江南女子柔软腰肢的印花短裙，一股脑儿扎在柔软嫩绿的枝条中。它雍容而又素雅，平和而又高洁，清峻而又热烈。

"花间派"鼻祖温庭筠有诗《苦楝花》云："院里莺歌歇，墙头蝶舞孤。天香薰羽葆，宫紫晕流苏。晻暧迷青琐，氤氲向画图……"说的就是苦楝花绽放时的情景。

"楝花飘砌，簌簌清香细""楝树层层细著花"。满树苦楝花，一团团聚在一起，如紫云缥缈，如天降祥瑞，紫气东来，清香幽幽，如温在姑娘深闺里的香炉，煲在陶罐里的菜粥，随着日子的浸润被捂热起来，香浓起来。那香味不仅能渗满整个庭院，还会穿堂过户，不断入侵我们的鼻息，常常让坐在厅堂里写作业的我按捺不住，想寻香觅源，一探究竟。当你立在树下，拼命地呼吸一口，似乎那幽香离人甚远。那香仿佛不在枝头，不在树下，不在空气里。那香在清风徐徐的屋梁上，在半开半掩的门缝里，在姐妹们开合的唇齿间，在父母亲满面生辉的笑容里。又或者在阳光潜入的书页上，在午睡酣畅淋漓的梦境里。

苦楝花开最盛的时候，那头待在树荫下咀嚼着草料的水牛，常常不识时务，想要伸长了脖子一亲芳泽，却又每每忍不住直打喷嚏，一家人因此笑得前仰后合。这个时期，故乡的未婚女子是切切不可在花下穿行的，据说，婚姻会因此不顺。于是姐姐们都心生忌讳，敬而远之。只有我与哥哥敢于亲近。我们在苦楝粗壮的树枝上系上一袋沙包，借着那团树荫，摩拳擦掌，强身健体。

庭中的苦楝树，听母亲说，是父亲种的，种在父亲与大伯分家分居的那一年。

二十世纪50年代初，举村皆贫。祖上也没给父亲与大伯两兄弟留啥财产，除了那间一百多平方米的低矮土屋。屋里住着三代人，老少二十多口。在那种连穿衣脱鞋、举手投足都要互相避让的狭小空间里，发生口角是常有的事。好容易等到大伯家新居落成，一大家子人带着半边家当浩浩荡荡地撤离。那夜，送走大伯一家的父亲一宿未眠。他立在天井里，瞅着一下子增大的空间，看半边没有瓦楞的屋顶，看星罗棋布，月色满屋，父亲傻傻地笑了，那笑里分不清是悲伤还是欢喜。

那时正值苦楝花开。父亲想，兄弟俩守着孀母，守着清贫，从旧社会到新社会，从被奴役的对象到当家做主，再从两个光棍汉到各自娶妻生子，各自枝繁叶茂，到生活开始转了风向。可令父亲想不到的是，两个相亲相爱的亲兄弟最后也会变成相见不如怀念的仇人，最终各自痛苦地分开。个中的等待，个中的苦涩，只有父亲知道。

次日，父亲与母亲请来村邻，将所剩无几的稻草与茅草全覆盖在了屋顶上，于是没有"天花板"的土屋变成了诗歌里的茅草屋。那夜，父亲种下了那棵苦楝树。

苦楝无须常浇水，也无须常施肥。它的根系十分发达，生命力顽强，像极了乡下人吃苦耐劳的品格。

父亲后来在屋前屋后又种了几株苦楝树。每年春尽，庭中院落，屋前屋后，苦楝著花，同气连枝，蔚为壮观。因苦楝花性苦，少有蜂蝶来嗅，故花期颇长，久开不败。一时间"绿树菲菲紫白香"，整个村落陷落在信风幽香与紫云白雪之中。

苦楝花落的时分，十分凄美。"小雨轻风落楝花，细红如雪点平沙。"不知是风催，还是雨逼，苦楝花会在这连绵不绝的风雨中，花枝低垂，一朵一朵，相继老去；一瓣一瓣，坠落在庭前的黑泥中。那份留恋不舍，那份柔韧相抗，那份生死挣扎，让你目不忍视，心悸神摇。我想父亲是种树人，年年岁岁，春去春回，个中滋味定会了然于胸。

过去读宋代王淇的诗《春暮游小园》，其中一句"开到荼蘼花事了"，误以为"荼蘼"才是人间春色的终结者。后来查阅南北朝梁宗懔著《荆楚岁时说》一书，读到"始梅花，终楝花，凡二十四番花信风"，方知"楝花"才是春天最完美的收官。

楝花花期恰适春夏之交，楝花尽谢，花信风止，那便是李清照词里"知否，知否，应是绿肥红瘦"的夏天了。

二

苦楝的果实，是整个春夏留给庭院最美的礼物。

苦楝的果实初为绿色，渐为金黄。形态圆或椭圆形且光滑，果表嫩青如葡萄，清凉透亮，皮中有针尖大的斑点，一如少女的青春期。尔后，果实日渐硕大、饱满、坚实，熟若黄枣。一粒粒，一串串，密密匝匝，垂在枝头，悬在头顶，俏皮可爱。

在故乡众多的植物中，不能食用的果实很少，苦楝果是其中之一。与其花蕊一样，性味苦而有毒，鸟兽不侵，这也成为苦楝的特色。没有动物们的骚扰，其挂枝时间变得更为长久，能穿越风霜雪雨的秋冬。

苦楝果实圆溜硬滑，让它成为儿童们游戏的宠物，成为皮筋弹弓最好的子弹。苦楝果实在知了欢叫的夏天，频繁地敲打着邻家玻璃窗，或者像音乐一样叮叮咚咚在你身边次第响起，又或者冷不丁地一粒飞弹袭击你的后脑勺，响声清脆，随之而来的抗议与责骂声便会此起彼伏。

父亲得子迟，年届不惑才有了我哥。偏巧那年故乡"脊髓灰质炎病毒"流行，大哥不幸染病，落下终身的残疾。父亲脸上的笑容沉默了好些年，直到有了健康的我。

听大舅说，当年大哥被镇卫生所误诊以至于后来难以医治的时候，父亲流下了悔恨的泪水。他责怪自己没有早点发现，没有早点把孩子送到县里的医院，责怪自己害了大哥的一生。父亲因此常常借酒浇愁，每饮必醉，以至于后来落下了酗酒的毛病，无论母亲如何规劝与流泪。

我想那酒是烈的，也是苦的吧。那涩涩的滋味一定如苦楝的花，苦楝的果实，在父亲百回千转的愁肠里集结、焚烧，化为穿肠之痛。

入秋，苦楝的果实开始风干，变红变黑，继而渐渐地萎缩，像老人沟壑纵横的脸,又如一串串喑哑的风铃,在枝头兀自摇曳。

隆冬到来时,北风几乎扫荡了所有的村庄,植物们悉数上交了全部的绿叶与果实,光溜溜赤条条地等待审判。而庭中的苦楝仍旧挂着果,仍旧微笑着面对北风的搜刮与掠夺,直到它在奔向春天的路上耗尽最后一丝力气。

不愿冬眠的鸟驻守在裹着白雪的枝头,生生瞅着苦楝的残果,饥饿地叫唤。父亲见了,也不会去驱赶,而是傻呵呵地笑。

"不惧霜风煞叶花,凝浓苦涩聚年华。光枝秃秃容颜老,众子团团满树丫。"苦楝的果实有着铮铮铁骨,像极了乡下人又臭又硬的脾气。

三

庭中的苦楝树长到第二十五个年头的时候,大姐出嫁。父亲截去树的几条粗枝,晒干熏弯后,做了两把椅子,一口箱子,给大姐作嫁妆。苦楝质轻且耐用,适合做农具,拿来做家具,亲友们都觉着寒酸,大姐也不言语。五年后,二姐出嫁,父亲将他种的几棵苦楝树悉数放倒,给二姐做了婚床。行动的前夜,父亲特地焚香祷告,二姐却是流着泪离家的。

如今,父亲已去世许多年,嫁到远村的大姐业已摆脱贫困,过上了丰衣足食的生活。二姐依靠自己的智慧做起一门生意,家业向好。她们的孩子先后进了城,媳贤子孝。而父亲留给她们的那些旧物,经过无数双手掌的抚摸,早已老旧破损。可她们均未丢弃,绑圈铁丝,打上钉子,依旧存着用着。每每睹物思人,让人泪眼婆娑。

我一直生疑,一向心思缜密的父亲如何会独独钟爱粗壮木讷的苦楝树?粗壮木讷的苦楝树又如何能开出如此素雅、娇媚的小紫花?苦楝树苦苦地等,迟迟地开,慢慢地落,它到底在等什么?它错过了"东风第一枝"的荣耀,错过了争奇斗艳的繁华;它安之若素地选择末位出场,却披上春天终结者的骂名，忍受后世生灵的百般诟病，它到底想收获什么？

我似乎领悟，苦楝不惧暴雨疾风的摧残，却经不住小雨轻风的耳鬓厮磨。这种柔韧中的坚强，这种先人后己的退让，这种苦中作乐的达观，这种与世无争的情怀，多么像我的父亲，多么像故乡众多的父老乡亲。他们是中国农村第一代垦荒者、开拓者、奉献者、牺牲者；他们一辈子心系家园，不择沃土，不弃贫瘠，不嫌甘涩，不问悲喜。一人一牛一鞭，一草一木一花，历尽沧桑，九死不悔，才有了今天现代化的新农庄，才有了共和国高大坚挺的脊梁。

鲜花的宴

一

白茅草后来想起，它是从掩埋它的黄土地里几经挣扎才扭动脖子，睁开眼的。在死亡的寂寞中醒来，它听到大梦先觉的鸟雀立在光秃秃的枝丫间，用充满诗意与哲学的语调在晨读。当鸟雀们睁一只眼闭一只眼议论早餐时，白茅草目睹了田里的麦子与太阳孤独地对视。一滴滴悬挂在麦尖上的露珠是太阳陨落在人间的眼泪，麦子挺直腰杆接纳这冰冷的泪珠，太阳用深情的目光焐热泪珠。在那晶莹的对视中，它们相持、退守、消减，双双坠入一轮又一轮的黑暗。

失去水牛厚重脚掌与粗犷歌声的牵引，白茅草有些摇摇晃晃，繁缕还没剪断大地母亲的脐带，便一把抱住了白茅草的腰身，它们交头接耳的情话惊动了半梦半醒的蒲公英、苣荬菜、荠菜、水麻、山莓与羽衣甘蓝。或许是它们的议论声有些嘈杂，或许是枝头鸟朗读声太过嘹亮，村庄里打着盹儿的树木次第醒来。当醒来的春天树决定打开迎宾伞，把一树的绿意撑开，当它们与春草相遇，那便是一场狂欢宴，一场重生宴。到处都见花开：田边、墙角、院落、屋顶、窗台、檐下、井旁；香椿、金盏、山茶、山胡椒、四季桂……

李树与梨树是村庄的天使，用圣洁的白在每一个村头村尾、三岔路口迎来送往；樱桃、杏树是村庄待嫁的公主，它热烈地开，任性地开，开在每一处向阳的地方，开在爸妈的手心里；干枝梅是厚脸皮的少年郎，总是开在窗下，开在门前，固执地守护自己的爱情。

醒来的村庄，陷落在鲜花与芳草熏染的幻梦里。

与村庄一起醒来的还有高原上的草原。藏北草原有一处高高的山坡，一名身披袈裟的老僧人，牵着一头驴想要下山，驴背上驮着两箱经书。春日，天色向晚，僧人拽着绳拉着驴吆喝着，而驴又疲又乏且留恋脚下新生的春草，低着头扭动脖子使着性子不愿走。就在他们僵持不下的时候，僧人抬起了头，他惊奇地发现山坡下成片成片的格桑梅朵，成片成片的樱草花……细长笔直的茎像西域汉子的脊梁，托起轻薄纤细的粉红色花蕾，在空旷绵远的湿地草原疯狂奔跑。残阳如血，穿透伸手可及的云层，染红了僧人的袈裟，染红了僧人古铜色的脸庞，汩汩地奔流在着了火的花海中。

着了火的花奋不顾身地开在"藏北江南"，开在无边无际的草原湿地，开在"灵魂的故乡"。千余种花卉，在千沟万壑里千回百转，千姿百态，千娇百媚，那是怎样的一种惊心动魄。

"花燃山色里，柳卧水声中。"花之燃，燃在田园村庄，燃在雪域高原，燃在万水千山，像极了一场春天的约会，一场鲜花的宴。

二

鲜花的宴，我曾在古诗词中遇见过。

少读《唐诗》，读得心花怒放。可读着读着，"气壮山河"变成"哀感顽艳"。读到最后，字里行间，眉间心上，"花"即是"字"，"字"即是"花"。青年迷《宋词》，"词为艳科"，字字珠玑，不明所以。中年再读，发现"花"

已非"花","字"已非"字"。

原来四万言《唐诗》、二万首《宋词》的浩瀚宏著写的不仅仅是"金戈铁马""纵横捭阖""精忠报国"的快意恩仇,也不仅仅是"离情别绪""怀古伤今""春恨秋悲"的言志抒怀,更有"山水田园""诗路花语"与"万紫千红"的人间真味。

现代诗也言花,能把"花事""花意""花骨""花魂"写到极致的诗家不能不提海子。

海子的人生诉求便是"面朝大海,春暖花开"。他的诗每一行每一句都灿若花开,如《春天》《你和桃花》《亚洲铜》《月光》等。诗浸花骨,花燃诗中。葵花"温暖",桃花"冰艳",桂花"纯洁"。在众多写花的诗中,独有"野花"是海子最专情,最迷恋,最愿意去开掘与探寻的。

"野花是一夜喜筵的酒杯,野花是一夜喜筵的新娘,野花是我包容新娘的彩色屋顶。"(《春天》)

"爱怀疑和爱飞翔的是鸟,淹没一切的是海水;你的主人却是青草,住在自己细小的腰上,守住野花的手掌和秘密。"(《亚洲铜》)

海子写野花的诗篇中当以《九月》最为传神:"目击众神死亡的草原,野花一片……远方只有在死亡中凝聚野花一片,明月如镜高悬草原,映照千年岁月……"

海子喜爱草原,蒙古语中的"海子"指"沙漠中水草丰美的洼地或湖泊",那里自然花开不败。

每次读海子的《九月》,听旦增尼玛的演唱,悲怆、冷艳、凄绝的情愫便会澎湃而起,挥之不去。象征幸福与生死的"野花",焕发着庄严的神性光芒。

有人说,海子的诗是从灵魂的孤岛上采摘的花朵。那么,海子灵魂里的这座孤岛自然野花盛开。海子自己也说:"那些寂寞的花朵,是春天遗失的嘴唇。"

野花是卑微的，渴望被注视，渴望被宠爱，渴望被亲吻。海子生在春天，他从沙漠中的洼地倔强地走来，带着饥饿的诗意走进燕园，将未名湖一泓富饶的诗情捞起、咬碎、果腹，在他忧伤的胃里结成了珍珠。海子走在春天，他把自己埋在了种满鲜花的诗行里，并在一个远在远方的叫"海子"的地方重生。

小说家张抗抗新出的散文集《北方》里有篇文章《最美的北大荒》。文中写了19岁的她下放东北知青点"北大荒"，落户在那个四面围墙上残留铁丝网的荒凉营地，以及她在那里与花结缘、伴花成长的故事。

"原野上的鲜花应有尽有。田边地头、甸子里坡岗上，野玫瑰、雏菊、风铃草、金针菜还有许多叫不上名的花儿……"她每天放工时会故意落在队伍后，就为采一束野花，插在床前的玻璃瓶中。

女知青们对北大荒野花的爱，不全是对单调枯燥生活的调剂，也不只是惺惺相惜，而是对那片她们用青春热血开垦的土地爱得深沉。以至于，一株种在营房里的不怕冷的"鞑子香"，都能让她们兴奋不已。以至于，她们瞅着守着宠着"鞑子香"，就能熬过漫长寒冷的冬季。

几十年过去，"北大荒"如今变成"北大仓"，变成了东北粮仓。它不会忘记千千万万的女知青。是她们把最美的花季献给了北大荒，把流血流汗流泪的青春献给了北大荒，把人生最美的一段生命埋葬在了北大荒。那是爱的种子结出的爱的花朵。

花之燃，燃在诗词里，燃在北大荒，燃在爱花种花人的青春里，血脉里。它与爱花写花的人一起燃成了春天的源头，结成了鲜花的宴。

三

鲜花的宴不只开在诗书里，也重生在历史的光阴中。

日本有部历史正剧《花燃》，是NHK电视台投资拍摄的。该剧以日本幕府末年思想家吉田松阴的妹妹吉田杉文为主线，以当时动乱时局为着眼点，再现了一群有为青年承吉田松阴之志，开办"松下村塾"，兴学育才，励精图治，最终开启波澜壮阔的明治维新的史实。

《花燃》拍了50集。因这类历史正剧拍摄时间长，故事篇幅长，播放时间长，人们亲切地管它叫"大河剧"。"大河剧"坚持每年一部，拍了59年。类似《花燃》剧般有意识地选择女性为主角，反映女性觉醒与作为的题材剧，又叫"女大河"。

已播出的"女大河"有《平清盛》《八重樱》《女城主直虎》《笃姬》《花之乱》等。其中《花之乱》比较罕见地描述了室町时代中期才能超越男人的政治女性日野富子的一生，以及"应仁之乱"发生的始末。

尽管"大河剧"塑造的人物年代久远，是仅凭有限资料塑造的"文学形象"或者说是"民间形象"，不能证明是真实的"历史形象"；尽管"大河剧"有"人设微末""剧本雷同"之嫌，但不可否认的是，至今尚无哪个国家能如此劳师动众、鸠工庀材地将本国史上的"女精英"精心包装、倾力演绎、浓墨重彩地搬上荧幕。让这些沉睡在历史中的光芒女性在身后百年、千年一如当初般鲜活地盛开。她们就如一场"鲜花的宴"，繁花似锦，灿若星河，给饱受男尊女卑观念浸染的日本男权社会带来一抹人性的馨香。

安徽有位女作家叫李筱懿，她在《灵魂有香气的女子》一书中节选了民国史上"三大美女"与"宋氏三姐妹"，以及赵四小姐等二十九位中华奇女子。她为她们掸去尘埃，修枝裁叶，立传背书。

这些传奇女子或生在半封建半殖民地的农村底层，或挣扎在水深火热的市井巷陌，或出没在衰落的富商之门，或圈养在腐化的官宦之家。然而，她们先知先觉，活跃于时代的最前列，投身于革命的洪流中，奔走于政治、经济、文化的大舞台。她们风姿绰约、秀外慧中、钟灵毓秀；她们学贯中西、博古通今、卓尔不群；她们冰清玉洁、国色天香、风华绝代。她们以柔弱之躯，同悲惨的命运相争；以觉醒之心同腐朽的家庭相叛；以磐石之坚同人吃人的社会相抗；以灵魂之香同污浊的乱世相别。无论最终是陨落还是崛起，她们都是开在沧桑人间最美的奇葩。她们以花之燃点亮了自己，燃烧了自己，也丰满了那个时代。

《史记·外戚世家》曾在开篇中说："自古受命帝王及继体守文之君，非独内德茂也，盖亦有外戚之助焉。夏之兴也以涂山，而桀之放也以末喜。殷之兴也以有娀，纣之杀也嬖妲己。周之兴也以姜原及大任，而幽王之禽也淫于褒姒。故《易》基《乾》《坤》，《诗》始《关雎》。"

这是早期国史为传奇女性影响历史，推动人类文明进程的发声。严苛不乏温情，简约不乏深刻，劝免不乏犀利。

著名文学家、散文家、画家丰子恺先生有本书叫《从梅花说到美》，汇集艺术与人生、音乐艺术、绘画艺术、文学艺术……可谓引领读者在诗、画、乐等美学里畅游。其中有句最为经典的话——"一粒沙里看出世界，一朵野花里见天国。"

世界是花的世界。花之燃，燃在浩浩荡荡的历史长河中；燃在是非曲直、荣辱功过的滥觞与沉香中，成就冠绝古今，永不落幕的"鲜花的宴"。

第五章 诗经絮语

泼茶香

一

江南禅意歌者刘珂矣有支歌叫《浮年盏》："暖风晴晴吹小窗纱，藕染青梅染头发……冷风吹不透小窗纱，谁写心事到琵琶。月似当时人似当时啊，看罢落花看梅花……饮湖光山色正好，饮相聚人未老。东风西渐，渐渐上琴弦上眉间，一抹云烟，载不动秋千……"

歌曲创作灵感据说来自大宋才女易安居士李清照。疑是李清照幽居深闺时品茗、饮酒、赏花、焚香、抚琴、吟唱、怀人场景的唯美再现；又似李清照式古代才女的群像造影。她与她们活在卷轴与经典里被光阴沉浸得太久，曾经柔软而颤动的文字符号早已失忆，诗情画意的旷世传奇香泽千年却难以打捞一二。所幸，这首禅歌开凿出了一方意象的天坑，让意象之外意象横生，时间之外时间再现。故人交织，往事萦绕，不止不执。可谓景在水墨山河之外，人在诗酒弦意之间。茶汤燃起的香，茶香晕开的愁，恰似一汪被宋风吹皱的春水，脉脉含情，缠绵隽永，漾漾在汴河里淌开。

大宋四五月的天气，枝头青梅花落，暗结的青梅果掩不住的苍翠，在波光日影里摇晃。打泥沼里冒出头的莲叶浸泡在诗酒濡染的发丝间。茶汤醉倒在弦上，冒着袅袅的热气，温暖潮湿的风滋养湖光山色，无路可走的雨水与溪流绕着光阴流转，像一尾尾摇摆的鱼，奔跑在意念拼接的图画上……不舍昼夜的日子似乎都被染成了青梅色。青梅之色，青梅之味，那是大宋整个春天的秘语。

"和羞走，倚门回首，却把青梅嗅。"好一个不谙情事佯装嗅青梅之香以避情郎临门之羞的大宋深闺女子，欲迎还拒，情态可掬，恰如初雨枝头弄晴的一颗青梅。若是配上几句欲说还休的台词，那意味或许是——"就不睬你，就不睬你，我嗅青梅呢……"可青色的梅果何味之有？

一个像青梅一样青涩，青瓜一样鲜嫩的少女，一个将青梅造语之境攀上文山意海之巅的少女词家，或许连写下"郎骑竹马来，绕床弄青梅"诗句的诗仙李乐天，也会自叹不如吧。

《浮年盏》，是搁在旧时光里的一味药，治愈了身陷大宋风雨里的痴人。

二

在大宋的"三观"中，在儒学风劲的时代，习"礼、乐、射、御、书、数"的"六艺"女子，知《诗》《书》《礼》《乐》《易》《春秋》的"六经"女子自然是高知典范，是高不可攀的存在，而懂温酒、烹茶、填词且器宇不凡的女子更是出尘脱俗，绝无仅有的。

传说中的李清照便是这样才色双佳的奇女子。奇女子李清照是山东济南人，善饮，除了米酿，当然也是茶中君子。《金石录后序》中记载："余性偶强记，每饭罢，坐归来堂，烹茶，指堆积书史，言某事在某书某卷第几页第几行，以中否角胜负，为饮茶先后。中即举杯大笑，至茶倾覆怀中，反不得饮而起，甘心老是乡矣！故虽处忧患困穷而志不屈。"

北宋崇宁元年（公元1102年），十八岁的李清照嫁与吏部侍郎赵挺季子——二十一岁的赵明诚为妻。出生书香官宦之家的李清照，是礼部员外郎之一的李格非之女,幼时一目十行,过目不忘,博览群书,出语惊人,名动京都。花季才女大婚本该是万人空巷、争睹芳容的盛事,可是正巧当年宋徽宗亲政不久,一位本来远离权力中心的投机分子蔡京破天荒地出任宰相,几度叫停的"熙宁新政(王安石变法)"死灰复燃,九月更是在朝堂前立起"元祐党人碑",标志着全面打击"元祐派"的开始。党争燃起的烈火愈燃愈烈,燃尽大宋的基业。李格非因与苏轼、司马光一样系"元祐党人",遭到打击。父罪很快株连李清照。崇宁二年(公元1103年)辛巳,奉"宗室不得与元祐奸党子孙为婚姻"的皇帝诏令,新婚一年的李清照被迫离开夫家,离开帝都汴京,投奔被遣返原籍的父母家人。两年后,也就是崇宁四年(公元1105年),李清照的父亲去世,悲痛不已的她生活处境变得更为艰难。

宋徽宗大观元年(1107年),李清照公公赵挺之被罢相不久卒,二十三岁的李清照与丈夫获得重聚机会,两人决定带着部分家产屏居青州(今益州)。

靖康之变(1127年)后,赵明诚复知江宁府(今南京),到任不久便遭遇江宁御营统制官(守备司令)王亦发动叛乱,事先接报的赵明诚不仅未加理会,还在兵变的危急关头溜出城逃跑了。此事件有悖于李清照心中认定的理想丈夫英雄伟岸的"人设",有悖于大宋朝"刚直不阿,临危不惧,视死如归"的士大夫光辉清明的形象,更背弃了"虽处忧患困穷而志不屈"的初心,对他俩夫妻感情的影响无疑是巨大的。有人说,这是李清照冷淡疏远赵明诚的诱因,甚至说他们因此还离了婚。这显然有些言过其实,要知道大宋女子若想与丈夫离婚,状告"丈夫"是需要以入狱为代价的。

赵李夫妻关系出现裂痕,主要来自部分学者对"生当作人杰,死亦为鬼雄"诗句创作背景的解读:建炎二年(公元1128)年,李清照一家向江西方向逃亡,行至乌江,站在西楚霸王项羽兵败自刎的地方驻足且踌躇良久,她为丈夫的临阵脱逃感到羞愧,为南宋当权派面对外敌入侵消极抵抗不作为的无耻行径感到愤慨,一时心潮起伏,情难自已,于是愤然题诗。而据传丈夫赵明诚当时便陪侍身侧。建炎三年（公元1129）年2月，赵明诚接朝廷令移知湖州，在前往南京途中染疾身亡。

有人推测赵明诚的亡故并非染疾，元凶是郁闷、羞愧、悔恨难挡的"情疾"。果真如此么？

从赵明诚弃城到改迁异地为官，再到亡故，史料推测的时间序列是非常拥挤的，而且不同史料时间相左，难以自圆其说。退一步讲，李明诚当时确实受了处分，却并未罢官，夫妻经济基础还在，文人看重的名节还在，士族家庭的脸面还在。况且夫妻同为学士名流名臣之后，同处乱世，一同历经了"元祐党人"与"元丰党人"残酷的政治斗争，历经了李父与赵父先后罢官与亡故，历经家族衰败、生死离别等诸多考验，岂是一场宦海劫波所能击垮的？况且丈夫赵明诚去世后，李清照以弱女子之身，誓死保全夫妻合著的《金石录》文本（原稿装了好几车），无惧颠沛流离九死一生，便可窥见守望相助、肝胆相照的夫妻关系主旋律。

李清照与赵明诚结婚二十七年，只有十年过着"中即举杯大笑""茶倾覆怀中"的幸福清闲时光。这段时光，正是夫妻屏居青州，患难与共，共同校勘金石古物书画的十年。明代江之淮在《古今女史》（卷一）中提及："自古夫妇擅朋友之胜，从来未有如李易安与赵德甫者，佳人才子，千古绝唱。"个中情状，可见一斑。

"风吹来，赏落红，渐浓。月光下，放海灯，如童。雪纷纷，红斗篷；风又吹，羽叶花，牵藤。半月光点燃了书灯，曲栏外回荡着竹声，谁能绕过这微微的冷……"这首刘珂矣演绎出来的歌曲《泼茶香》或能诠释一二。

那么，"茶倾怀中"的李清照与丈夫烹的是什么茶呢？这就需要考察一下大宋的茶文化。

宋代的茶叶分为两大类：一类是"团饼茶"，蒸压成一片片的，故又称"片茶"。又因茶表面涂有一层蜡，冲泡后有乳状物泛于茶汤之上，神似"溶蜡"状，故名"蜡面茶"。"腊面茶"前身为"研膏茶"，起于唐代，那是一种自然茶。制茶人因宋代士大夫阶层讲究品茗格调，便在自然茶中渗入沉香木、麝香等名贵的香料，于是自然茶升级成"香料茶"。

宋代茶叶以白为贵。"白叶茶"最为宋徽宗推崇。宣和二年（公元1120年），福建建安北苑"茶基地"上市了一款"龙团胜雪"。

宋代赵汝砺《北苑别录·纲次》与《建安志云》皆有记载："龙园胜雪"用十六水，十二宿火，白茶用十六水，七宿火。胜雪系惊蛰后采造，茶叶稍壮，故耐火。白茶无培壅之力，茶叶如纸，故火候止七宿。水取其多，则研夫力胜而色白，至火力但取其适，然后不损真味。

于是，"龙团胜雪"一出世，便被贴上了"登峰造极"的显赫标签，可谓一茗千金。

宋代的另一类茶是散茶，无须蒸压，采摘芽叶后干燥而成，又称草茶，那是普通老百姓喝的茶。士大夫阶层则以饮"片茶"为时尚，点茶用的也是片茶。从《金石录后序》所述场景推测，李清照夫妇于宋徽宗大观元年（公元1107年）至政和七年（公元1117年）间所饮茶应为"片茶"，初期或为名品，后期应为普通款。毕竟是名臣之后，虽然喝不起价值不菲的"龙团胜雪"，还不至于沦落到饮草茶的境遇。

三

纳兰容若有首词《浣溪沙·谁念西风独自凉》，是这样借李清照夫妻品茗往事言己抒怀的："谁念西风独自凉，萧萧黄叶闭疏窗，沉思往事立残阳。被酒莫惊春睡重，赌书消得泼茶香，当时只道是寻常。"

"赌书消得泼茶香"，不仅让《金石录后序》里描述的场景生动起来，鲜活起来，更是扩大了其视界，让封存太久的典故变得立体起来，丰满起来。

"赌书"是夫妻间共同的爱好，也是活动中的"趣源"，"茶"是标的，"茶香"则是勾引。渗入了沉香木或麝香的"香料茶"，虽不及皇帝贵胄们的御用极品"龙团胜雪"，也足够让人起心动念，萌生拼一把才学的冲动。

可茶汤怎么会入怀呢？想必是太过开心，忘乎所以，情急失据了。那么，结局是皱着眉头斜着眼帘提着裙裾回房更衣？还是翘着嘴唇瞪着鼻子借机发难不依不饶讨要新衣裳？抑或不管不问春风得意牵拉着胸衣继续游戏……或许都是有的吧。但因了那"香"，那斗胜后撩人的兴奋，便是燃情之火，火焰包裹着音乐的蝉翼，在琴弦上跳跃，一切变得美好起来，温馨起来、迷离起来，热烈起来。

"岁月如驰，古今同梦，惟有悲欢异。"想必，能与李清照感同身受、"同屏共振"的要数纳兰容若。

秋风吹冷，片片黄叶飞舞，谁在西风中独自感慨悲凉？萧萧黄叶零落，目不忍睹，便想关闭小轩窗。抬头却见斜阳余晖侵入、人去楼空的亭台小院，人在庭中，形单影只，方觉那思念的人早已不在。酒后小睡，被凉意惊醒，乍见庭外春意正浓，念及昔日闺中形影相依，四目相接，赌书斗茶，衣襟浸满茶香，如今却天人永隔。

同样有天降良缘，迎得佳配良偶；同样婚姻美满，金瓦红墙，白雪新茶，鲜衣怒马；又同样落得席散人去茶也凉。词中一个"赌"字让一缕生机跃然纸上，一句"当时只道是寻常"将一股被忽略的幸福，被深埋的美好聚涓成海，澎湃而起，剜心摘胆，痛彻心扉。

纳兰容若与李清照都非市井小人，他们生活在有墨香、琴香、书香、衣香、酒香、菜香、茶香等"香气包裹"的社会阶层，都曾有着显赫的家世。在酒醒墨干琴断裳旧之后，却唯有"泼茶香"如此固执地沉淀在意识的最底层，让回味有归处，让思念有来处。所不同的是，李清照与赵明诚的后半生忽逢乱世，这一双绝世璧人从相知相惜到相背相离，最终落得情天情海幻情空。

四

烹茶，是一种境，这境造了千年。烹茶，茶叶遇沸水，浮浮沉沉，释放深蕴的香：春的幽静，夏的炽热，秋的丰盈与冬的清冽，都在一味茶香里。

饮茶，是一道景。落在思念的拐弯处，穿竹打叶，把沉睡着的哀愁与思念唤醒。无论是五百年，还是八百年，那唇边味、怀中汤、枕边人都是排山倒海的情感最好的出处。

"情深不寿，强极则辱。"大宋才女李清照是一杯白茶，也是一杯黄茶、红茶与黑茶，她曾经收获过铁观音式的爱情，拥有过"龙团胜雪"般的婚姻，而独独缺失了一杯让她幸福终生的普洱。

月下、晨昏、雪地、风外；亭台、楼阁、窗前、庭院，烧一盆炭，煮一壶茶，焚一炷香，握一卷书或把一只盏，若是嫌还不够解瘾，呷一口茶，再来一曲《浮年盏》与《泼茶香》。

品茶味、论茶源、闻茶香、赏茶形、观茶色、吟茶联、绘茶画，赏茶态万千。

弄晴柔

与南宋同年诞生的杨万里,写过著名的七言绝句《小池》:"泉眼无声惜细流,树阴照水爱晴柔。小荷才露尖尖角,早有蜻蜓立上头。"

这首绝句之所以让我们耳熟能详,是因它进了幼儿园读本,以及小学古诗诵读的目录。前两句的大意是:初夏时节,泉眼悄然无声是因舍不得细细的水流,树荫倒映水面,是因为喜爱晴天和风的轻柔。

众多文本的解读不一,大多数意见称这首《小池》从小处着眼,描写太阳下的树木及树木庇护下的"小池、小泉、小溪、小荷、小蜻蜓"……阳光明亮、泉水清亮、树荫深绿、小荷翠绿、蜻蜓鲜活……表现了大自然中万物相生相亲的和谐关系。

《小池》的最后两句千百年来脍炙人口,被人们奉为经典。诗歌创作的年代大约为南宋孝宗淳熙四年春(公元1177年),五十岁的杨万里出知常州时期。《小池》是"诚斋体"的代表作,选自《诚斋集·江湖集》卷七。

晚年的杨万里开创的"诚斋体"摒弃当时的诗家主张,从强调"师法前人"转而推崇"师法自然"。一代诗宗杨万里写自然景物,善于捕捉稍纵即逝的细节,构思新巧,语言清新,通俗明畅,幽默诙谐。

窃以为,《小池》的精妙不止于此。有三个字的化用不得不举。一是把"树阴在晴朗柔和的风光里"的情状浓缩成"晴柔"两字;一是把柔枝在水面婆娑弄影，想要遮盖住水平面的"动作"用一个"爱"字来表达。这似乎具有人性的思维——"用她支撑起的阴凉遮挡阳光，遮盖小池，以免水分被阳光蒸发而干涸"。这不仅仅是简单的舍形取意与简单的拟人化描写，更是把小小的生物当成了能呼吸的智慧体，有了"爱心"，有了"怜惜""疼惜"之心。

而会呼吸的智慧体竟然由"爱晴柔"三字牵引而出。如果再剖析一下"晴柔"的本意，便知"晴柔"不过是指"晴天里柔和的风光"，与"爱"字拆解来观照与领悟，便会失去意味了。我们细细推敲一下"爱晴柔"的精妙遣词与神奇造境之术，似乎能窥见一些化用的痕迹。

先来看看李白诗《别山僧》："何处名僧到水西，乘舟弄月宿泾溪。平明别我上山去，手携金策踏云梯。"

"乘舟弄月"就是乘船"把玩""把弄""玩赏"月亮的意思。可如何"玩赏"呢？大抵是"仰视天上明月，俯察水中月影"，既可"谈月"又可"咏月"。

接着，来看山水田园派诗人王维诗《早春行》："紫梅发初遍，黄鸟歌犹涩。谁家折杨女，弄春如不及。"

诗的大意是：紫色的早梅刚刚遍地开花，莺儿的歌声还不那么流利。折取杨柳枝的是谁家闺女，赏玩春光唯恐它匆匆流逝。"弄春"在这首诗中的意思是"在春日弄姿"。

再看北宋词人张先《天仙子·水调数声持酒听》："沙上并禽池上暝，云破月来花弄影。"

"云破月来花弄影"一名意为：花儿投射到地上的影子变幻着各种各样的姿态。

一个"弄"字却把花儿拟人化了，让可爱的花儿去摆弄去捉弄自己在月光下投射到地面的暗影，这是何等的奇思妙想，又是如此地贴合逻辑。

李白、王维、张先，三位"大咖"，一位"弄月"高手，一位"弄春"

高手，一位"弄影"高手。区区一个"弄"字，弄出一片惟妙惟肖、生动活泼、趣味横生的艺术境界。

秦观词《画堂春》中也有"一弄"："落红铺径水平池，弄晴小雨霏霏。杏园憔悴杜鹃啼，无奈春归！柳外画楼独上，凭栏手捻（一说'撚'，读音niǎn）花枝。放花无语对斜晖，此恨谁知？"

"弄晴小雨霏霏"是说天气忽阴忽晴，两相角力，变幻莫测，摇摆不定。

柳永词《观海潮》"弄"出经典句："羌管弄晴，菱歌泛夜，嬉嬉钓叟莲娃。"

"羌管弄晴"可译为：无论是晴朗的白日还是黑夜，羌笛都在卖弄、炫耀着它美妙的旋律。不少文言文翻译家认为，此句与"菱歌泛夜"是"互文""互辞"。这两句可译为：不论白天或夜晚，湖面上都荡漾着优美的笛曲和采菱的歌声。

还是晏几道词《鹧鸪天》"弄晴"句来得传神："十里楼台倚翠微，百花深处杜鹃啼。殷勤自与行人语，不似流莺取次飞。惊梦觉，弄晴时，声声只道不如归。天涯岂是无归意，争奈归期未可期。"

词中"弄晴"当指禽鸟在初晴时鸣啭（zhuàn）、戏耍、卖弄自己的欢叫声。

总体来看，"弄"古今含义大抵是"摆弄""逗弄""玩弄""设法取得"及"做、干、办、搞"等意。"弄晴"系唐宋诗人、词人经常化用的词。可见从"弄月""弄春"到"弄影""弄晴"，可谓逢"弄"生色，炼字如金。诚然，再往前一步看"爱晴柔"三字，又当作何感想？设若将"爱晴柔"换作"弄晴柔"又当如何？

棉里花

一

"五月棉花秀，八月棉花干；花开天下暖，花落天下寒。"

这首诗最早出自清代袁枚《随园诗话》卷一。据记载：清方制府（知府）问亭栽棉花，招幕府吟诗，多至数十韵。桐城马苏臣曰："我止两韵。"提笔云："五月棉花秀，八月棉花干。花开天下暖，花落天下寒。"

《随园诗话》成书于乾隆五十五年（公元1790），是随笔式诗论文体，旨在倡导"性灵说"，以反对乾隆诗坛流行的沈德潜"格调说"与翁方纲"以考据为诗"的风气。这首棉花诗，不仅成了桐城派马苏臣的代表作，也成了《随园诗话》里的经典，几百年来广为传颂。

五月棉花秀，"秀"的含义是"植物抽穗开花（多指庄稼）"。

故乡毗邻棉产区，种棉与种麻是每户人家必做的功课。不过棉麻的种植地大多在旱地与荒坡，它们喜阳不喜阴，不会与白汪汪的水稻田争斗池之宠。当躺在苗床里的棉叶探头探脑地冒出头，偷窥周围挺着胸脯的白茅草一丛丛长大长高长清秀，将田埂完全占领来时，那浓重的香气扑面而来，它们是兴奋的。棉叶能听到阳光行走的声音，袅袅婷婷，且行且思；也能听到自己生长发育的声音，听到白茅草与骚扰它们的蚊虫撕扯反抗的声音，也能听到风这位大众情人抚慰白茅草时的低语。

初夏，白茅草围着的领地如同一座城堡，它们见证了棉叶的成长。许多在五月长大的花草都有自己的城堡，大都见过棉叶、棉树、棉花。当粉红、粉黄或乳白色的棉花瓣在乡村的背面静悄悄地绽放时，村庄便进入恋爱与孕育的季节。

杜鹃鸟带着聒噪声自田野掠过，纷纷冒出来"晒颜值"的月季、玫瑰、蔷薇、刺槐、迷迭香、丁香、紫藤、栀子花、扶桑、石榴、含笑、金银花、夜来香等木本家族坐不住了；草本家族的雏菊、金盏花、矢车菊、满天星、紫罗兰、芍药、鸢尾、白头翁、睡莲、天竺葵、凤仙花、万寿菊、太阳花更是倾巢而出。这些花朵度过苗期进入蕾期，在它们还没有成花成名之前，它们历经闪电惊雷与狂风骤雨，惊骇于刀光火电撕裂春天的声声怒吼，它们十分理解生的可贵，理解五月日子的仓促，它们在每个晴朗的日子里相互问候，热情似火。在窗台上、屋檐下、院墙外，它们相互依存，相互守望。它们并不会嫌弃一朵淡得没有一丁点儿脾气的棉花，嫌弃它们偏安一隅，像大豆、高粱一样成为庄稼，成为乡村的背景，更不会嫉妒主人时不时围着它们转悠。

棉之花被绿色的桃形叶片托举着，小心翼翼，战战兢兢，像托举着一个圣洁的小公主。花色之淡，淡得轻盈，淡得素静，淡得像蒙着纱隔着微尘跌落在光影里不被打扰的旧梦。

五月的棉花，木秀于林，蜂群与蝴蝶这些"走婚族"早已按捺不住，涎着脸拉开架式，鼓噪着，摇摆着，秀着肌肉。它们的侵入，不过是想求一场你情我愿的婚配。可棉花淡定得像一位先知，薄薄的羽翼浸润着雨露，只为太阳开合。它们在棉田里很安静，安静地瞅着五月的孩童背着书包打身前经过，听孩子童们上学放学的打闹声、儿歌声。它们一点也不惊讶，也不规避。孩子们的母亲早已告诫他们，对棉花应有的尊重。因此，棉之花在整个蕾期里，是自由的、安全的、安详的，它们享受着生命中最优游的时光。

"谁知姹紫嫣红外，衣被苍生别有花。"棉花在我的故乡，或许算不上一种花，它无法与油菜花相提并论，这与棉花在苗期进入蕾期时枝叶茂盛过于伟岸，遭受了棉虫等众多敌对势力的惦记与报复有关，因此棉叶上常常携带着一股股农药的味道。那味儿浮在百草与百花交合的空气里，若无有强烈日光，它的气味并不浓烈，遭到阴天或小雨，那味道会夹裹着潮湿，散发出消毒水的味道，或者珍贵树木表皮裂开后的气味，有时浓得刺鼻，以至于棉花盛开时，让人不敢亲近。于是，棉之花在被遗忘的角落被遗忘的日子里度过了它花开的岁月。

"棉花的花语是珍惜身边的人。棉花开花之后会飞絮，像亲人分离，暗示着亲朋好友和爱人之间要互相珍惜，珍惜眼前人。"

二

不少故乡人，对棉花的记忆大都停留在打钵、整枝，抹赘芽，打药水、捉棉铃虫的劳动场景里。

二十世纪，种棉用的是打钵器，类似于人工打煤球用的煤球机。两条约一米的圆柱铁棍焊接一把手，底部是长形圆杯器具，设计了能上下活动的挡土盖板，盖板底面有突起的半圆点，那是为钵体准备的，用来放种子的地方。盖板上焊接的连接踏板，在钵体塞满泥土后，可用脚踩踏板，胚钵便膨出落地。

钵体育苗是需要一番精心准备的。棉花打钵器能打出一个个钵体叫"营养体"。钵内预先放上浸泡好的棉种，给钵床浇足水，盖上层细土，覆上薄膜，棉的生命便开始轮回转世。

棉花，是锦葵科棉属植物的种子纤维，历经播种期、苗期、蕾期、花铃期和吐絮期五个阶段，历经春、夏、秋、冬四个季节。从四月中下旬至十一月中旬，度过春分到立冬十六个节气。

如果四月中旬播种，那么五月会长苗，六七月会开花（蕾期），花朵乳白色，开花后不久转成深红色然后凋谢，最后留下绿色小型的蒴果，进入七八月便到了花铃期；九月可吐絮，十月到十一月能采棉。

　　"播种期—苗期—蕾期—花铃期—吐絮期"，这通常叫棉花的一生。棉花把一年当成一辈子，它过得有些忙碌，却十分圆满。

　　"八月棉花干"中的"干"有"干枯""晒干"之意，是指农历八月，棉铃渐渐被太阳晒干，棉桃成熟，从"结铃"进入了"吐絮"期。炎热的秋季，棉田万顷，棉花似雪，是一种震撼的存在。

　　无论你在新疆农垦区、黄河下游平原还是在长江中下游平原，一轮烈日、一顶草帽、一条毛巾、一个背篓、一个箩筐或一个塑料袋、一个水壶、一个挥汗如雨的身影，那仰头或低头的一张张被日子雕刻与晕染的面容，或许是你的爷爷奶奶，我的父亲母亲。他们与烈日，他们与棉花，他们与时代成为一个生命体，从南北朝到宋末明初到今天。日子不落，生命不休。

　　八月飞雪，那些雪点，无惧炽热的光，落在枝头不染尘泥，不融不化，顽强地开成油画里的花朵，等着一双双手的靠近、抚摸与采摘。那一双双手也随着万点雪花，从白皙到蜡黄到干枯。他们与它们都有花期。他们来过，他们离去。我常常为这些画面而感动，为那些在白雪盛开的八月倒下去的人们或者重生的人们而感动。头顶，大雁飞过，声声哀鸣。

　　雪开棉田的八月，也是乡村最喜悦的时候。棉田边的田埂上，一辆木板车，一大碗米酒，一群来支援的宗亲戚友，一条条吐着长舌躲在棉田沟里纳凉小花狗，或许还有收音机里飘出的歌声。一张张滴着汗的脸上溢满笑容。

　　"麦怕三月寒，棉怕八月连阴天。"棉花吐絮到采摘期，最怕的便是连阴雨。那雨便是摧花辣手，便是天敌，会浇灭人们的喜悦，会给雪白的棉花带来灭顶之灾。因此，西方的棉农们把"棉花"亲切地称为"太阳的孩子"，给它以向阳而生的寓意。

三

棉里花，身上衣。几千年来，棉花与冬天，人与自然，生活与生存的紧张关系从未停歇。无论是战乱还是和平时期，"粮草"与"被服"等同军需。

《诗经·国风》里有一首歌谣："七月流火，九月授衣。一之日觱发，二之日栗烈。无衣无褐，何以卒岁。"

讲的是三千多年前西周一个叫豳（bīn）的地方，即"古戎狄"，在今陕西彬县、旬邑一带。那里的人民有序进行农事活动的欢快祥和场面。歌谣的意思是，"七月大火星向西落，九月女子缝寒衣。十一月北风劲吹，十二月寒气袭人。没有保暖的衣服，怎么度过这年底？"

其中"授衣"，其实是制备寒衣。古时的衣，大多指"麻布"材料缝制的衣裳。当时棉花虽然在古印度已经种植，但尚未引入中原。至于商朝便开始兴起的"绫、罗、纨、纱、绉、绮、锦、绣"等丝织品原材料系"蚕丝"，一般百姓人家养得起蚕，穿不起衣。棉花、棉布、棉袄、棉裤，是明初或近代大面积种植棉花后的产物，是寻常百姓家的御寒之物，是生命体最基本的保障。

棉花或许是一年生的植物中生命期最长、最特别的一种植物。棉花两度盛开，一开天下暖，一开天下寒。它创造性地把"蕾"与"絮"，把"暖"与"寒"，把一生一死对立统一在一起，将清清白白完整地展现出来。

"不恋虚名列夏花，洁身碧野布云霞。寒来舍子图宏志，飞雪冰冬暖万家。"这便是对棉花最好的诠释。

粥可温

一

《战国策·齐策四》：齐人有冯谖者，贫乏不能自存，使人属孟尝君，愿寄食门下。孟尝君曰："客何好？"曰："客无好也。"曰："客何能？"曰："客无能也。"孟尝君笑而受之曰："诺。"左右以君贱之也，食以草具（用草编的食器给他饭吃）。居有顷，倚柱弹其剑，歌曰："长铗归来乎！食无鱼……"

后有句式"长铗归来乎出无车""长铗归来乎无以为家"，可见春秋时期，有才能的人们在自我认知的世界里就有对物质生活的明确追求，且层次等级日益清晰，即"食有鱼，出有车，归有家"。以当时条件测算，应该是比较富足的中上等阶层，相当今天的小康生活。因为，在五千年时间长河里，大多数时间众多普通民众仍然过着"食以草具"的生活。

在古中国，还有"屑榆为粥"与"断齑画粥"的历史典故，生存之难，可见一斑。

"屑榆为粥"出自《新唐书·阳城传》。原文为："岁饥，屏迹不过邻里，屑榆为粥，讲论不辍。""屑榆为粥"的意思是"把榆树皮研成细末煮粥充饥"。而"断齑画粥"出自宋代释文莹《湘山野录》。文曰："范仲淹少贫，读书长白山僧舍,作粥一器,经宿遂凝,以刀画为四块,早晚取两块,断齑数十茎啖之,如此者三年。"

无论是"屑榆为粥",还是"断齑画粥",都是生活,都是励志之器,都是面对艰辛与苦难时的向阳而立,向死而生。

故乡有个习俗,就是喜欢吃粥。整个春夏季的早中晚餐都是粥。从外婆家到奶奶家到亲朋好友左邻右舍,吃粥成了江汉平原的一种习俗。后来在东南沿海名城福州定了居,发现年长一些的"伊姆"与"伊巴",一日三餐也喜吃粥。

吃粥是对膳食文代的传承,是苦难生活的延续,也是一部白手起家的创业史。一碗"咸萝卜干、腌洋姜、腐豆腐"搅拌着能照见人影的米粥,大抵是旧时代挣扎在生存与温饱线上的人民真实的生活写照。

福州当地有句俗话——"肉吃肉干,鱼吃鱼干,虾米拌稀饭。"虽然讲的是一种经济条件下的劳动者与雇佣者之间的生产关系,"你给什么样的待遇,我就拿什么待遇的力气来干活",但也说出了人们对美好生活的向往,是对生活品质的一种自觉追求。

粥作为中华膳食文化的重要组成部分,从小米粥、大米粥、寒食粥、腊八粥到红薯粥、绿豆粥、莲子百合粥、冬瓜瘦肉粥、丝瓜粥、苦瓜菊花粥、荷叶莲藕粥、皮蛋瘦肉粥、八宝粥,以及甜粥、咸粥、养颜粥,再到蔬菜粥、水果粥、鲜花粥……五千年来粥海盛宴千姿百态,变化无穷。

煮一锅粥,无论是野炊,还是家厨;无论煮的养颜粥、养生粥,还是果腹粥;无论给亲友,还是自己;无论是久别重逢,还是大病初愈,那热气腾腾的烟,那袅袅浮游的香,那直抵舌尖的味,是酸楚的泪水,是感动的泪花,是让人怀想的温暖。

二

"粥"入中华孝悌文化源远流长。

《新唐书·李绩传》："性友爱，其姊病，尝自为粥而燎其须。姊戒止，答曰：'姊多疾而绩且老，虽欲数进粥，尚几何？'"

文中的"李绩"，原名徐世绩，字懋功，曹州离狐（今山东省菏泽市东明县）人，大唐开疆拓土名将，生于公元594年，卒于公元669年。

李绩活跃在唐高祖、唐太宗、唐高宗三朝。他出身高平北祖上房徐氏，早年投身瓦岗军，后随李密降唐。武德二年（公元619年），唐高宜李渊下诏封曹国公，并被赐姓李，"附宗正属籍"，再赐良田五十顷、上等宅第一所。徐世勣自此改名"李世绩"。

他随唐太宗李世民平定四方，两击薛延陀，平定碛北，后又大破东突厥、高丽。他出将入相，功勋卓著，为"凌烟阁"二十四功臣之一。历任兵部尚书、司空、太子太师等职。

《新唐书》文中所说的是李绩为姊煮粥的故事，后以"煮粥焚须"比喻手足情深。

《弟子规》中有"兄道友，弟道恭，兄弟睦，孝在中"，说的便是在一个家庭里面，当哥哥姐姐的要懂得关怀、友爱自己的弟弟妹妹；当弟弟妹妹的，要懂得尊敬、恭敬自己的哥哥姐姐。如果兄弟姐妹都懂得了"恭敬""友爱"，都能和睦相处，这就是孝顺父母的一种体现。

那么，从这个角度讲，"煮粥焚须"也是中华孝悌文化的一个缩影，也是"粥文化"的典范。

三

闲读《浮生六记》，品食粥生活颇有意味。尤其"闲时与你立黄昏，灶前笑问粥可温"两句最为感人。

《浮生六记》是清朝乾隆文人画家沈复的自传体散文集，含《闺房记乐》《闲情记趣》《坎坷记愁》《浪游记快》《中山记历》《养生记道》，后两篇疑似后人伪作。

沈复，字三白，号梅逸。生于公元1763年，长洲（现在江苏苏州）人。其"三白"取典于《论语》："南容三复白圭，孔子以其兄之子妻之。"故以"复"为名，以"三白"为字。其中"白圭"典故出自《诗经·大雅·抑》。文中有诗句："白圭之玷，尚可磨也；斯言之玷，不可为也。"意思是，"白玉上面的污点，还可以把它磨掉，但说话不谨慎而出错，却是无法挽回的"。

沈复出身于幕僚家庭，他终身未参加过科举考试。他与父亲一样，一生颠沛流离，过着"绍兴师爷"的生活。

《浮生六记》以作者夫妇生活为主线，以平凡而又充满情趣的笔调描述了作者和青梅竹马的妻子陈芸相爱及婚后居家生活，以及游历各地的所见所闻。夫妇俩虽布衣蔬食，却追求有情有调的士族诗意生活。然而由于封建礼教的压迫与贫困生活的煎熬，这一理想最终破灭。

沈复妻子陈芸，字淑珍，昵称"芸娘"。两人是表姐弟关系。沈复是在堂姐出嫁的那个冬天与芸娘再度碰面并产生恋情的。

当时只见满室鲜衣华服，唯独芸一身素净天然，淡雅清新，仅换一双新鞋而已。一个普通的场景便让沈复怦然心动。

他认定芸娘是个聪慧、敏捷的女子，她的才情是他爱慕她的一大主因，以致未及弱冠的沈复向其母发愿——"非陈芸不娶"。

婚后美好的夫妻生活并不长久。沈复虽是长子，却被打上"过继给堂叔伯"的标签，在家没有多大话语权。况且其原生家庭经济并不宽裕，虽书香传家，却是没落中的地主阶级。

婚后沈复多次出外谋生。从《浮生六记》的描述可见，沈复这位旧时代文人，有着旧时文人"放浪不羁"的习性，在出苏州下广东奔走求职的过程中，偎红倚翠，狎妓喝花酒，仅在广州滞留的四个月，前后花费了一百来两银子，还自诩"半年一觉扬帮梦，赢得花船薄幸名"。

殊不知芸娘死时，穷困潦倒的沈复却身无分文，还是向其姐夫借了二十五两银子并变卖舍中物件方草草了却后事。

《闺房记乐》文载："芸出令曰——'只许动口，不许动手。违者罚大觥。'素云量豪，满斟一觥，一吸而尽。余曰：'动手但准摸索，不准捶人。'芸笑挽素云置余怀，曰：'请君摸索畅怀。'余笑曰：'卿非解人，摸索在有意无意间耳，拥而狂探，田舍郎之所为也。'"

可见，陈芸是风趣和大度的人，是沈复的贤内助。沈复说："芸娘满望努力做一好媳妇，而不能得。"

"外无期功强近之亲，内无应门五尺之童，茕茕孑立，形影相吊。"或许，芸娘不只是想为夫纳妾，她是想找一个心灵依靠，一种寄托。她希望有位志趣相投的女子来与她共同面对婆婆，以数量优势冲抵婆母的责难与不满，抵抗封建家庭中小叔子、小婶子、小姑子等人的攻击。或许在受到封建礼教围剿时，她一个毫无社会地位的弱女子，不过是想建立一个同盟。

芸娘还是位信守"三从四德"的贞洁女子，却不擅处理婆媳关系。

> 芸急闭门曰："已疲乏，将卧矣。"玉衡挤身而入，见余将吃粥，乃笑睨芸曰："顷我索粥，汝曰'尽矣'，乃藏此专待汝婿耶？"芸大窘避去。自吃粥被嘲，再往，芸即避匿，余知其恐贻人笑也。

芸作新妇，初甚缄默，终日无怒容，与之言，微笑而已。事上以敬，处下以和，井井然未尝稍失。每见朝暾上窗，即披衣急起，如有人呼促者然。余笑曰："今非吃粥比矣，何尚畏人嘲耶？"芸曰："曩之藏粥待君，传为话柄，今非畏嘲，恐堂上道新娘懒惰耳。"余虽恋其卧而德其正，因亦随之早起。

芸娘被逐出家门，实际是与其婆婆有关。芸娘有才，读书识字能文，沈复的父亲将两边书信来往之事交由芸娘掌管。但其母亲不信任芸娘，认为芸娘可能颠倒是非。这是否与芸娘曾为其公公介绍过一位侍女（实为小妾）有关？

某日，婆婆私自拆开了书信，发现芸娘写给沈复的信中戏称公公为"老人"，婆婆为"令堂"，还揭发小叔子借高利贷（后来证实不虚）。这给了"护犊子"的婆婆向芸娘发难的借口。婆婆在公公面前百般挑唆，芸娘终被成功诬陷，公公冲冠一怒将她驱逐，全不顾念芸娘嫁入沈家已生下一女一男，她是两个孩子的母亲。

芸娘之死，只凭作者沈复的回忆分析或许并不客观。在清代经济濒临破产的封建士族家庭，空有生活理想是行不通的。芸娘与丈夫长期分居，居家言行受禁锢，被婆母猜忌、被家庭排挤，无人守护、被构陷被"休弃"是主因，芸娘被欺骗，被仆女背叛等不过是压死她的最后一根稻草。

"无人与我立黄昏，无人问我粥可温。无人与我捻熄灯，无人共我书半生。无人陪我夜已深，无人与我把酒分。无人拭我相思泪，无人梦我与前尘。无人陪我顾星辰，无人醒我茶已冷……"

有了表姐"陈淑"，有了恋人"淑真"，有了妻子"芸娘"；有了初婚享乐的昙花一现，有了卖画为生的情爱相依，有了流亡落魄的东奔西走，有了贫病交加的生死眷恋；有了结、离、病、乱、亡；有了儿子的夭折，女儿的出佃（当童养媳）；有了家庭破产衰败，妻离子散，丧妻失子的大悲大悔大痛……才有"无人与我立黄昏，无人问我粥可温"的丰满、动情与催泪。

还是芸娘离家前强装笑脸说的那句话一语成谶："当年因为一碗粥聚在一起，如今喝这一碗粥而离散。"

沈复与芸娘虽然披着有产阶级、士族人家的外衣，其实不过是一对"粥米夫妻"，是对从一开始便注定挣扎在中下层甚至底层的食粥百姓，他们不过做了一场士族官绅富足生活的美梦。

市井百态，一饭一粥。

我们生下来，是从流食，从一小碗粥开始的；而离世前，最后一顿饭，恐怕也是粥，一小碗粥，因为其他的美食再也吃不下去，消化不了。从粥到粥，从果腹之炊、救命之食到续命之本，无论贵贱，一生一死，贯穿一生。

第六章／因爱而美

两种母爱

阿海很小的时候出过一次车祸，成了瘸子。阿海的伤势渐渐好转后，父亲为阿海准备了一副木拐杖让阿海上学。残留在阿海身体与心灵上的后遗症，令阿海怕极了脚落地时钻心的疼痛，因此他拒绝下床和见人，任凭父亲如何责骂。

母亲没有骂阿海，她知道阿海最爱听故事，家里没钱买书，她便借来一本被撕得只剩下几页的小人书。母亲不会讲故事，只是照着书上一字字地念给阿海听："老鹰爱把窝巢筑在树梢或是悬崖峭壁上。母鹰先衔一些荆棘放在底层，再叼来些尖锐的小石子铺放在荆棘上面。接着又衔了些枯草、羽毛或兽皮之类的盖在小石子上，就做成了一个孵蛋的窝……小雏鹰慢慢长大，羽毛渐渐丰满。这时，母鹰认为，该是小鹰学会独立的时候了。母鹰开始搅动窝巢，让巢上的枯草、羽毛一根根地掉落，最后露出尖锐的小石子和荆棘。小鹰躺在小石子和荆棘中，身体被扎得疼痛难忍，嗷嗷直叫。可是母鹰不但不理会，还很无情地用翅膀加以驱逐、挥赶，小鹰只好忍着痛，离巢飞走。"

这是怎样的一种母爱呢？母亲一直没有告诉阿海答案，因为那本残缺不全的小人书根本没有下文。阿海一直不能理解母鹰的残忍，就像不理解为什么父母亲要逼着他去上学一样。

阿海最终上学了，因为母亲一次次把阿海无情地扔在去学堂的半路上，无论他怎么哭喊。十一年后，阿海考取了省城的大学。

大学毕业后没几年，阿海结婚了。接着女儿出生了，阿海夫妻自己也做了父母。妻很疼女儿，几乎对女儿千依百顺，怕女儿受半点委屈。女儿上幼儿园期间，妻子早上送，晚上接，风里来，雨里去。这些年，女儿都是在妻子的背上度过的，至今女儿都不认识从学校回家的路。

前两天，五岁的女儿一直嚷着让阿海陪她去买小人书，阿海答应了。可是女儿却一直要阿海抱着，一步路都不肯走。结果阿海从家里一直把她抱到书市，转了两次车，穿了三条街。小人书没买到，倒买回一本国外的漫画书。回到家，女儿就猴急地吵嚷着要阿海给她讲漫画故事。阿海翻开漫画书，忽然被一组名字叫《鸡妈妈和它永远孵不出来的宝宝》的漫画吸引住了。那是一名叫芒果的美国小女孩画的。不知道小芒果怎么会想到要画这么一幅画。

画中一只性急的鸡妈妈在孵小鸡，为了让它将要出生的鸡宝宝有足够多的小虫子吃，她预先捉了好多小虫子在旁边放着。可是孵了好些天后，鸡宝宝还没从蛋壳里出来。鸡妈妈等不及了，就把蛋壳啄破，把虫子塞进蛋壳里面去喂鸡宝宝。

阿海看着看着，心里非常震撼。阿海把漫画的情节讲给妻子听。妻子说，不会的，鸡里面是不会有这样傻的鸡妈妈的。阿海也是这么认为，当然也不会去追究漫画有多大的真实性，因为那毕竟是一个小女孩的作品，也许她只是把从生活中对人的观察安排到了鸡妈妈的头上，有意无意间，表达了一种母爱。

可是那又是一种什么样的母爱呢？阿海忽然想起小时候母亲给阿海讲的老鹰的故事。阿海于是明白了这世界上有两种母爱：一种是母鹰式的爱，一种是鸡妈妈式的爱。

母鹰用看似残忍无情的爱逼着小鹰离开舒适的家，勇敢地学习独立，最终使小鹰成为翱翔蓝天的雄鹰，就像阿海的母亲；而鸡妈妈却用啄破蛋壳的方式强行表达自己的爱，强迫别人接受自己的爱，就像阿海的妻子。而这两种爱的结果是可想而知的。

婆婆大人

婆婆生育了三男二女，丈夫陈是其幺儿。俗话说"皇家长子王，百姓幺儿宝"，可婆婆似乎从未把哪一位子嗣当宝。三个儿子，她跟着排行最小的陈同住。婆婆出身名门望族，财产早已散尽，而沾染的一身富贵气与洁癖却留了下来。

我第一次下厨演习便领教到了婆婆的厉害。婆婆竟然当着一家人的面，毫不客气地将我洗过的碗筷从木柜里一股脑儿搬出来，泡在了加了清洁剂的热水池内，然后扭头出门。我立在丈夫的身后，脸上心里火辣辣地痛。而丈夫则司空见惯般推我回房。

首次下厨的遭遇使我对婆婆有些畏惧起来。接下来扫地、洗衣，我丝毫不敢怠慢，买菜更是不敢劳累婆婆大人。我与丈夫早早起床煮好稀饭，然后狂奔到菜市场，回家做好早餐，并请示婆婆大人安排好她的午餐，做完这些我方能换衣上班。一年间，我与婆婆形同陌路也相安无事，直到女儿顺利出世。

婆婆自得了孙女，脸上便有了些笑容。而且随着贺客登门的增多，婆婆的笑容也日益亲切，尤其是对与"官"字沾上点边的人。如丈夫单位的某科长、某主任，她都极尽礼节，给人以过于讨好之嫌。而丈夫虽已三十好几，仍固守着他可怜的自尊，不求闻达，于是对婆婆的表现深恶痛绝。而婆婆仍旧我行我素，自以为深得外交之精髓。婆婆急了也会委屈地对陈呵斥："我还不是为你们好！"我一直想婆婆的一番良苦用心，恐怕与她潜意识里仍经营着"名门望族"的梦有关。

我和婆婆之间真正产生感情是在丈夫去世后。那年女儿九岁。婆婆的梦仿佛彻底粉碎了，老年丧子的悲哀一度让她精神恍惚，夜里常常央求女儿与她共眠，她才会觉得安稳。从不关注女儿学习的婆婆开始不时地向老师询问女儿在校的情况，给女儿买零食的次数也多了起来。我深切地感受到，婆婆心灵里有一份随时会失去家、失去依靠的恐惧。她把所有的恐惧都化作慈爱倾注在我女儿身上。好长一段时间，她都回避着看我的眼神。偶尔投来一瞥，总是慌乱地移开。

丈夫去世两个月后，我开始出去寻兼职来维系日益拮据的家庭（我以前单位的工作因为丈夫患病需长期请假照顾，故早已被人顶替）。一个月后，我终于找到了白天与晚上的两份兼职工作。

那些日子，我几乎每晚加班，我强迫自己尽量不去想丧夫之痛。女儿与婆婆也成了我最难见到的人。每晚，当我推开家门时，我所想到的便是睡眠。长期缺乏休息使我终于在一个落雨的夜晚昏倒在了家门前的楼梯下。婆婆与女儿闻声从屋里奔出来，婆婆迅速地把我从地上抱起来，一脸的惊愕，女儿搂着我哭得稀里哗啦。

我躺在婆婆的臂弯里，感觉她的双臂在搂住我的刹那，剧烈地颤抖。她嘴唇翕动着，两行浑浊的泪滴落在我的脸上。蓦然间，我发现貌似强大的婆婆竟显得那般脆弱。而我深深知道，我成了她最后的依靠。我也明白，婆婆其实是深爱着这个家，深爱着我的。她不想在失去儿子后再失去儿媳。那一刻，我把婆婆所有的不好忘得一干二净。我很庆幸，那晚，我没有让婆婆看见我同她一样脆弱得在眼眶里打转的泪。尽管那夜我扶着床栏痛得辗转反侧，无法入眠。

几年后，我成了一家公司的会计主管，也拥有了一些积蓄，生活开始有了新的转机。女儿也日渐长大，活泼可爱。我想给婆婆和女儿一些补偿，想在周末时带她们去城外吃顿饭，买些衣物之类的，但婆婆却日渐衰弱下去，经常闹病，几次都无法成行。

在我给婆婆过完最后一个生日后不久，婆婆便一病不起。我用车把她送到医院。她的几位儿女获悉后随即赶来。一连数日，我都守在她的床前，看病魔将她一步步挪向天国，就如同七年前我在这家医院送走我最亲爱的丈夫一样。

婆婆住院后常常处于昏迷状态，略微清醒的时候，她就握着我的手，要我原谅她。我记得她最清醒的那天对我说："孩子，你与妈一样的命苦，妈守寡几十年，为的是不让人看扁。没了男人，咱也能活下去。于是妈盼了几十年，盼着几个儿女长大成家，却一个个都飞了出去。小儿子陈最老实厚道，我视他为依靠，可又怕你会欺负他，所以妈……妈自私啊！妈遭了多少罪，却想要你和我一样遭罪。妈亏欠你啊！妈身边有这么好的一个儿媳，竟不懂得珍惜，活该妈没福。你原谅妈……"

弥留之际，婆婆要我答应她两件事：一件是她死后，让我找个伴儿；另一件是，让她死在家里。

我遵照她的遗言，把她从医院接回了家里。直到咽气的那一刻，她都握着我的手，久久不愿放开。我想那一刻，她是把我当成她的女儿了吧。

飞过童年的风筝

每个人都有童年，每个人的童年里都有一只风筝：张着翅膀的花蝴蝶，猫着腰的红蜻蜓，长长的线，湛蓝湛蓝的天，妈妈牵着线，爸爸在后面追赶，风筝飘得好高好高，飘过山谷，飘过山巅，漫山遍野都是欢快的笑声。

我的童年里没有"花蝴蝶"和"红蜻蜓"，因为我没有爸爸、妈妈。打我记事起，我只认识一个男人，他不会说话，也听不懂别人的话，他就是我的聋哑养父。我八个月大的时候，他从山外抱养了我。我在他背上的竹篓里待了七年。我不会哭，也从不向他要东西，因为他根本不明白我的要求。我不在他竹篓里的时候，他常常一个人背了竹篓上山，我就在大山脚下他那间破旧的土坯屋的石门槛上坐着，看大山里昏昏黄黄的天，等他卖了山货换了物什回来。那时候，我常常把自己想象成一只猫，一只很孤独的猫，仅仅是渴望他背回的竹篓里偶或有一小袋兰花豆或者花生米之类的零嘴。然而他的竹篓里常常是除了一瓶烧酒和大米外，少有他物。所以，我常常是一只失望的猫。

我从养父那儿似乎没学到什么东西，唯一学到的是他特有的语言——山一样的吼！那吼声十分的悲凉，我常常因这吼声而对他产生某种怜悯，然而更多的是害怕，害怕他山一样的吼，害怕那寂夜里的无声的家。我五岁时几乎还不会说话，只会用手势表达简单的意思。那年春天，邻居家从山外的城里面来了一个会放风筝的小男孩，有一次他拿了一只"花蝴蝶"来约我。我从没有见过那么漂亮的风筝，也从不知放风筝是那么快乐的事情，我边跟他学说话，边学放风筝，我们竟玩到天黑才回家。那晚，养父的吼声几乎震破了我的耳鼓。我一直想，如果我有一个疼我的妈妈或者外婆该多好。那时候，我还不知道在这个世上，我不但有一个我只能叫她阿姨的妈妈，还有一个当教师的狠心抛弃我的爸爸。

　　七岁那年，贫穷的养父没法供我上学，又把我送还给当初抛弃我的父母。走的那天，养父张罗了一桌子的菜，我一口气吃光了那盘兰花豆。父母在我身边吃惊地望着我，养父一声不吭。晌午时分，我木讷地跟在父母身后上路，渐渐远离那座村寨。过了村寨口的那座桥便意味着是寨外的人了。这时，养父从山坡下追了上来，手臂弯里夹着一只风筝，不停地向我们招手，只有我能明白他的意思。我从他手上接了过来。那是一只纸糊的风筝，框架歪歪的，非常丑陋，但我仍然非常喜欢。他比画了一阵，然后回身向山下跑去，那山一样的吼声漫过我的耳际，绵绵不绝。

　　接连几天，我都无法入眠，我把那只丑陋的风筝放在枕边，不停地想他，想这个给了我无声童年的男人，想他是否真的爱过我。后来，那只风筝挂在了山岩边的一棵小树上。我再也没有回到过那个山寨。再后来，我也离开了曾抛弃我的父母，成了一只真正的风筝。

那年雪夜

多少年没下雪了，我不知道。

雪对于南方的人来说，恐怕是非常陌生了，陌生得如同丢失在童年里的小人书一样，只有在查阅台历上的日期时，偶尔在节气一栏里瞥见。我似乎也快忘了，如果不是朋友那天的提醒。

那天晚上，朋友与我一同泡着热水浴。他忽然告诉我，他明天要去邮局寄件棉袄给他远在北方的母亲，他父亲来信说他家乡怕是要下雪了。我的心倏地一阵冰凉与寒冷，痛楚与痉挛过后，我终于捕捉到了关于雪的影像。我庆幸，我还能忆起那白雪，那炉火与炉火旁的母亲。

十年前，就在这样一个冬日的夜晚，我披着大衣独自在灯下读着张爱玲的散文。窗外，雪纷纷扬扬如黑白照一般映在窗棂上。母亲梳洗过后，像往常一样走进我的房里来，手里多了个小火炉。她慢慢地在靠西墙的沙发上坐了下来，放下小火炉暖脚。

炉火并不旺，仅能染红两个巴掌大的空间，她让我放下书去暖暖手。我是舍不得书的，就如同她宁愿在这雪夜里守着我不言语一样。等我合了书想起该劝她去就寝的时候，她已经眯着眼睛睡着了。

她不胜风寒的双手交叉着藏在衣袖里，睡态安详。皱纹如网的脸上嵌着一抹不易察觉的笑，那笑很美，美得有些忧伤。那是我今生唯一一次见到母亲梦里的笑。

　　我不知道母亲梦到了什么，梦里可有白雪，有炉火？我想母亲的梦境定然是一方她独守了多年的雪样孤独而洁白的净地。那净地恐怕是连我也不能进入与理解的；那净地一定装有她年轻如我时充满诗意的故事，也一定有蹒跚的脚印浅浅深深延续到她生命的永恒。

　　我脱下大衣，盖在她羸弱的身体上，有冷冷的风从窗隙里钻进来，房间里弥漫起雪的味道。我的泪大颗地落下来。我心里有雪在燃烧，因了她的梦境，那雪夜，那将熄的炉火。

去哪儿过年

家乡的蜡梅开始在远近的村子里飘香时,城里的打工族便忙碌起来。忙于订车票,忙于制订采购计划,忙于买"闽西八大干""闽侯龙眼""福州紫菜",忙于与家人通电话,唯有我仿佛置身事外。在这过年气氛日浓的时节,我与朋友相约去逛书市,在大街上散步,走着走着,朋友忽然随口冒出一句:"嗨,今年,你去哪儿过年?"

接下来几天,这句话仿佛成了网络上点击率最高的话题,排山倒海地泛滥起来;这句话竟然演变成见面时的一句关心与问候,无论碰到谁都是相同的话,让人难以抵挡。

"去哪儿过年?"这对有家的人来说非常简单的问题,曾让我讳莫如深。

"回家过年"这是多么美好的一声召唤,而家在山区农村的我却从来都没有听到过这声召唤。

打我考入这座城市的大学后,每年年底,我都会收到父亲写给我的一封长信。在除夕的黄昏,我打一杯开水,泡一碗快餐面,读着父亲的来信当作晚餐。我知道在父亲的信里不会有回家过年的字眼,就连与过年有关的事也是绝口不提。因为他无法给予我往返的火车票费与来年的学费。所以,我总认为父亲活得非常窝囊。每年,看着一群群校友像燕子一样冲出校门,挤上火车站,奔向回家的路,我只能扭过头去,在户外广告栏里弓着身子刷一排排的求职标语,把那份羡慕与嫉妒发泄在一桶桶的糨糊里。回家的冲动让我在心里无数遍地对自己说:"再忍一年,我就再也不用交学费。再忍一年,我就有了崭新的工作。"

父亲在我念大学第一年里的信中写道:"又到开春了,家里的人、牛都好,你妈身子还硬朗着,你要保重身体。"第二年的信里,他告诉我,"村里开始修公路了,你姐姐嫁了户好人家。"第三年,他告诉我,"家乡下了好大的一场雪。"

总算挨到了大四。毕业前夕,我早早联系到一家民营企业实习。因为我工作卖力,老板破例给了我这个工作不满两个月的新员工一笔足够回家的过节费。我攥着这笔过节费产生的第一个想法,就是像我的校友们当年一样奔向火车站,买一张有回程的火车票。但当我把钱送到售票窗口的时候,我的手又缩了回来。我长这么大,还没有给母亲买过一件过年的新衣。想到父亲来信说,家里的那头耕牛老了口,怕挨不过冬;想到新年过后,我将要正式走上新的工作岗位,我得给自己买一双像样的皮鞋。从家里穿来的那双皮鞋已经补了六次,前后跟都磨平了。想着想着,我的心里酸酸的。

那一年,我没有回去过年。我在信里对父亲说,我给家里寄了点钱,告诉母亲,我明年想回家过年。

工作后的第一年,我只是一名从事基层管理的小职员,薪水并没有我在学校里想得那样丰厚,但比做临时工要强多了。没有了昂贵的学费(对家在农村,靠耕牛为生的我的家庭而言),我的开支变得异常简单。除了吃快餐,买牙膏、牙刷、袜子之类的日用品,其余都可以省下来。到年底的时候,我攒足了三千元钱,准备回家,却正赶上公司来了一批国外的订单,必须马上安排生产。效益是企业的生命,作为生产管理人员,一名新来的大学毕业生,留下来加班责无旁贷。于是我在办公室里度过了没有烟花、爆竹的新年。那一年正月初五,父亲病故。

工作的第二年，我终于成了一名中层干部。年底，我买了两张火车票，打算"衣锦还乡"了。女友却抵不住她家在城里的父母一遍遍的电话召唤，拖着我到她家里过年。看着她倚在我肩上，满足地睡去，我无法拒绝。

当火车驶进家乡省份的地界时，雪开始纷纷扬扬地下了起来，是一种巧合，抑或是心灵的感召，一种想回家的冲动，让我一次次地打开车窗。我仿佛看到母亲立于冰天雪地的村口张望，大片大片的雪花落在她已羸弱不堪的躯体上。那一年，我醉倒在女友及其家人殷切的酒杯里，那一年母亲患上了肝硬化，在迎春花绽放的时候，安息在了那片厚重的泥土里。

父母仙逝，回家与父母团聚成了我永远无法实现的梦，也使我每每难踏回家之路，无法在喜庆的佳节里面对人去楼空、物是人非的那种悲怆，于是我在"去哪儿过年"的问题上徘徊了整整八个春秋。

前两年，儿子出生了，我对妻说，今年买两张车票吧。妻惊愕地望着我："今年还去父亲家过年？""不，今年，咱要回家过年，拜望等了我们八个春节的父母。"

心灵靠背椅

几年前，大学的女友带着我去她男友的住处串门。进门后，男孩异常惊喜。他的单身宿舍很简陋，除了一张床，仅有两个矮凳和一把木制的靠背椅。男孩腼腆地笑着，殷勤地给我们倒水，然后把那把唯一的靠背椅让给女友坐，而作为陪衬的我自然只有端着水杯坐在一旁的矮凳上。女友倚在靠背椅上，捧着水杯，喝着水，一副很享受的模样，我的心为之一动。

过了些日子，女友闹着要和她男友分手，我忙问其理由，女友说，总觉得男孩对她的关心不够。我说够可以的了，因为她的男友给了她一把靠背椅。电话那端一阵沉默。

来到这座城市的第一年，我在一家企业做生产部实习助理，办公桌就设在生产线上。和普通员工一样，我能坐的只有一把木凳子。坐久了，便感到腰酸背痛，特别难受。如果遇到要陪着生产线加班的情况，那就更糟。所以，我十分渴望有一把带靠背的椅子。我想我的几位前任同事一定都和我一样，曾在心里酝酿过，只不过没有一个人敢在上司面前说破嘴。因为，在许多人看来，这不过是一件小事，新人就该是这样的待遇呀！

几个月后，我被调到办公室负责日常行政工作，随之拥有了一把有些破旧的靠背椅。那是一把只有一半靠背的椅子，自然不完全具备"靠"的功能。我想这大概是老板的主意。他给了我们一份薪水不错的工作，却不会让我们产生"等靠要"的心思。他希望他的职员永远活在竞争带来的危机感中。我后来想，在那个墙上刻着"今天工作不努力，明天努力找工作的"大字的企业，那把只有一半靠背的木椅或许就是一种暗示——"如果你不努力，你连背后这一半的倚靠都将失去。"

我是在次年那个满城开着白玉兰花的季节离开那家企业的，另外一家公司挖走了我。我在那间挂着"经理室"牌子的办公室拥有了一张可以转动的、有扶手的皮质靠背椅。

第一次走进那间办公室的刹那，我的目光就被那把舒适的靠背椅牢牢地牵住了。我想象着靠在那张靠背椅上，桌上是一杯热气腾腾的咖啡，那种舒服的感觉伸手可及。然而接下来的日子，我却感受到工作带来的强大压力。我的手每天不是被那只撰写文件、报告的笔占据，就是被众多的电话占有，我的腰仍然得直立着，给走进这间办公室的同事、下属、领导提意见、下指令、做汇报。我每天都渴望着等我四肢都解放的时候，能放松一下疲惫的身躯，倚在那张靠背椅上，享受一会儿，品一品桌上已经冰凉的咖啡。可是每当我握着杯子想往后靠的时刻，我就会被办公室玻璃门外，那一个个立着身子或半弯着腰忙碌的身影所左右。他们是我的下属，我没有给他们舒服的靠背椅，老板没有给我这个权限。我能坐在这把舒适的靠背椅上，依靠的是他们的付出。所以大多数时候，我的背仍要直立着，那皮椅对我来说，倚靠的功能形同虚设。

一年后，老板把我带进一间能看到美丽街景的大办公室，落地长窗上垂着的窗帘是我喜欢的那种鹅黄，自然也有一把更大更舒服的靠背椅。我瞥了一眼室内豪华的陈设，有些心动，但腿颤抖着，最终没有迈进去。因为在我用钥匙打开办公室门的刹那，一双手冷不丁地搭上我的后背，那是一双冰冷的男人的手。我知道，那只是一把我更不能去靠的"靠背椅"。

忙碌的工作之余，我认识了许多堪称优秀的男人，自然也坐过一辆辆奢华的轿车，走进过一间间大房子、大别墅，坐过一把把舒服得让人冒泡的靠背椅，可是我的后背却始终没有想靠、能靠的感觉。多年前女友靠在那把木质的靠背椅上，握着温暖杯子的幸福表情，一次次掠过我的眼帘，爬上我的心扉，让我一次次在寂夜里怀想。

每个女人的内心深处都渴望着拥有一把"靠背椅"，工作的、爱情的、婚姻的、家庭的，每个女人也许都在努力寻找。只不过，有的人只花费了一眨眼的工夫，有的人却支付了整个人生的花季。而更多的人，最终靠了不该靠的，却错过了该靠的。

左右幸福的三句话

三爷爷与三奶奶吵架,村落外一二里地都能听得见。

四十年前的冬天,当三奶奶生完孩子从产房出来后,三爷爷见了赤脚医生,问了三句话,顺序是这样的:

"大人怎样?"

"娃娃怎样?"

"男娃还是女娃?"

那天,姑姑出生了。三奶奶知道三爷爷盼的是男婴。当三爷爷走进病房时,三奶奶扭过头去,眼角盛满了泪水。

从那刻开始,三爷爷与三奶奶关系和解,他们没有再要孩子,相守着度过了平静的一生。

那年秋天,在福建当工程师的表舅听说表舅妈在上海娘家生了小孩,立即打电话给表舅母,也问了三句话——顺序是这样的:

"男孩还是女孩?"

"孩子还好吧?"

"花了多少钱?"

电话中很久没有回音,接着,表舅听到了一段忙音。

来自农村的表舅和来自城里的表舅妈是大学的同学,顶着全家人反对的表舅妈，咬着牙嫁给了表舅。

一年后，表舅妈离开了表舅，留在上海，再也没有回来。

今年10月，邻居小刘的孩子出生了，在QQ上分享他的喜讯，又用了三句话——

"我的儿子降生。"

"顺产。"

"六斤八两。"

此后，我常常看到过去形影不离的小刘夫妻，出门时，他的妻子总是与他保持着一定的距离。他们的婚姻持续下去，不好也不坏。

我的孩子出生时，一向关心我们的大哥给我们发来短信，我瞥了一眼，头上直冒汗，没敢往下看。我怕亲朋好友都打电话发短信来问，索性通过QQ、电子邮箱、手机短信率先告之，把原来想讲的三句话调整了一下，顺序是这样的：

"我老婆小鱼在县人民医院于早上8：05顺产！"

"母子平安！"

"是男孩！感谢亲朋好友这段时间以来对我们一家的关心！"

躺在病床上的妻子，身子还十分虚弱，看我在发短信，挣扎着偷偷瞥了一眼，脸上露出一丝甜甜的笑容。

可是，我却怎么也不敢大意，大哥那条短信还躺在我的手机里。我走出病房，上卫生间时偷偷删掉了那条短信。

同时，我惊奇地发现，大哥发来的那条短信居然不长不短，也是——"三句话"。这"三句话"是这样的：

"弟，弟妹生的是男还是女？"

"孩子还好吧？"

"孩子跟谁——姓？"

三代人、"三句话",历久而弥新。"三句话"不同的顺序,影响甚至决定着不同的婚姻!我忽然悟到,如果把组成婚姻的内容看成是几组相似的符号与内容;那么,幸与不幸,长不长久,有时候并不在于符号与内容的长短,而关键在于符号与内容排列的顺序,在于我们如何去排列我们所爱的人在我们心中的位置。正如"幸福"两个字的顺序不能调换位置一样,换过来,"幸福"就变成了——福(不)幸!

左右成功的四盏灯

父亲是个农民。年少的时候，家里很穷，父亲只念到初小就辍学了。那时还是集体劳作的年代，无论父亲怎么勤劳仍然养不活一大群儿女。而且更糟糕的是，祖上传下来的几间土坯房子，经年累月，厅堂的墙开始裂缝。父亲想，村后就是石头山，若能把山上的石头采下来做房子该多好啊。可是那时候，政策不允许。父亲想，也许不少的乡亲都会有这种想法，还是看看政策再说。

这样过了几年，改革开放的春风吹进那个小山村。农村实行了联产承包责任制，政府也出台了一些鼓励农村经济发展的好政策，家家都兴高采烈地分到了土地。父亲高兴之余，看着厅堂墙上一天比一天大的裂缝，心里很不踏实。他心想，现在温饱问题已经解决了，如果能到后山采集点石头回来，把房子修修就好了。

父亲把这个主意告诉了外公。

外公说："这山上的石头确实又多又好，可你又没干过，你能行吗？何况你得买些开采石头的工具，这资金你有吗？"

父亲说："我找镇上干个体户的二叔借点。"

二叔听了父亲的话，说："采石的工具不难，也花不了多少钱，可是要到镇上办开采手续。你办得下来吗？"

父亲说:"总不能让房子被雨淋倒吧,试试看。"

父亲费了很大周折,才从镇里批到了条子。回到家,把这个好消息告诉了母亲。

母亲犹豫了很久,说:"你又没干过,万一出了安全问题,叫我和孩子们咋办呢?"

父亲叹了口气,再也不提此事。

又过了两年,村里的土坯房地基上竖起了一间间崭新的石头房子。后山还建起了两家碎石厂,日里夜里都是机器轰隆隆的响声。

再过两年,山里修公路,省里来的建筑队进了山,修路用的碎石供不应求。后山的两家碎石厂赚了个盆满钵满。

若干年后,那些抓住机遇敢干的村民都当了老板,事业越做越大。日渐年迈的父亲心里酸酸的,一想起这件事就耿耿于怀,好一阵子没有笑脸。直到我考取省城里的大学,父亲的脸上才有了一丝笑容。

大学几年很快过去了,最后一年是找单位实习的高峰季。新年刚过,看到同学们忙着托关系、找后门,削尖脑袋往金融、通信等薪水高的行业或者外企、国企里钻,我心里很不是滋味。其实,我认为,像我这样从农村里来的能吃苦的大学生可能留在中小企业锻炼,以后会有更多的机会。可是同学们不这样认为。他们觉得不少中小企业,特别是有的民营企业福利待遇都跟不上,而且成功的起点也相对较低。最后,我也变得犹豫不决,躺在学生宿舍里,让机会一次一次地溜走。

就在毕业离校前的一天晚上,我在一家书店里漫不经心地翻阅一本漫画书,忽然被一幅漫画吸引住了。那是一幅美国校园广告的画面,画上有四盏灯,从左到右排列着。左边的那盏灯非常明亮,右边的那盏灯则是一盏无光灯。这四盏灯每相邻的两盏间都有一段对话,它们影响着灯的明暗度。

第一盏明灯后的对话是:"我有一个想法,想去做。"回话说:"可以做到吗？"第二盏灯略略暗了一些。

第二盏灯后的对话是："我试试看。"回话是："很难吧！"第三盏灯变得更加昏暗了。

第三盏灯后的对话是："周围的人都不同意我去做。"回话是："那就算了吧！"

第四盏灯最终熄灭了。

这幅漫画让我想起父亲的心结，想起我当时的处境，这与我们是多么的相似啊。其实，在这个世界上，无论过去、现在和将来，像我们这样的人很多，因为要做成一件事，成就一番事业，甚至是获得美满的婚姻和爱情，都会遭遇到心中的这"四盏灯"。师长、亲友充满善意的劝告固然重要，但如果没有力排众议、坚定超越这"四盏灯"的信念与勇气，那么，看准的成功之灯往往会熄灭在最后那句"那就算了吧"的黑暗中，换来人生的一声叹息。

大书房　小书房　夹心房

每一位爱书或爱读书的人心中都住着一个梦。每一个梦里都有一扇窗。窗外有几乎冒着热气的阳光、带着三叶草清香的空气、带着露珠的山茶花与茂密的修竹。窗内有两桌：一桌至少能容下 27 平方尺的画作，能放下线装书，一桌能放一壶六杯的茶具；四椅：能按摩的太师椅与茶椅；两柜：左边一柜，右边一柜，柜上像钢琴键一样立着古今中外的百科全书……

随手执一本书，或坐或卧，或立或行；或研墨作画，或掩卷吟诗，或埋首桌前什么也不做，听虫鸣鸟歌，看时光一点点地爬上额头，绕过指尖，铺满书桌，跃上窗台，穿过庭院，飞上枝叶，慢慢走远。

窗里窗外，流淌着或淡或浓的书香。

这当然是只是一个梦。就像《从百草园到三味书屋》里描述的那样，不过是丢失在童年里的一个梦。

作为一个农村的孩子，从小住在冬暖夏凉的土房子里，一人能拥有一间卧室都是无比瑰丽的梦想，更不用说书房了。那时的书基本都是藏在枕边，或者压在铺满稻草的棉絮下。

拥有一个小小的书架还是上了初中时候的事。书架只有一层，两头镶上课本高度的木板，在书架上堆放几本课外读本，卧室里便多少有了点书卷气。有发小或同伴来串门，便请进房坐上床，秀一秀作为书生的满足感。

"书中自有颜如玉，书中自有黄金屋。""万般皆下品，唯有读书高。"在农村，"书生"是一个不折不扣的褒义词，能像戏里唱词中说的——"蟾宫折桂""金榜题名"，那可是让村里人艳羡的"梦中梦"了。

我的梦其实没那么宏伟，我只想拥有一间自己的卧室，一间小小小的书房。

我十七岁那年，父亲去世，三姐出嫁，家里的房间便多了出来，我便拥有了一间白天比晚上还黑的卧室。我从不知道，拥有一间自己的卧室，竟然要付出这样的代价。搬进去一连几夜，我都无法入眠，我的脑中全是父亲生病及三姐在婆家谋生活的影像。而经历过太多生离死别的母亲则一声不吭。

卧房里只有一张书桌，一米五的长度。两个抽屉，显得有些矮小，红色的油漆早已褪尽，岁月积累的尘土腐蚀了整个桌面，留下斑驳暗淡的光影。这是父母结婚时打的，它的主人先后是大姐、二姐、三姐……姐姐们出嫁后留给了我。尽管没有高脚椅子能让我坐下来读书写字，但或躺或卧或缩进窗台，或屁股坐在床头伏在桌上……也能读书。这样，读书与发呆便了有去处。这样，日子又匆匆过了十年。

二十世纪90年代末，我辗转到福州谋生，在朋友家借过宿，在郊区挤过出租屋，在乡下睡过通铺与吊脚楼，在寺庙睡过冰冷的水泥地板挨过整个春夏。风里雨里打拼了十年，等到终于拥有一套一房一厅的公寓时，我毫不犹豫地将大房隔出了一间小书房。

书房只能容纳一张镶嵌在墙面的小电脑桌，以及一把靠背椅。书柜只能钉在墙上……

这样过了一年，我还没有来得及享受小书房带来的快乐时，儿子到了上学读书的年龄，于是那间小书房便成了他的卧室。我的一大堆图书便被迫搬了家，搬到了客厅里。我的读书空间自然也向外移。本就不大的客厅便成了集饭厅、茶厅、健身室、文化室、娱乐室为一体的综合区。而由于工作忙，时常是半夜归家。回家事务便多了起来：盯着孩子、拖着地；泡着茶、端着饭碗；读着书、煮着开水……那场面一旦失控，不是跑了孩子破了碗，就是倒了茶杯湿了书本，脏了衣服……那种情绪与心境，自然不敢再称自己是读书人。

而拥有书房又成了一个梦。

2014 年，历经再次的背井离乡、抛家别子、孤军奋战，年届不惑的我，终于攒足了百万房款，买下了一套一百多平方米的商品房。我想这回该能圆我的大书房梦了。

我与妻请了专业的设计师对全屋进行设计规划。妻说，奋斗了十多年，过怕了晚上睡觉还得开一扇门担心窒息又担心遭贼的日子。这主卧可是两口子睡觉的地方，得通风，得有飘窗，得采光，得有像样的一排衣柜……反正空间不能小。儿子在半间房里弯着腿蜷着身子睡了五年，个子越长越高，怎么着也得放得下一张 1.5 米宽的床，得有个读书写字的书桌，得有个小衣柜，空间怎么说也不能太小。于是矛盾便集中到了客房与书房的问题上。我与妻仔细分析了一下利弊。

客房要不要？虽说平日里客情往来少，利用率不高，可逢年过节，是不是还得准备着？若是老家的父母亲人来了睡哪儿？半辈子努力，为了什么？老家来人还是照样去住宾馆？那与住小房子有什么不一样呢？都说换了大房子，似乎在亲友面前长了脸，可若是大房子连老家亲人都没办法容纳下，家里人的脸还往哪儿搁？

好了，客房得保留。是房间总得有张床吧？这床最起码要 1.5 米宽吧，这样三个平方米没有了。有了床得有床头柜吧，一个显然不像样，那么来一对吧。接下来，衣柜要吧？再怎么也定制一个开两扇门的衣柜吧？既然是间客房，再怎么小，也不能小到住不下人。于是问题来了，客房既然无法再小了，那么剩下的半间房便留给书房了……

为了让半间书房成为一间书房，我与妻商量把原先用来晒衣服的阳台包了起来，改成一面通透的玻璃窗；放空调排气扇的地方处理掉（就是没了空调），直门装不了就多花点钱改造成推拉门……总之寸土必争地挤出了五六个平方米。

35厘米宽的书柜做了一排，一米宽的榻榻米一个，客人多了当床睡，没客人坐着可操作电脑，卧着可以读书。放空调的地方腾出来，做了电脑桌。写作的地方有了。那么写书法的地方呢？于是买了一张80厘米宽的书桌，一张太师椅，一个装书法作品的陶瓶。而我最喜欢的电子钢琴，只能忍痛割爱了。

然而，等新房完工才发现，这个与空间妥协与功能抗争的集读写卧休闲于一体的书房，根本坐不下人。

"老公，你这精心设计的多功能书房，咋就成了杂货间呢？"妻一语道破天机。

省吃俭用，与时间赛跑，花了百万元买到的一百多平方米的房子，居然容纳不一下一间像模像样的书房！

我日思夜想连做梦都在笑的书房梦破灭了。要想坐在一间像模像样的书房里著书立说，要想拥有一间书海夜航的主战场，要想拥有一间泊心养心的好地方，恐怕我还得抛家弃子，背井离乡，再奋斗十年！那不仅要祈祷全家人都健康，还要祈祷我的老板会不断给我升职加薪的机会，祈祷我的工资能跑得赢房价，祈祷我与我的家人不出任何的意外……

可即使如此，我健康地活着，活到拥有一间梦中的大书房，卧在落地长窗前的贵妃椅上，坐在可以按摩腰与肩颈的太师椅上，伏在能作画写诗的大书桌上；活到闻满屋的书香……可到那时，垂垂老去的我还能有精力与文字鏖战，还能有兴致与星月论道吗？怕是只能听虫鸣鸟唱，看时光一点点地爬上额头，绕过指尖，铺满书桌，跃上窗台，穿过庭院，飞上枝叶，慢慢走远……远到我什么也抓不住，什么也做不了……

大书房，小书房，夹心房；小书房，大书房，一生忙！为了一个书房梦，支付一生时光！

选准婚姻这双鞋

那年夏天,我与应聘到同一家公司销售部门的大学同学小张、小刘奉命去某地出差。路过某一小镇,小镇以产鞋闻名。碰巧我们三人都想买双换季的皮凉鞋,以便旅途走路舒适。

天近黄昏,我们不约而同地走进了一家装修看上去还算豪华的皮鞋专卖店。我们一进门,漂亮的女老板便热情地迎上来给我们介绍。我没有在意,我一眼就看中了进门靠左侧第二层玻璃架上摆放的那双皮凉鞋——那是双棕色的"富贵鸟"。但我瞅了几眼,没出声。

两位同伴被女老板牵引到新款展区,一排一排慢慢地挑过去,就像猴子摘桃一样,试一试便放下,放下再试一双。最后,女老板问他们有没有挑中一双,他们不约而同地把目光投向我。我拿起那双我一见钟情的"富贵鸟"向大家扬了扬——你们说我穿这双怎么样?两位同伴赶紧过来瞧。小张、小刘瞅后赶紧摇头。他们认为那双鞋子标价不合适,样子也不够时尚,而且捏了捏鞋面后表示,鞋子并非纯皮的。总之,他们就是认定那双鞋一百二十个不适合我。

过了一会儿,小张像发现新大陆般地拿起那双鞋旁边的一款稍旧的白色皮凉鞋向我大力推荐。女老板与小刘连声附和,从款式说到风格,从皮料说到产地,从颜色、做工说到服饰搭配……都说很符合我文人般的气质,还让我穿起来走一圈。然后,我听到他们的赞叹声。于是,我恋恋不舍地放下我喜欢的那双鞋，违心地买下了他们赞赏的那双鞋。同样，小张、小刘在我的极力推荐下也各自买下一双皮凉鞋。大家认为鞋子穿出去一定不错。

回到公司后，我把那双鞋拿出来在镜前再次试穿了一次，感觉非常的别扭，不但全无舒适之感，还有点挤脚。我感到很后悔，同时，也非常奇怪，我怎么会买下这双鞋呢？我把这双并不喜欢的鞋扔进了皮箱里，仍然穿着旧鞋上班。

此后，我们没有再讨论各自的皮凉鞋。由于工作忙忙碌碌，我们见面的机会不多，不过我们却保持着良好的关系，有事没事总打个电话，发个"伊妹儿"问候一下。

我知道，他们都恋爱了。其中小张竟然恋上了曾在小刘隔壁办公室工作过的女打字员。小张与小刘谈论她时，小刘没有像传统意义上的"好人"那样说些恭维的话。因为这名女打字员，小刘太了解、太熟悉了。一天上班七八个小时，抬头不见低头见，对方的性格、喜好他了如指掌。最要命的是，这名打字员的上司竟然是小刘的女友。

小刘不想多年的哥儿们婚后不快乐不幸福，便向小张直言，她不适合他，还列举出十大理由：一是学历不高（仅有中专学历）；二是爱撒娇（对上司交代的任务，遇到困难便向男同事撒娇求助）；三是有洁癖（她办公桌上的玻璃一天要擦6次）；四是特吝啬（一年之中，没请过任何一位同事去蹦迪，连下餐馆吃饭都是 AA 制）；五是急性子……小张听着听着，在电话那端不停地吸鼻子。

小张说，他知道。她甚至不会做饭、洗衣，缺乏理性，很情绪化，又不懂体贴人……小刘心想，这下小张和女打字员肯定没戏了。

令小刘万万没想到的是，那个夏天还没结束，小张就发来了红红的请柬——他们要结婚了！小张还请小刘当伴郎。小刘一听差点晕倒，一时无法接受，立马把这个消息告诉了我。小刘想请我去劝阻小张，我没有吭声。

我想起在他们激烈反对下我恋恋不舍放弃的"富贵鸟";想起躺在柜子里的那双他们一再赞赏,而我为了顾及他们面子硬着头皮买下的鞋;想起我至今仍穿着的那双早该换掉的旧鞋,心里渐渐了悟。

为了体体面面、舒舒服服地去参加小张的婚礼,我特意趁单独外出考察之机拐到那个镇上,买下了那双被漂亮的女老板欲打包放进仓库的棕色"富贵鸟"皮凉鞋。我是偷偷去的,没敢告诉小张与小刘。老实说,我还是有点心虚,生怕小张与小刘知道后有损我们的友谊。

果不其然,在参加婚礼时,小刘总盯着我脚上看。可套在我脚上的这双"富贵鸟"是那么合适,那么舒服,怎么看都喜欢。

小张的婚礼隆重而又简朴,公司老总特意为他们主持结婚典礼。当仪式结束大家跳舞庆祝的时候,小张、小刘还有我,几乎同时发现对方脚上穿着一双新鞋——正是当初在那家店里各自挑中的那双皮凉鞋。三个大老爷儿们相视而笑。

小张说:"许多人都说我们不般配,新娘子不好。有段时间,我也这样认为,几乎坚持不下去了。但那次买鞋给了我启示。其实,细想一下,她的一些缺点正好可以补足我。比如,她吝啬,不乱花钱,而我刚好在花钱方面大手大脚,没有计划;她爱干净,而我却不喜打理房间,收拾屋子;她不会做饭,但她很喜欢买菜、洗菜……"

我们没有让小张继续说下去,我们不约而同地伸出手,向这对新人表达了衷心的祝福。

恋爱与婚姻就像买鞋一样:是大是小;是方头的好,还是圆头好;是高跟,还是平底;是布的好,还是皮的好;脚穿在里面挤不挤脚趾,夹不夹肉,舒不舒适,只有穿的人自己知道。无论别人说什么,无论举出多少个不合适的理由,只要自己觉得好,就会爱得义无反顾,即便是缺点也能变成优点——因为鞋子毕竟穿在自己脚上,爱人毕竟是得自己去相处。

直抵苍穹的诗意表达
——浅析朱慧彬散文集《眉尖苍穹》的美学意蕴

/ 来 子

"眉尖苍穹",多么富有灵性和诗意的词汇组合!"眉尖",小小的微观世界,小到只是一个点;"苍穹",却是庞大的宏观世界,大到浩瀚的天空以至广袤的宇宙。以眉尖为原点,探寻世界,仰望苍穹,在低眉与扬眉之间,世上的万事万物尽收眼底,而灵魂的苍穹更加深邃高远,这也许就是作家朱慧彬独具匠心地将散文集取名为《眉尖苍穹》的寓意吧。应该说,这是一部集耐读性、历史性、文学性和艺术性于一体的叙事散文集。通过阅读《笔尖苍穹》中的散文,无论是在内涵的格调上,还是在思想的表达上,都能让人感到作家从古典文学情怀出发,尽显了当下时尚生活的况味。

散文集《眉尖苍穹》共分为六章,分别是"曲中芳华""千与千寻""圆上行走""纸落繁花""诗经絮语"和"因爱而美"。

第一章"曲中芳华"主要描写的是当下流行文化和古典诗词给作家带来的价值观和人生观的反思。在这一章里,散文《恰似东山山上月》是一篇极具音乐质感的美文,文中反映的是仓央嘉措的命运及他创作的诗歌对后人的影响和贡献。

第二章"千语千寻"描写的是通过对故乡山川树木、田野河流、稻田麦浪及少年时代家中窘境的回忆，浓墨重彩地抒发了作家的同窗情、师生情、父母情和手足情，同时抒发了他"身体在流浪、魂魄在故乡"的情愫。散文《苍山暮雪》称得上是一篇有温度有筋骨的美文，文中主要反映的是"我"和妻子在寒冷的冬天，顶着大雪陪着六十三岁身患绝症的岳父，历经五个小时的翻山越岭，去另一个乡村看望岳父病重姑姑的故事。文中着重描写岳父铁骨铮铮品格的同时，更加凸显出其人性的温暖和伟大。

第三章"圆上行走"描写的是事业成功后的作家通过无数次中外旅行带给自己的人生思索和感悟。在这一章里，作家探幽访古、抚今追昔，通过旅行见闻，不仅让其拓宽了视野、增加了阅历，也让其感受到了不一样的人文景观和生命的神奇。

第四章"纸落繁花"描写的是母亲、姐姐、妻子及城市和乡下其他女人在人生花季时，面对艰苦生活，笑对人生的乐观态度。作家以紫云英、牵牛花、三角梅、楝花、杏花、梨花等为女性象征，赞颂了她们播撒爱的种子、结出爱的花朵的故事。在这一章里，《清明菊》是一篇感人至深的祭奠性散文，作家由清明时节矗立在鄂西乡野坟头上的经幡和插在清水罐里的白菊花，联想到了西藏的波斯菊，又从波斯菊联想到了美国文化人类学家鲁思·本尼迪克特所著的《菊与刀》和三毛的《梦里花落之多少》。作家以清明节人们向逝者敬献菊花为开篇，接着，叩开了隔离生死的那道门，继而萌发出对生与死的思考。作家在文章的最后抒发道："清明菊，不在诗中，不在酒中，不在茶中，它盛开在生者挥之不去的思念中。"此篇散文既彰显了作家典雅精致的文采，也道出了其悲天悯人的情怀。

第五章"诗经絮语"主要诠释了流传至今的几段宋词佳句的出处。在这一章里，作家先由大宋易安居士李清照的旷世才情和坎坷的婚姻写到文人对茶的情有独钟，再由纳兰容若的词风写到宋朝杨万里、张先、柳永、秦观、晏几道等词人曾共同引用的名言佳句，并对几段佳句给予了合理的解释和考量，作家尤其在阐述"弄晴柔"一词的出处时，引经据典，一丝不苟，体现了严谨的治学精神。

第六章"因爱而美"主要表现的是人到青年、中年后的作家对婚姻、爱情的理解和看法。其中散文《去哪儿过年》描写的是主人公因常年在异乡打拼，经济拮据，每年都不能与亲人团聚，直至父母离世八年后才回家过年的故事。散文《小书房 大书房 夹心房》描写的是主人公婚后不但要为一地鸡毛的生活琐事牵绊，还要为拥有一个小小的书房而烦恼，这篇散文反映了作家为家庭奔波付出汗水的同时，也道出了生活的无奈和尴尬。

总之，在这部洋洋洒洒数十万字的散文集《眉尖苍穹》中，写故乡情、同学情、父母情，也写城市人的忙碌和追求；写仓央嘉措、李清照、纳兰容若的命运，也写杜甫、曹雪芹的潦倒人生。从这些林林总总的内容表达中，让人不难看出，作家是在古典文人际遇和现实世界中参悟人生的。作家谈明星、聊歌手，侃流行音乐和网剧，这便让他的文章既充满了现代生活质感，也展示了作为先锋作家的才情和品位。在作家的每篇散文中，都让人感受到其文字的轻灵、语句的舒展、情感的真挚、思维的深刻。应该说，是生活的维度拓宽了作家的视野，让他体验到了活色生香世界里的繁华与寂寞。

解读《眉尖苍穹》里面的美文，总会有某个句子或某一段话击中你心灵中最柔软的部分，令你惬意或疼痛，令你惊叹或彻悟。比如，作家在散文《等风来》的最后写道："当我们立在人生的悬崖边，当我们无法张开身体之帆，展开飞翔之翼，不如先停下来等一等，等你人生中必定要等的那场风！"这样警句式的提示，总会给那些身陷困境的人以力量和启迪！

通过品读《眉尖苍穹》里的每一篇散文，会让人感到作家所关注的都是人们精神世界的快乐与忧伤、饱满与空虚，他用心灵触角和视角看到的事物既不游浮于表面，也不落俗套。那种明心见性的表达和深入事物本质的洞察力，令他的文章唯美隽永又意味深长，而那锦瑟骨感的叙述语言和睿智的哲思形成的个性化写作风格，也令他的散文作品在读者群中有很高的辨识度。

有理由相信，凭着作家朱慧彬扎实的文学底蕴和人文理念及超凡脱俗的创作姿态，他的下一部散文作品定会在文坛上愈发地熠熠生辉！